D0843739

Cuentos nuevomexicanos

Luis Fernández-Zavala

Cuentos nuevomexicanos
Todos los Derechos de Edición Reservados
©2021, Luis Fernández-Zavala
Diseño de portada ©2021 Cam Quevedo, María Ines Quevedo
Foto de portada:
Christian G. Grant, 1889
"Woman selling chile, Santa Fe, New Mexico"
Cortesía de Palace of Governors Photo Archives
Negativo: 014255
Foto de autor ©2021 Darío Neruda Luis Fernández

Pukiyari Editores

Prohibida la reproducción total o parcial de este libro. Este libro no puede ser reproducido, transmitido, copiado o almacenado, total o parcialmente, utilizando cualquier medio o forma, incluyendo gráfico, electrónico o mecánico, sin la autorización expresa y por escrito del autor, excepto en el caso de pequeñas citas utilizadas en artículos y comentarios escritos acerca del libro.

ISBN-13: 978-1-63065-140-4

PUKIYARI EDITORES
www.pukiyari.com

*"El mundo es ancho,
pero en nosotros es profundo como el mar".*

-Rainer Maria Rilke

"Vivo en un lugar, habito en una memoria".

-José Samaniego

*"All the things based on experience elsewhere…
fail in New Mexico."*

-Lee Wallace – Territorial Governor 1878 - 1881

ÍNDICE

Prólogo

Mientras que el título de este libro puede dar la impresión de que se trata de tradicionales historias nuevomexicanas, como las que han sido plasmadas tantas veces en la literatura local, puedo anticipar al lector que esta vez está ante una lectura diferente y, por lo tanto, no predecible. Las típicas imágenes, olores y sabores de New Mexico están presentes, pero se mezclan en estos siete relatos con aspectos históricos, contextos sociales y circunstancias externas a este Estado ubicado en el suroeste de los Estados Unidos. El autor incluye las acciones individuales de los personajes nuevomexicanos en el mundo cambiante y no como una postal para turistas. Esta característica es lo que hace a estos cuentos particularmente atractivos de leer.

El libro está organizado cronológicamente (1990,1966, 1944, 1920 y 1917) como un devenir de las cosas que en su tiempo pasaron o podían haber pasado según la mente ficcionalizadora del autor. La referencia a diferentes épocas lleva al lector a un aprendizaje lleno de sorpresas, a otra manera de entender un contexto histórico a través de la ficción y, en definitiva, a reflexionar sobre ese gran tema universal que es la memoria histórica. En un abanico pintoresco de situaciones locales y eventos internacionales, personajes muy diversos entre sí hacen de New Mexico, ya sea por elección o por obra del destino, su lugar en el mundo o, al menos, lo hacen un lugar de paso pero que los marcará para siempre. No faltan el suspenso, la sensualidad, el humor y el drama en estos textos, presentados en una prosa elegante y, quizás para algunos, un tanto irreverente.

Los personajes son como salidos de una galera en donde se mezclan países y culturas que, al contacto con las tradiciones nuevomexicanas, producen un resultado cautivador, el cual contribuye una vez más a recordarnos que sí estamos verdaderamente ante una "tierra de encanto". Y en ella habitan (o pasan, casi como fantasmas) los protagonistas, entre ellos: un exiliado europeo que escribe obituarios en español, y otro de Centroamérica que escribe poemas de amor y pena a pedido; un famoso revolucionario ruso (arropado en una manta Hopi) junto a un jefe de guerra nativo americano (los dos con nombre de animal); una maestra francesa "con alas"; dos abuelas nuevomexicanas y "dos formas distintas de amar"; una detective hispana entrenada con programas de radio; penitentes en un valle con nombre de montaña, y una sociedad de artistas desilusionados. La sensualidad está presente en muchas de estas historias, pero también la melancolía, la nostalgia, la sensibilidad, la complicidad y la amistad. Sentimientos y situaciones que reflejan diferentes formas de entender temas tan importantes e universales como la vida y la muerte, el amor y las relaciones humanas exacerbadas.

Las ciudades de Santa Fe y Taos, así como la ciudad ficticia de San Juan, son el marco geográfico de los siete cuentos. El marco histórico está finamente presentado por medio de la descripción de costumbres, situaciones, detalles y eventos particulares a cada década tratada, mientras que guerras y revoluciones de lugares lejanos constituyen el contexto imprescindible y trágico. En estos escenarios tan particulares por su universalidad y diversidad, los tradicionales elementos nuevomexicanos adquieren una dimensión única para el lector. El olor a piñón quemado y a tortillas caseras, la luz brillante de los atardeceres, el adobe, las montañas y el desierto, el español medieval del norte de New Mexico, los alabados y la morada de los penitentes, las ristras de chile rojo, las acequias, el arte y la convivencia multicultural; todos ellos, juntos o separados, aparecen incluidos en historias de tinte universal, que tienen como hilo conductor una visión global que va más allá de un Estado y una nación.

En su libro *Una casa lejos de casa*, la autora argentino-española Clara Obligado escribe sobre "la libertad en la mirada de quien viene de fuera, cuando logra rehuir los tópicos". No es, por lo tanto, casualidad que Luis Fernández-Zavala ofrezca unos *Cuentos nuevomexicanos* que sobrevuelan los tópicos, los tipos y las fronteras. Este autor internacional, radicado en Santa Fe (New Mexico), pone en estas siete historias aparentemente locales, esa mirada planetaria, tan rica y diversa como su propia experiencia. Pero, cuidado con su *motto* de escritor: *"La ficción literaria es una mentira bien contada en el papel"*, no le vayamos a creer.

Celia López-Chávez, Ph.D.
Profesora Emérita
The University of New Mexico

El rompecabezas del amor
(Santa Fe 1990)

Nuestro juego

> *"El amor y la amistad crecen*
> *usando juegos".*
> -Arcipreste de Hita

Uno

Clara meneó su cabeza para reafirmar su negativa. No alzó la mirada. Sus ojos seguían asaltando con avidez la revista de modas que le mostraba un mundo antiguo y distante, lleno de vestidos largos, pedrería, tafetán y brocados. Le hubiera gustado comentarle sus hallazgos a Soledad, pero, como siempre, prefirió callar, dejando que su amiga estableciera el tema de la conversación.

—¿Estás segura? Es un vino francés de las viñas Cuvée Jeunes. ¿Quizá prefieres un Sirah californiano...?

Esta vez la voz sonó más cerca, encima de ella, como aquellos *coup de théâtre* a los que recurría Soledad con frecuencia para hacer notar su presencia. Clara no tuvo más remedio que subir la vista hasta mirar a Soledad, ya parada frente a ella, extendiéndole una copa con vino tinto. Con desgano recibió la copa de cristal antiguo que rebalsaba un aroma nítido a frutas frescas. Admitiendo su derrota con una sonrisa complaciente a medio hacer, puso a un lado la revista. Desde la posición en la que estaba, casi engullida por los almohadones de pana, y mientras viajaba el pequeño cáliz de cristal hacia sus labios, las piernas firmes y separadas de Soledad se le presentaron con su característico color almendrado. Clara parpadeaba amistosamente, aceptando la invasión del líquido en su paladar. El diminuto oleaje que se agolpaba en el fondo de la copa le brindaba una visión distorsionada de lo que aparecía enfrente de ella. Demoró el trayecto de su trago lo más que pudo, durante las micro-fracciones de segundos que tenía a su disposición, y ni el fruncir de sus ojos le ayudaron a descubrir más, pero sí a adivinar que detrás del grueso cristal, las piernas de Soledad salpicadas de vellitos aparecían firmes como dos estacas sosteniendo un cuerpo modestamente atlético.

—*C'est bon ?* —interrogó Soledad masticando su francés de casetera, mientras daba media vuelta de bailarina para dirigirse otra vez a la cocina—. Cenamos en quince minutos. Te he preparado un conejo al vino ¡ri-quí-si-mo!, está para chuparse los dedos. La ocasión lo amerita. Y el sobre tendrá que esperar su turno. Así que relájate.

—*Okay* —respondió Clara buscando ver lo que ya se había imaginado, esta vez sin ningún recato—. *¡Yiiii!* Se te ve muy bien… ¿Cómo haces para mantenerte en forma?

—¡Ah! Mi secreto es la buena cocina, el buen vino, y si es gratis mejor, y sobre todo el amor intenso, hija —respondió Soledad mostrando desde lejos una mueca juguetona y autosuficiente.

Las dos mujeres soltaron sus acostumbradas y sonoras carcajadas cuando se sentían cómplices de las mismas imágenes y, por fin, un jolgorio compartido se deslizó sobre los preámbulos de la cena. Las risas comadrescas que se expandían a lo largo de la salita, cada vez más bulliciosamente, y las copas de vino hasta el tope que se vaciaban en un santiamén, inducían a una conversación en la que se hablaba de todo y de nada, pero sobre todo, acerca del amor y los hombres.

Clara se sentía cómoda dentro de esa coreografía de risas, vino, comentarios astutos sobre los hombres y ese olorcito a comida casi lista. Mientras tanto, los movimientos elásticos de Soledad, a quien no le importaba hablar de su cuerpo, ni mostrarlo a medio vestir, se iban aletargando a medida que la cena llegaba a la mesa.

—Tú también luces muy bien, chica —le tocó decir a Soledad.

—Conmigo no te metas, ¡la bonita de esta casa eres tú y ¡punto! Yo soy, diríamos… interesante, pero…

—¿No te has dado cuenta de las miradas angurrientas de los hombres en el restaurante?

Clara buscó otra vez la revista de modas entre los almohadones. No quería entrar en el tema. Soledad asomó su rostro desde el marco de la cocina y estirando sus cejas hacia arriba, volvió al ataque.

—Ay hija, parece que no conoces a los hombres. Ellos miran todo lo que se mueve y les provoca la imaginación. Ellos pecan con la mirada, nosotras hablamos con la mirada. Por ejemplo, cuando Junco te observa desde la ventana de nuestro cuarto, desperezándote en tu ritual saludo mañanero, me pregunto: ¿qué estará pensando? Yo te veo bonita y fresca como una mariposa de la alborada tratando de acariciar los primeros rayos de luz que bañarán tu cuerpo. ¿Te verá él así? Los dos nos despertamos a tu presencia matutina, pero los dos no te vemos igual. Yo pienso que él está pecando con la mirada.

—Mira, él es "tu guapo" y, para decirte la verdad, es un poco extraño para mis gustos.

—Lo que quiero decir es que Junco se fija en ti, no me lo dice, pero lo piensa, y estoy casi segura que te imagina muy deseable.

La persistencia de Soledad acerca de lo bonita que era Clara le abrió su ego de par en par. Sintió que estaba siendo arrastrada a un terreno pedregoso donde se sentía alabada y melosamente sedada por tanta y tanta palabrería acerca de su cuerpo. Optó por asegurarle, otra vez, a Soledad, que el tema no le interesaba en lo absoluto y buscó el refugio de su revista. Sus dedos pequeños y afilados pasaban las hojas con cierta velocidad mecánica, mientras proyectaba la imagen de su cuerpo y el efecto que producía en los hombres que la miraban.

(*"¡Ah! El gozo de las miradas indecentes"*, diría Kundera).

Un gran espejo mental detallaba su cuerpo en movimiento y le dibujó las bóvedas pesadas de sus pechos anchos en la base y los siempre alertas vigías carnosos precediendo sus pasos desordenados; su talle de avispa, que solía cinchar con gruesas correas de cuero negro; su rojiza cabellera, larga y fulgente, que inducía a adivinar su rostro; y el ajetreo de sus manos tratando de acomodar el cabello flotando sobre su cara. Sin embargo, como si alguien estuviese adivinando la satisfacción que estas visiones le producían, y la manera en que le hincaban la vanidad, Clara empezó a acicalarse la batita blanca de seda y su atención recapituló en su medio vestir, haciendo que las imágenes de sí misma se esfumaran con cada ajustón al cinturón de la ligera prenda. Por un momento dudó, pero no se contuvo y decidió atacar para no verse acorralada entre sus propios embelesos y la locuacidad de Soledad.

—¿Es Junco buen amante? —inquirió con aire distraído.

Soledad sintió que le habían dado el santo y seña que estaba esperando. Regresó de la cocinita con la botella de vino y su copa, se sentó frente a Clara, adoptando una actitud de derviche o de gurú de plazuela, según quien mirase, le dijo:

—Eso depende.

—¿De qué? —se atrevió a preguntar Clara.

—Bueno, podemos medirlo, si de medir se trata, por la cantidad o la intensidad de orgasmos. Tú sabes, esos que te hacen doler el volver a la realidad o aquellos que te hacen sentir perdida en tu cuerpo.

—Te pones muy intensa con el vino —interrumpió Clara, dejando caer su espalda entre los almohadones verde limón y rosado estridente.

—Bueno, si quiero ser franca te diré que el asunto es siempre práctico. Es decir, con quién, dónde y por dónde —dijo Soledad con tono audaz.

—Te faltó hasta dónde —recaló Clara intentando ponerse a la altura de la conversación.

—Sí, pero es algo más que uno bien grande, hija, que dicho sea de paso, sí lo tiene y me toca, ¡ufff! No te exagero. Yo le llamo mi *Star Trek*. "ahí donde nadie ha llegado". ¿Sabes? ahora que estamos en el tema, siempre me he preguntado si don

Juan Tenorio o todos los personajes similares de la literatura eran, tú sabes, bien... Es decir, no solo hablaban bonito sino que también tenían...

—Quizá, pero también podría ser que todos estos escritores, que acuérdate que eran h-o-m-b-r-e-s: Tirso de Molina, Juan Cueva, Byron, Dumas, Pushkin y otros tantos como ellos, estaban recreando sus propias fantasías —dijo Clara recordando sus cursos de literatura feminista.

—*Okay, okay,* no nos pongamos serias. ¡Salud! por el don Juan ese, pobrecito, que sabía hablar bonito y con una bien... ja, ja, ja.

Las carcajadas flotaban de ida y vuelta dentro de una avenida dicharachera, mientras el vino hacia su trabajo liberador para que Clara y Soledad desbordasen todo su ingenio de perversas quinceañeras. En una de esas, cuando las dos amigas lagrimeaban de la risa buscando la próxima frase devastadora sobre los hombres y sus mitos, un silencio cortante reordenó el bullicio de la picardía chillona. Soledad terminó su vino de un sorbo y se quedó mirando fijamente a Clara mientras que, casi arrullándola con sus palabras, extendía su mano para descansarla en su muslo derecho.

—¿Qué dirías tú si yo te digo que me gustaría compartir a Junco contigo?

—¿Conmigo? —un calor intenso le reventó en el centro del vientre a Clara y la obligó a moverse y buscar una respuesta de mujer mundana.

—Diría que suena interesante —contestó Clara.

—Yo creo que es buen amante y Junco parece ser el indicado para una relación un poco más duradera, pero quiero tu opinión.

—Si quieres mi opinión háblame de él, de lo que yo no conozco, pero no me pidas que me acueste con tu hombre.

Clara movía sus labios emitiendo sonidos que no le pertenecían. Su compostura era de una persona lista al debate, en tanto que la propuesta abrupta todavía retumbaba en su cerebro: «com-par-tir, com-par-tir».

—No entiendes. Esta intensidad que desplegamos en nuestros encuentros debe tener un origen, ¿no crees? A veces pienso y siento que esta manera de gozar sucede porque yo quiero que así sea. Yo soy la que provoca todo esto y Junco transcurre en nuestra relación amorosa como un velerito atado a los vientos de mi imaginación. Incluso en los momentos más intensos, los silencios de Junco a veces contradicen su docta y meticulosa entrega al placer. Los movimientos de su cuerpo me complacen como nadie, pero parece tan distante… como naufragando en una tormenta que nunca conoceré. ¿Estoy yo de veras ahí en el ojo de la borrasca que lo agita? O quizá soy para él el vaivén de una playita efímera.

—¡Qué playita ni qué ocho cuartos! ¿De qué estás hablando? Déjame decirte que todo eso que sientes es producto de los dos, ¡y punto! ¿No crees que estás filosofando demasiado sobre algo que supuestamente debería ser divertido?

—Bueno, tómalo así, como una diversión de las dos —dijo Soledad aceptando salir de la intensidad de sus disgregaciones.

—¿De las dos?

—Sí, un juego de las dos —dijo Soledad palmoteando suavemente el muslo delgado y terso de Clara.

Las peroratas acerca de lo bonita que era Clara, de lo que Junco estaría pensando cuando la miraba, iban mermando las defensas amuralladas de Clara que ahora se dejaba arrullar con los piropos y zalamerías de Soledad. De vez en cuando, interrumpía Clara con un «no, no te creo. Pero si casi no habla». A juzgar por la situación, Clara ya había dejado su pose distante y alerta de los primeros momentos después de la inesperada proposición y se sentía ahora muy cómoda en el centro de la conversación de Soledad. Mientras tanto, la acústica de sus propios pensamientos con sonidos repetitivos hacía que aceptara con familiaridad inusitada: «un secreto de las dos», «un juego de las dos», «solo a ti te lo pediría», «com-par-tir, com-par-tir a Junco».

De cierta manera, no era la primera vez que Clara estaba envuelta en los juegos privados de Soledad. El hecho de ser compañeras de casa, de trabajar en el mismo restaurante por cerca de seis meses, la mutua simpatía y la cercanía de las edades, les había creado un mundillo aparte y con muy poco espacio para la privacidad. Clara aprendía, o creía aprender, mucho de la experiencia de Soledad. A esta no le importaba hablar de su eterna búsqueda del amante perfecto, entre otros monotemas en los cuales los hombres eran siempre domados, devorados, hechos melindres de sus apetitos. Al final, Clara veía en Soledad a una hermana mayor que sabía más de la vida y de los hombres.

Cuando el tema de los hombres arribaba a la mesa de desayuno o con las tacitas de té de rosas después del trabajo en el restaurante, Clara se sentía más mundana; incluso a sus dieciocho años y con su casi nula experiencia en los sortilegios del amor y el placer. Se podría decir que ella conocía más de los hombres debido a sus pláticas con Soledad que por experiencia propia. Además, y como para complementar, no solamente las conversaciones eran el instrumento de su educación sensualista: algunas veces Clara podía escuchar desde su cuarto los pormenores de las batallas campales que eran las libidinosas noches de Soledad y sus amantes. En realidad, Soledad nunca se acomidió a hacer sus noches de amor totalmente privadas. Por el contrario, si no era la puerta entreabierta que dejaba escapar desde su dormitorio los suspiros de locomotora y bufidos tremebundos de sus amantes, era la historia del día que empezaba con una lastimosa letanía y un suspiro ancho.

—¡Ah! ¡Los hombres! Los hombres son como niños. Fíjate que...

Clara aceptaba esas historias como parte de los desayunos domingueros entre el jugo de melón, café con leche y panecillos de trigo. Algunas veces las esperaba con ansias, si es que en la noche anterior el barullo sexual se manifestó un tanto diferente y con tal *sensurround* que no le había permitido conciliar el sueño, preguntándose qué miércoles estarían haciendo. Otras veces, sin embargo, tantas y tantas historias de cuerpos y encuentros resultaban agrediendo su minúscula experiencia y en esos momentos deseaba ser católica o judía para sentirse culpable y tener una excusa para irse de la casa.

—Te conté acaso que una vez tuve un amante tan malo en la cama que cuando terminábamos de tener relaciones sexuales, yo corría a mi casa a masturbarme. Buena gente, bien plantado, decía que quería casarse conmigo. Yo lo llamaba mi *Terminator*. Él pensaba que el apodo se debía a que era grande y fuerte. En realidad era porque siempre "ter-mi-na-ba" antes, se venía como un quinceañero, el pobrecito... Cuando yo tenía quince años alguien me dijo que si te introducías un lápiz en la vagina y te ejercitabas aprisionándolo con tus músculos, no habría amante que quisiera dejarte. Ya te imaginas a la tontita de Soledad practicando con Crayolas de todos los colores y cuanto útil escolar hallaba para estos propósitos. Practiqué tanto que probablemente hubiera llegado a los Olimpíadas. ¿Qué tontas que somos no? Todo lo que hacemos para ser amadas y deseadas... ¿Qué si me acuerdo de todos mis amantes? No hace falta, tengo una lista de todos ellos con apodos y detalles. Te sorprenderías al encontrar algunos nombres que tú conoces. Un día de estos te enseño la lista, la tengo organizada como un catálogo de biblioteca... ¿Mi peor experiencia? Bueno, yo trato de olvidarlas, ¿sabes? No es bueno para la salud mental, el ego. Eso sí: Nunca olvidaré el día que me atraganté con el pene regordete de Juan. Me atoré y vomité sobre sus bolas. Pasó justo cuando él eyaculaba, el pobrecito abrió los ojos y pensó que se las había reventado. ¡Qué despelote!... Y tú, Clara, ¿cuál es tu peor experiencia?

—¿Yo? Yo nada. Todavía no la tengo.

De súbito, con la fuerza de una estampida de caballos salvajes, imágenes desordenadas se apelotonaron en la puerta de la memoria de Clara, quien pestañeaba de manera entrecortada, tratando de contenerlas. Su rostro no cambió de expresión, pero una angustia interior crecía como si alguien de repente le hubiera pedido entregar la vida.

Ese día se sentía irremediablemente sola y no quiso esperar a que alguien la acompañara para dar un paseo por el Distrito Federal. Se aventuró a explorar la ciudad con la alevosía de una gringa, quería conocer el Palacio de Bellas Artes. De seguro ahí conocería a alguien interesante. No sabría decir con exactitud de dónde apareció esa sonrisa chiclosa y esa mirada cruel en el fondo de las palabras coquetas. Poco después, su vida cambiaría una eternidad a medida que el destartalado Volkswagen se desplazaba al encuentro de su peor experiencia en uno de los tantos cuartuchos de azotea perdidos en el marasmo del D. F.

En ese momento solo le importaba sobrevivir. Su derrota la sentía como pesadas nubes eléctricas aplastando su desnudez, restallando sus huesos con látigos de acero que le abrían zanjas de odio. Aceptó como nunca su endeblez y el miedo la asaltó inmovilizando todo. El terror emanaba de la profundidad de sus células en esa mísera pocilga. Nunca pudo limpiarse lo suficiente de aquel encuentro fortuito con la violencia sexual; a pesar de que estuvo vomitando por un mes, día y noche, mientras su cuerpo se hinchaba como queriendo transformarse en otra cosa diferente para no llamar la atención.

೦౪

Detener el desagüe de la memoria era una guerra cruel con el tiempo y sus fantasmas. Sintió la garganta seca y se apresuró a humedecerla con más vino, la lengua le pesaba como un ladrillo, en tanto que una diminuta insinuación de lágrima se desprendía y rodaba casi imperceptiblemente sobre su mejilla derecha. *¡Ay! Cómo me cuesta caminar con este cuerpo que ya no me pertenece,* se le escuchó murmurar en la profundidad de su memoria, esa maldita caja que nos secuestra la alegría cuando le da la gana.

—Clara, tengo una idea loca desde hace tiempo. Mira —dijo Soledad, levantándose y dirigiéndose a la pared más próxima sobre la que arrimó su cuerpo en forma de cruz.

—Aquí pondré una foto tuya hecha por el más sofisticado y reconocido fotógrafo de Santa Fe, creo que Schlensiger es quien está de moda ahora. Un gran póster en blanco y negro, por supuesto, con mucha textura, de un granulado fino, la geografía de tu escondida sensualidad agreste se insinuaría en el pulso de las venas, al estilo de Saudek y hasta quizá mostraría el perfil de tus venas agolpando toda tu vitalidad de hembra joven.

—Ya, ya para, detente ahí no más, parece que en vez de vino te hubieras tomado un barril de gasolina, por lo acelerada que estás.

—Sería una imagen inmensa, para que todo el mundo la vea y pregunte quién es esta mujer.

—Para de una vez, ¿no ves que me pongo colorada? ¿Qué quieres? ¿Exhibirme en una galería?

—Pero tontita —dijo Soledad rompiendo la crucifixión en la pared y tomando el rostro de Clara entre sus manos flacas como quien trata de cobijar delicadas avecillas.

—Solo tú no te das cuenta de lo bonita que eres.

Los ojos pequeños, verde-azulados de Soledad parecían traspasar la esquiva mirada de Clara. Sus manos descendieron del rostro a los hombros de Clara para percatarse que sus pezones rosi-claros se asomaban curiosos detrás de la cortinita de la bata de seda blanca. Clara sintió cada palabra frente a su rostro como en un *close up* perfecto, los labios delineados de Soledad se abrían y cerraban tan cerca de los suyos que su aliento de vino se confundía con el de ella y hasta podía oler el rosa-té de su tez embriagándola por dentro.

Trató de romper su propio embeleso acomodándose la bata otra vez, pero se mantuvo así, sin anticipar los nuevos movimientos de Soledad. Por más extraña que pareciera la escena, Clara la consentía con una mezcla de tensión sensual, arrullo maternal y feminismo.

Manos de mujer, caricias de mujer, son como las mías, no me invaden. Dos mujeres hablando de sus cuerpos, mi cuerpo, en nuestro propio espacio, de nuestras cosas, de esas ganas. No me asusto, pero quiero asustarme, el vientre me late impertinente, quiero sentir todo esto con la lentitud de un vuelo hacia la luz de lunas infantiles, que toda esta tensión detenga el ritmo cotidiano de las cosas y lo aburrido que me parece estar metida en mi cuerpo. ¿Qué estoy esperando? Sí, hay que dejarse llevar, se dijo.

Soledad podía sentir la fuerza y el calor de sus palabras desparramándose en la credulidad de Clara. La fisicalidad de la coreografía que corroboraba su dominio de la escena con sus manos, ahora descansando en las caderas de Clara, la envalentonaban, le hacían querer aprisionar más sus atulipanadas carnes. Sabía que la escena no iba a durar por mucho tiempo y, con la meticulosidad de un relojero suizo o un experto en explosivos, pronunció con la más zalamera de las voces:

—Clara, pequeña, ya llegó Junco, nuestro juego, nuestro secreto.

Encuentro con fuga

"¿Qué vendes, oh joven turbia,
con los senos al aire?
Vendo, señor, el agua de los mares".
-Federico García Lorca

Dos

A Clara, a diferencia de Soledad, le faltaba la sofisticación y mundanidad que le hubieran permitido curar todos sus temores y pesadillas, exponiéndolos al mundo. Nunca en su vida podría haberse imaginado haciendo, dejándose hacer y luego contándolo todo, lo malo, lo terrible y lo deseado, a alguien que no fuese ella misma y mientras dormía. Con frecuencia Clara soñaba que era perseguida y asediada por hombres y mujeres sin rostros y con voces de opereta. Otras veces, su sueño o pesadilla empezaba en una larga calle de paredes frías, descoloridas y descascaradas, de las cuales se desprendían formas humanas que querían olerle el sexo y podían casi tocarla con su aliento arracimado. Se veía siempre tratando de escapar de ese callejón de violadores olfatorios. Tenía que huir de ahí, llegar al final de la calle y correr al campo, no dejarse consumir por todo ese vaho entre sus nalgas y su pubis, tenía que huir así, desnuda como estaba, y esconderse entre las bellotas de Salinas, las flores de Santa Rita y las calabacillas silvestres que, aunque le punzaban la piel, no le agradecían como esos carajos oledores. Ahí en el campo sabría esconderse, tomar distancia del enemigo, caminar de noche, casi invisible, a través de las vegas, sin ser reconocida por los perros guardianes. Nadie la molestaría. Ahí podría respirar ensanchando su pecho y gritar su clímax confundido con el bramar del río de sus juegos infantiles. Ese mismo caudal que ahora bajaba de las montañas con fuerza incontenible, pausaba su alocado descenso para bañar su cuerpo que quería marchitarse y esconderse. Nadie le robaría nada. La luz de la luna recortando su silueta desnuda, los grillos saltando a su paso incierto, los coyotes cantando su satisfacción, serían su coro griego personal e íntimo.

A la mañana siguiente, Clara sabía que su energía normal no la acompañaría a despabilar sus huesos. Se despertaría lenta y sombríamente, acompañada de ese líquido pegajoso entre sus piernas. No entendía nada. ¿Por qué siempre estaba huyendo desnuda y húmeda, como una versión pornográfica y femenina de Indiana Jones? Y luego ese cansancio que la ataba a la cama por varias horas. Quizá si se atreviera a contar sus pesadillas, estas desaparecerían igual como vinieron.

Pero… ¿qué iba a contar? ¿Acaso de su huida permanente y sin ropa? ¿De su peor experiencia tasajeada en el cuarto oscuro de su memoria? ¿Valdría la pena contarle a Soledad acerca de su primer amante? Ni recordaba su nombre. Apenas se acordaba que era mayor que ella, que le gustaba la cocaína, que tenía un Corvette rojo en el que a ella le encantaba lucirse alrededor de la plaza de Las Vegas y sacarles pica a sus amiguitas del colegio. Seguro que la envidiarían por su osadía, demostrando así que no solo era una de las primeras de la clase, sino que también era deseada por los hombres que sabían de la vida. Lo que tenía que pasar, pasó, sin previos mariachis, ni flores, en la colinita detrás de su casa, junto al árbol que tantas veces la hizo sentirse arriesgada y mataperra apenas unos tres años atrás.

Cuando Clara visitó tiempo después el árbol que la cobijó de las embestidas de su primer amante, se fijó que su nombre no había sido tallado en la corteza marrón y ranurada de su árbol, tal como alguna vez se lo imaginó. El desaliento la empujó a buscar algo de sí misma entre tanta huachafería escrita, pero nada, únicamente las cicatrices del tiempo en la piel del árbol y el paso de la modernidad, que había terminado por desacralizar su primer nidito de amor con basura y desperdicios que le provocaron náuseas. *Nada que recordar, pues,* pensó cuando bajaba la colinita. *Que me dolió y que era tiempo de partir… quizá si hubiera podido mirarle a los ojos mientras… Bueno, cuando tenga mi casa la rodearé de docenas de árboles de duraznos con mi nombre y si tuviera otro amante, le pediría su mirada primero. ¿Por qué no?*

Por su parte, Soledad era la reina del desparpajo. No le importaba contar sus historias ni exhibirse como una libertina ave fugaz. Soledad, al exponer los vericuetos de su sensualidad sin tanto trámite, en cierta forma se exorcizaba cada vez que le daba la gana y le hacía sentirse en ventaja y preparada para todo. Esa era su forma de terapia en donde ella descargaba sus demonios –a veces con gracia– en los oídos de Clara.

Según las propias versiones dadas por Soledad a Clara, apenas ella cumplió dieciocho años, no esperó mucho después de que muriera su abuela para emprender el tan ansiado viaje a México para perder su virginidad en un contexto internacional, que era la mejor forma para no ser señalada como mujercita fácil por los machos-cara-con-granitos de su pueblo. Se quedó por allá unos cinco meses, coqueteando con cuanto *Latin Lover* se le puso al paso, llegando a consumar su primer acto carnal en La Sierra Madre de Oaxaca, con Juan, uno de los tantos bisnietos de Benito Juárez. Convirtió así su primer encuentro con la sexualidad en un acto de integración regional en el que las gringuitas, como Soledad, se desprendían del tutelaje de las malas lenguas, cruzaban la frontera y se tiraban un polvo con un mexicanito convertido en la viva representación de lo esotérico sin complicaciones. Por obra y magia de los bordes limítrofes establecidos, un mexicanito desnudo, con la verga marrón y listo a emballestarse, era la encarnación del azteca *homo eroticus profanus et facilis*, mientras que el mismo mexicano en este lado de la frontera (el norte) devenía simplemente en un mojado violador. Soledad reprodujo así una tradición que desde principios del siglo XX los norteamericanos venían ejerciendo cuando visitaban "el borde", para eludir las prohibiciones sexuales puritanas, tomarse unos tequilitas de más y soñar con poseer un pedacito de ese paraíso que no entendían y siempre añorarían.

Al decir de Soledad: *Cuando los recuerdos de mis días con Juan me invaden como si hubiera sido ayer, no puedo dejar de pensar en su ceremonioso cuerpo cuadrado sobándose sobre mi*

espalda, sus dedos regordetes y ásperos estirándome los
pezones y ese contraste de pieles revolcándose en hotelitos de
mala muerte. Es como si a mi sexualidad le faltasen los tacos
y el tequila para ser de veras placentera... o quizá sea la
necesidad del borde, la frontera.

Si Soledad hubiese nacido en la casa de los Rochester en
New York, y no en Illinois, probablemente lo mismo hubiera
pasado, pero en Inglaterra, Francia o Suiza, con un gringuito
como ella. No habrían sido las carnitas, los tacos y las cervezas
Tecate o el tequila Hornitos lo que recordaría, sino los vinos
Beaujolais, la ópera de Viena, o quizá ni se acordaría, ¿quién
sabe? Pero el asunto es que ella se acordaba y nunca quería
olvidar su estadía en Mexico y desde esa época llevaba una
vida casi pública, demasiada ligada al placer para ser
anglosajona, diría un observador de las culturas híbridas.

Cuando vivía con su abuela en las campiñas de Tuscola,
Illinois, Soledad contaba las horas para su liberación. Sabía
que tarde o temprano tenía que dejar esa casa victoriana llena
de oscuros recuerdos, silencios abominables y ceremonias
anodinas. No es que viviera mal o que la viejita la torturase,
sino que muchas reglas, poca diversión y siempre entre
mujeres, le estaban constantemente quitando el color a su vida
joven y a sus implacables calenturas.

El mundillo organizado por su abuela, protegido por
inmensos matorrales de maíz que rodeaban la casa, le compelía
a desear conocer «el mundo tal y como es y por mí misma», le
aseguraba a sus amigas; en vez de mirarlo a través de la
rigurosa y monótona rutina impuesta por la matriarca. Desde
que cumplió los quince años, el aburrimiento la sofocaba sin
piedad durante todas las estaciones y la ausencia de varones en
la casa, debido a la protección ejercida con efectividad marcial
por su abuela, se volvió rápidamente insufrible. La viejita sus
razones tendría, pero nunca las explicitó, para ver en los
hombres, no al Diablo, sino a sus hijos, o sea a los sátiros, con
colita de chivo y todo. Por lo tanto, la presencia masculina en
la casona siempre se limitó a lo mínimo humanamente posible.

En la casa de la abuela todo estaba limpio y ordenado; y no
había hombres para contradecir o buscar un arreglo diferente

del que había impuesto la anciana. Era como si la señora hubiese querido recrear un mundo perfecto, el cual ella misma no conocía, pero que le daba la tranquilidad necesaria para transcurrir dentro de él, haciendo y deshaciendo reglas, rutina y limpieza. Años más tarde, Soledad confesaría a Clara que nunca odió a su abuela, pero que no la quería porque «todas las personalidades con una analidad imperterrita son iguales, quieren arreglar y limpiar su mundo porque saben que fuera de él todo es caos, todo es real y absolutamente impredecible».

Su abuela no era mala, pero nunca había sido feliz, y por eso se encerraba en sus reglas absurdas y manías cotidianas, siempre con miedo, enferma desde su nacimiento. La abuela vivía viendo el milagro de su existencia desmoronarse a medida que Soledad preparaba su partida hacia su liberación.

Una de sus manías imperturbables –que Soledad detestaba– era la de revisar el periódico del pueblo todas las mañanas con una estrategia bien pulida. El rito sucedía entre el jugo de naranja y la manzanilla con leche que le ayudaban a controlar su estreñimiento. Su atención saltaba del titular de la primera página, *("Sears suspenderá indefinidamente la entrega de su famoso catálogo")* a los pronósticos del tiempo (*"Días lluviosos con poco sol"*), y de ahí, a la página que reportaba los difuntos del día anterior. (*"Paul Kimsey, (68) hijo notable de esta localidad..."*). Era una metódica tarea que nunca dejó de cumplir, ni siquiera el día de su muerte, y que siempre terminaba con un suspiro y comentario breve: «Qué vida esta, ya ni en el clima se puede confiar; y, para remate, todos se están yendo». Su mirada luego se perdía en algún horizonte distante e invisible y se podía adivinar que al no encontrar su nombre en la lista se resignaba a vivir un día más, arrastrando sus fobias.

La situación se hacía cada vez más pesada y densa para Soledad, y mucho del ardor entre las acarameladas piernas no solo la hacía correr, sino volar con la imaginación buscando su liberación final. En todas sus fantasías se veía rodeada de hombres cortejándola y muriendo por una de sus caricias perversas; y en el fondo de la escena veía a su abuela vomitando plegarias para salvarla del Infierno.

La oportunidad ansiada apareció con un relámpago que cocinó a la abuela con tacita de porcelana inglesa y todo, no permitiéndole terminar de leer su nombre entre los obituarios de ese día. Soledad tuvo que asumir su función de única heredera y tomar decisiones sobre miles de detalles en muy poco tiempo. La decisión más puntillosa fue la pertinente al funeral de su abuela. Decidir sobre el asunto la hizo madurar unas cuantas leguas y le sirvió para que nunca volviese a sentirse culpable de sus actos y decisiones en la vida.

La abuela probablemente nunca se dio cuenta de lo que del Cielo venía; si le prestó atención, fue por unos milésimos de segundos que probablemente confundió con un mensaje de Dios hacia ella. Lo cierto es que el rayo que la pulverizó dejó sus cenizas esparcidas en el portal frente al campo de maíz. ¿Cómo, pues, enterrarla? ¿En una urna? ¿En un cajón? Quizá enterrarla no era lo correcto, sino más bien, esparcir las cenizas en los sembríos que la abuela tanto amaba. La decisión de Soledad arribó a la mañana siguiente, después de recorrer la casa abriendo ventanas, cortinas y puertas: esparciría las cenizas en los campos de maíz.

El día del funeral el calor era insoportable en un verano que se alargaba tercamente, y los pocos vecinos que vinieron a darle el último adiós a la doña sudaban la gota gorda esperando el momento en que las cenizas emprendieran su nuevo viaje hacia las mazorcas creciendo altivas. A media mañana, Soledad apareció en el umbral de la casa portando una urna de madera de color rojo y ribetes dorados, hecha en China. Vestía un trajecito de verano muy coqueto, de color naranja, recién comprado; caminó con la solemnidad de un avezado acólito hasta llegar al borde del plantío. No miró a nadie ni dijo nada, su respiración se agitó cuando abrió la cajita china sobre su cabeza y dejó caer las cenizas. Por esos azares del destino o del clima, una ventisca desparramó las cenizas en la cara de Soledad, que alcanzó a decir: «Mierda, déjame ir».

Al día siguiente, todo Tuscola comentaba sobre la terquedad de la abuela que nunca se resignó a dejar partir a su nieta y la fiesta que Soledad organizó antes de largarse a México. Soledad invitó a sus amiguitas con las cuales solía jugar *cricket*. Todas vinieron con sus falditas blancas y sus más níveas blusas, pero en vez de té helado, esta vez tuvieron *whiskey* de maíz, tortas de chocolate y *rock and roll* de los años felices. Era, según Soledad, una fiesta de despedida, porque dos días después se iría a conocer el mundo, pero también un homenaje a su abuela, que tanto le gustaba verlas jugar *cricket*. «A los muertos no se les llora, ¡se les baila!», gritó cuando ya el alcohol estaba haciendo sus efectos en las jovencitas del villorrio. Acto seguido, las falditas se movieron al ritmo del *rock* de los años sesenta y los palos de *cricket* sirvieron para agredir a enemigos imaginarios, montar caballitos inexistentes, caricaturizar fálicos andares o simplemente para no caerse de tanta risa, *whiskey* y copulaciones imaginarias.

Tal y como lo había planeado, le bastaron dos días para encargarle la casa a una tía lejana (esas a las que uno llama "tía" porque las conocemos desde siempre), poner las antigüedades en un almacén del pueblo e irse a México, dispuesta a ser mujer.

Aparece Junco

> *"Creo que siempre es preferible la neurosis que la estupidez".*
> -Rubén Darío

Tres

De regreso a los Estados Unidos, Soledad se quedó en Santa Fe, New Mexico, por pura casualidad. Su Buick de los años cincuenta dio su última milla en esta ciudad que encontró muy parecida a su fantástico "México lindo y querido". Aquí es donde decidió residir y emprender la búsqueda del perfecto amante, tratando así de completar el arduo rompecabezas del amor; pero esta vez, en su propio idioma.

Rápida y fácilmente, Soledad se amalgamó al ambiente de Santa Fe, ciudad de unos setenta mil habitantes, fundada por los españoles en 1610 y que se preciaba de albergar tres culturas históricamente en conflicto: la indígena, con más de catorce tribus con sus respectivos dialectos; la hispana, con cuatrocientos años de permanencia después de la conquista y con muy poca nueva migración; y la anglosajona, siempre desconfiada de lo que no entiende.

La "Ciudad Diferente", como se le suele llamar en los panfletos turísticos, está rodeada por las montañas Sangre de Cristo y Jémez, que dispersamente se cubren de piñones y juníperos para darle a la ciudad un aire acogedor y protegido de tanto desierto a su alrededor. Durante el invierno la ciudad se llena de turistas japoneses y alemanes; y durante el verano –época de la Feria Artesanal Indígena, la Feria Artesanal Hispana, la Feria Internacional de Artesanía y la Quema de Zozobra– la ciudad absorbe una cantidad enorme de turistas de toda estirpe, los cuales llegan a sumar en ciertos momentos, hasta tres veces más que la población local. En cambio, durante los meses de enero a marzo, Santa Fe, como capital del Estado, es el centro de las comidillas políticas de New Mexico y los turistas son reemplazados por políticos y cabilderos de toda calaña.

Un mes después de su arribo a Santa Fe, Soledad tenía ya donde vivir. Algunos de los muebles antiguos que había guardado en Tuscola le sirvieron para agenciarse de una suma respetable de dinero que luego invirtió en el alquiler y arreglo de una vieja casita de adobe, techo a dos aguas de calamina, con dos dormitorios y patio trasero. Su nuevo hogar estaba ubicado a quince minutos del centro de la ciudad, en la Villa Histórica de Tesuque, un poblado de unos trescientos habitantes entre las montañas y el río del mismo nombre.

Su búsqueda de trabajo la llevó al Pink Adobe –localizado en la calle Old Santa Fe Trail. Los caseros del restaurante se jactaban de sus treinta y cinco años de actividad ininterrumpida y por la fusión ingeniosa de la gastronomía francesa, africana y nuevomexicana, amén de lo que se decía de su dueña, doña Concha de la Cruz y Bellau.

La clientela del Pink Adobe era variopinta, según las estaciones bien marcadas por el clima de Santa Fe. Atraía una muchedumbre de turistas, pintores, escritores y esnobistas, durante el verano, entre ellos, aquellos gringos que se habían convertido a una religión hindú que les permitía ser diferentes usando turbantes blancos y manejando sus Mercedes Benz, porque tan importante era para ellos la buena comida como su contacto con la divinidad a través de sus cabellos escondidos. Atraía a senadores, diputados y cabilderos al final del invierno y principios de primavera, no solo por estar ubicado muy cerca al edificio del Congreso, sino porque la política, el buen comer y la magia negra iban muy bien juntas, según el decir de doña Concha de la Cruz y Bellau.

De esta matrona se murmuraban muchas cosas, algunas ciertas, otras exageradas, pero todas ellas curiosas. Se chismeaba que era hija de un zambo de Nuevo Orleans con una francesita sobrina del vampiro Lestat que se enamoró de ella hasta la última gota de sangre. Algo de cierto habría en esto último, porque doña Concha era la misma cara pintada por más de treinta y cinco años y no parecía envejecer sino a partir de las cuatro de la mañana, con el último trago de su famoso *Cosmopolitan*, al cual no le ponía vodka, sino pisco peruano. Se decía también que en realidad no era cocinera sino bruja de magia negra (¿qué otra magia podría practicar con semejante padre y con el reconocimiento de doctos y plebeyos de que la única magia que verdaderamente funciona es la de color oscurito?). Bastaba ver la cantidad de gatos negros disecados colgando de las vigas del restaurante para inflamar la imaginación supina de sus comensales. Sin embargo, no todo era habladurías. Doña Concha usaba sus conocimientos de numerología y astrología para manejar el restaurante en sus más mínimos detalles: la organización del menú del día, la selección de los vinos, la vajilla y hasta la contratación del personal.

Soledad consiguió su puesto de mesera hablándole a doña Concha de la Cruz y Bellau de su búsqueda permanente del amante perfecto y del amor como un acertijo guiado por los movimientos astrales. De igual manera, Clara fue contratada porque en sus pupilas doña Concha creyó ver a Nefertiti y porque su signo era Cáncer y todo esto en conjunción potenciaría la inclusión de hierbas egipcias y cangrejos en el menú los días de luna. Doña Concha se dijo a sí misma: *Una cangreja bonita portando cangrejos al estilo egipcio, bajo un techo de gatos negros iluminado por la luna de cuarto menguante. Esto es lo que el restaurante necesita.*

Cuando Clara y Soledad se encontraron en el Pink Adobe, ya el libreto estaba escrito. Las dos jóvenes contratadas por tener cierta afinidad zodiacal devinieron en compinches, en cómplices, casi hermanas y compañeras de casa. Ambas tuvieron que mentir sobre sus respectivas edades para poder servir licores en las mesas y esto las acercaba más porque desde el principio tenían ya un secreto que compartir.

Clara venía de Las Vegas, una ciudad pequeña, al norte de Santa Fe. Esta era famosa por sus historias de bandidos y balaceras durante la segunda mitad del siglo XIX y su arquitectura victoriana en medio del fin del mundo. Alguna vez Clara comentó que su abuelo solía compartir su comida y fogata con el famoso Billy the Kid, el cual era conocido por los lugareños con el sobrenombre de "el Chivato" o el "Güerito Bandolero". A Soledad le encantaban esas historias y la frescura pueblerina de su nueva amiga y decidió adoptarla como su hermanita menor que venía de un pueblito con historias diferentes, pero al fin y al cabo, un pueblito.

Soledad le llevaba un año y medio de edad y había llegado dos meses antes al restaurante y se dedicó a enseñarle a Clara los protocolos de cada servicio con la vehemencia que la caracterizaba. El truco consistía, según Soledad, en ser complaciente, rápida y misteriosa al moverse entre mesas y sillas. Nunca visualizarse a sí misma como una simple portadora de platos, copas y botellas, sino como una danzante que se desliza entre miles de obstáculos para saciar la urgente necesidad de los huéspedes. «Hay que hacerles sentir que ellos son muy importantes. Imagínate que eres una delicada avecilla blanquinegra (por lo del uniforme), con unas alas muy pesadas, cuya misión es saciar el apetito de otros pájaros hambrientos que no pueden volar. Pero, eso sí, si te tocan, mándalos a la mierda. Muchos de estos emperadores de provincia con tanta y tanta política, se creen por unos meses dueños del mundo y confunden el buen servicio del restaurante con sus fantasías de la amante servicial-esclava. Así que cuídate».

No pasó mucho tiempo para que, entre consejos y vencejos compartidos en la cocina del restaurante, las dos jóvenes se decidieran a compartir la vieja casita de adobe que Soledad alquiló en Tesuque. Soledad y Clara pusieron toda su imaginación a trabajar para decorar la casa combinando algunas antigüedades heredadas, plantas tropicales que duraban muy poco, artesanía tercermundista, principalmente de Cuzco y Oaxaca, pequeñas piezas de cerámica de San Ildefonso Pueblo, una que otra máscara africana, y por supuesto, en una esquina de la salita, dentro de una urna de cobre, su infaltable tierrita santa de Chimayó, que las protegería de todo mal.

La rústica vivienda, erigida hacía unos setenta años, cuando el adobe no era cosa de lujo sino una necesidad de los agricultores hispanos de esa zona, aparecía destartalada en la parte exterior, pero fresca, informal y acogedora en su interior. La decoración daba la impresión de un desorden premeditado que mezclaba lo serio y oscuro de los muebles antiguos con los vivaces colores de la artesanía tradicional y las matas exóticas. La rutina de las paredes de yeso blanco había sido quebrada con cuadros que representaban escenas de mercados, fiestas populares y acuarelas agrícolas; todas estas pinturas con trazo como hecho por niños prodigio, descansaban simétricamente entre las dos ventanas que daban al jardín trasero.

Fue en el Pink Adobe donde Soledad y Clara conocieron a Junco, quien al principio no era para ellas sino una sombra más entre los parroquianos consuetudinarios del bar del restaurante. Coincidiendo con la apertura del ciclo legislativo, cada noche, Junco asistía a su propio ritualístico hábito de tomarse dos o tres *single malt* añejados por dieciocho años, con el hielo en vaso aparte, en la misma mesa o la más cercana a "su mesa". Junco bebía sus tragos con detenimiento sibarita y aire eterómano, luego se paraba lentamente y bañaba el recinto con una mirada vidriosa y una sonrisa quebrada que parecía arrastrar penas; poco después, su figura larga y aquijotada se diluía en la noche.

Tanto Clara como Soledad se acostumbraron a su inofensiva y habitual presencia. Después de dos meses de servir lo mismo, al mismo sujeto, en la misma mesa, era casi como mirar el reloj y ser copartícipes silenciosas de una ceremonia ajena. Lo poco que hasta el momento conocían de Junco, lo aprendieron por boca de él, en momentos diferentes, pero en el mismo preciso orden. Junco estaba solo, pero hasta ahora no había encontrado la soledad absoluta; era escritor, pero a pesar de tener muchas historias que contar y poemas que escribir, no podía escribir (uno es lo que uno hace; no lo que uno dice que hace, así que podemos concluir que no era escritor, pero que quería serlo); que no tenía nombre humano; y que, por último, no podía amar porque presagiaba el silencio después del placer como un sepulcro inhabitable. Cuando ellas compararon las versiones, concluyeron que el tipo estaba loco y que, si no tenía nombre, ellas lo llamarían Junco, por lo flaco, mustio y estirado hacia un costado, como una caña.

En una de esas tardes en que el sol se inflamaba en el horizonte y se resistía a desaparecer, tiñendo las pesadas nubes con descontinuadas pinceladas rojas, naranjas y violetas, violentamente presagiando una tormenta, Soledad y Clara mataban el tiempo arreglando servilletas y acomodando vasos y copas dada la escasez de público. No era el ritmo de trabajo al que ya estaban acostumbradas y lo atribuyeron a que el receso de la legislatura estaría devolviendo a los políticos y cabilderos a sus pueblitos, a sus mujeres y menjunjes de chile verde y calabacitas. Si bien ellos se iban, siempre quedaba como ejército de reserva la oleada de turistas que preferían visitar Santa Fe durante la temporada baja del turismo, cuando todo es más barato. Pero por alguna razón, estos tampoco aparecieron esa tarde. No se escucharon las risotadas alharaquientas de los texanos, ni las preguntas absurdas de los neoyorquinos acerca de los bandidos e indios, como si hubiesen aprendido la historia viendo las películas de John Wayne; tampoco aparecieron los californianos buscadores de gurús y chamanes, ni los alemanes, ni los japoneses tratando de mezclarse con los indígenas, el último vestigio de una raza pura, pero inteligente, porque hablan inglés desde chiquitos, según ellos. Los habituales parroquianos lugareños, sin embargo, sí estaban ahí, como siempre.

—Esta ciudad es un chiste barato, ahora solamente vienen pelagatos que no quieren gastar. Compran papitas fritas y chucherías. Pero arte, ni hablar. Cuando me mudé de Chicago para acá, hace veinte años, había menos gente, pero más dinero para gastar en *high art*. Ahora todo se está blanqueando con turistas pobretones. Alguien va a tener que crear otro mito exótico en Santa Fe o nos jodemos.

—¿Quién es este calvito gritón? —interrogó Clara.

—Es Tavlos, el pintor griego. Él creó la iconografía del coyote aullando a la luna, Sonny Boy, que identifica a Santa Fe.

—Para mí, si me permite el señor Tavlos, es la peste...—era Rubén Rosenberg que sobándose su blanquecina barba iniciaba su disquisición de la noche, como tantas otras noches, antes de irse a cerrar su tienda de artesanías—. Ha espantado a todos — continuó—. Ya han muerto cerca de cuarenta indígenas en Gallup, ocho en Albuquerque, tres en Cochiti y uno en Dulce. Pareciera que la peste se estuviera acercando a Santa Fe. Leí en los diarios que empieza con un simple dolorcito de cabeza y termina haciendo botar espuma por todas partes del cuerpo. Dicen que la originó un ratoncito silvestre que anda suelto por ahí.

—Puede ser la peste, puede ser la economía de este país o quizá todo ese ruido de tambores en la plaza asustando a la gente —dijo Tavlos con tono molesto mientras pedía otro *ouzo* con hielo.

—Ah, esos son las Ocho Tribus Pueblo que han venido a vindicar sus derechos de soberanía. El gobernador está medio asustado, no los ha querido recibir. Lean, aquí lo dice, en el panfleto: *"Ocho Tribus Pueblo, ocho lenguas, un destino, un único enemigo: el gobernador, Reinaldo King"*. Y aquí firman el comunicado los gobernadores de los Pueblo, los Nambe, Pikuri, Te-Tsu-Ghe, Po' Swae Geh, Powh-Ge-Oweege, Khap P'O y los Tua-Tah —interpuso Adib Koury, el dueño de la más antigua tienda de ropa en el centro de Santa Fe.

—¡Qué carajo! Los pocos turistas que tenemos dudarán al ver un indígena y no sabrán si es un artista, un vendedor ambulante de joyas, un radical en pie de guerra o un portador del virus. ¡Qué desastre, estamos jo-di-dos! —remarcó Tavlos mientras hacía señas para que le sirvieran su tercer *ouzo* con hielo.

—Pero, señor Tavlos, los nativos de aquí no solo son atracción turística. Son gente de carne y hueso, con necesidades, problemas y derechos. Permítame decirle que el viejo gobernador debería por lo menos darles una audiencia. ¿De qué tiene miedo? ¿A la peste? ¿O es un caso de imbecilidad política? Mucho tiempo de gobernador debe causar estas reacciones poco inteligentes —volvió a interponer el señor Koury con su consabido manerismo de sabe-lo-todo y haciendo gala de su nombre árabe: Adib, bien educado.

La plaga venía atacando con más severidad a la población indígena. Su propagación, a paso de ratón, era lenta entre la población no-indígena. Por lo menos así lo entendía oficialmente el Gobierno Federal, que ya había mandado un equipo de expertos en inmunología para determinar las causas de la epidemia. La enfermedad comenzaba con un simple estornudo, falta de visión (cosa que el gobernador sufría desde hacía varios años) e intensos dolores de cabeza que hacía ver arañas de todos los colores y tamaños; por último, el virus fulminaba al enfermo con una fiebre altísima que causaba severas convulsiones y un derrame apocalíptico de baba blanca. Todo este padecimiento se producía en unas escasas veintidós horas, aunque los casos más tenaces duraban veinticuatro.

El hecho de que atacara a los nativos era por lo demás alarmante ya que doscientos de ellos estaban aquel día en la plaza mayor de Santa Fe reclamando sus derechos de soberanía y la eliminación de los impuestos a sus artesanías. El miedo al contagio, el tan-tan-tan de los tambores de cuero y los guturales *eyaaayayas* de sus voces acentuaban el nerviosismo del octogenario gobernador que se veía entrampado entre el contagio, una sublevación indígena y la posibilidad de perder la reelección. Para algunos residentes de Santa Fe, acostumbrados a la imperturbabilidad de los nativos y su presencia decorativa, lo que estaba sucediendo era el preámbulo de la revancha indígena por todo lo que los anglos e hispanos les habían hecho desde el famoso encuentro-descubrimiento-conquista del siglo dieciséis.

Aquella versión en boca de las viejitas más castizas y católicas, esas que buscan sus apellidos hispanos en las banderas que rodean la plaza en los días de la Fiesta de Santa Fe, o en los comentarios sardónicos de los dueños de galerías de arte y promotores del turismo, era una explicación muy huérfana de sentido de los acontecimientos, un producto del complejo de culpa histórico que hace que se atribuyan al otro bando sus propios fantasmas. Sin embargo, el propio gobernador se hacía eco de aquellas habladurías y había dicho en una conferencia de prensa que él no creía que los tambores y danzas fuesen para invocar la lluvia y las buenas cosechas; así que, por si acaso, llamaría a la Guardia Nacional. Su histerismo y tozudez eran obvios. Él no creía que la soberanía reclamada era algo aceptable (a pesar de haberse establecido en la Constitución de New Mexico), ya que su bisabuelo llegó a ser lo que fue gracias a que cualquier problema de ese tipo lo resolvía baleando a los nativos.

—Yo no soy un experto en asuntos de los nativos de New Mexico —dijo Tavlos ya más calmado—, yo admiro su arte, uso sus diseños y mitología como base para mis pinturas, pero a mí se me hace que estas danzas no son de guerra, son danzas para invocar la lluvia.

—Cualquiera que sea el motivo, el resultado es el mismo: no hay turistas, no hay políticos, no hay clientes, no hay dinero, y yo necesito dinero —interrumpió Clara.

—Vamos, Clara, no te pongas así. Esto es temporal. Si se pone peor, a lo mejor hasta somos noticia. Con la ayuda de la tele y los periódicos, el negocio vuelve a la normalidad. Santa Fe es una ficción que siempre hace noticia. Mira, tómate un tecito de albahaca santa y lavanda, te relajará. —Soledad le alcanzó una tacita de té que Clara aceptó pensando en la falta de sus acostumbradas y nutridas propinas.

El gobernador King se sintió un tanto aliviado cuando las primeras persistentes gotas de lluvia empaparon Santa Fe. Empezó como una ducha alegre y terminó siendo una verdadera tormenta que calaba hasta los huesos. Las danzas y tambores no eran, después de todo, para invocar su muerte física, aunque su muerte política ya estuviera *ad portas*, sino para atraer la lluvia. Para los gobernadores de las Ocho Tribus Pueblo, las lluvias en Santa Fe solo podrían entenderse como un signo de los tiempos y el jefe del Consejo Indígena rubricó su decisión de posponer la protesta para mejores tiempos. Había que regresar a sus respectivas reservas, porque «quién iba a aguantar tanta lluvia en medio de la calle cuando había que mejorar los campos de cultivo».

—Es tiempo de regresar, hermanos, la naturaleza, nuestra madre protectora nos ha hablado y mojado la protesta. Nuestra lucha continúa por otros medios más secos.

Ya bien entrada la noche, Junco apareció en el Pink Adobe, hecho un estropajo, pálido, con la mirada opaca, más delgado y tronchado que nunca. Buscó la misma mesa de siempre. Pidió mediante gestos su acostumbrado trago y lo bebió de la misma manera, degustando lo aromático de la malta añejada en barriles de cedro. Esta vez, sin embargo, su brindis era acompañado por relampagueantes escalofríos que le estremecían todo su cuerpo enclenque. Les fue imposible, tanto a Soledad como a Clara, desatender la escena que Junco producía en su mesa. La ropa mojada hasta la última fibra, las sacudidas estridentes y sus esfuerzos por permanecer ignorado invocaron la compasión y la curiosidad de las dos mujeres.

Fue Soledad, sin embargo, en uno de sus viajes de regreso de la cocina, la que se acomidió a dejar un mate hirviendo sobre la mesa de Junco, casi sin detenerse. Junco miró con desconfianza el brebaje humeante sin mirar la partida fugaz de Soledad. El humo del líquido le dibujó un cuerpo de mujer zigzagueante y de un mataperico se lo bebió todo. Su reacción fue ambivalente: por un lado, el calorcito de la bebida lo reconfortó y detuvo el temblequeo en un santiamén; por otro lado, su mente le pronosticaba que su batalla por ser ignorado enfrentaba una derrota total y rápida.

Envalentonada con la aceptación del brebaje, Soledad llamó a Junco haciéndole señas para que se acercara al fogón de la *kiva* que languidecía como parte de la decoración del restaurante. Junco dudó por unos instantes, pero finalmente aceptó la invitación cediendo paso a su necesidad de secar su ropa. Se levantó, alargando su figura más de lo usual, a la vez que se cobijaba la garganta con los harapos del cuello de la camisa mojada. Cuando arribó al sitio indicado, quedó mirando a Soledad como un lobato acorralado o una oveja con mal de rabia, se sentía indefenso, con ganas de odiar, pero sin fuerzas para oponerse a las atenciones. Todo esto venía transcurriendo dentro de confusos soliloquios, señas y miradas expectantes. Ese dominio de la escena por parte de Soledad, tan caritativa como impertinente, le cosquilleaba suavemente el clítoris, como si ella fuese la encarnación de la caridad sexualizada de una monja de vida airada.

El ser buena, bondadosa, servicial, la hacía sentirse necesitada; el que esto sucediera con un casi perfecto desconocido le daba un carácter gratificante a sus acciones a la vez que le permitía intuir el desenlace. Soledad le devolvió a Junco la mirada con una sonrisa melosa; y obviando su confusión y lobreguez, volvió a sus quehaceres. Sin embargo, sabiéndose vencedora de una gresca de personalidades, no le dio la misericordia que merecen los vencidos y mantuvo su atención abierta a los movimientos aletargados de Junco. No era para nada raro que Soledad hiciera cosas guiada solamente por su intuición. Lo nuevo era el manejo de la situación, como si ella supiera de antemano el final del cuento, como si la velocidad con que escribía en su cerebro el libreto fuera un truco, porque ella ya sabía el desenlace de la historia.

Soledad había absorbido todo lo estrambótico de Junco desde su primera visita al Pink Adobe, detectando en lo poco que dijo un terrible deseo de necesitar a alguien sin pedirlo. *Esta vez*, se comentó a sí misma, *todo será diferente. No más piezas sueltas que auscultar. Junco, tú me necesitarás, es un hecho. Así como eres tronchado, largo, bonito y casi moreno, seré tuya cuando reposes, cuando duermas, cuando sueñes, cuando estés lejos o cerca. Así me necesitarás, así me llenaré de ti.*

Mientras Junco seguía ensimismado en el laberinto de sus pensamientos, las dos amigas hicieron planes para el final de la noche. Llevarían a Junco a la casita, le secarían la ropa mojada y le retornarían el alma al cuerpo con un buen guisado de papas, cerdo y chile rojo.

—¿Y luego? —interrogó Clara.

—¿Luego? El luego no existe, todo es presente y está bajo control. Yo me encargo de eso. Su necesidad es un rompecabezas ya armado.

—¿Qué te traes entre manos, Soledad?

—¿Entre manos? Nada. Quizá entre… ja, ja, ja, ja… Déjamelo a mí, yo sé lo que hago.

Lo curioso de la decisión no residía en que Soledad invitase a alguien a la casita de Tesuque, sino en que ese alguien era un casi desconocido con manías raras, un tipo extraño con el cual había intercambiado unas cuantas frases incoherentes, señas, silencios, quizá algunas miradas sospechosas. Soledad reclamaba la simbólica interacción como el reprimido clamor de Junco por ella. Clara no se atrevió a contradecir a su amiga y retornó a su preocupación por la escasa clientela en el restaurante que no le permitiría ganar lo que necesitaba para ahorrar lo suficiente.

Parte de la noche Junco la pasó casi inmóvil, apenas haciendo lo suficiente para beber su trago y seguir con el rabo de los ojos los movimientos gráciles y despiertos de Soledad sirviendo la cena a los pocos comensales. Los usuales ataques de nostalgia que le atravesaban el alma y le agredían en cualquier lugar o momento se hicieron presentes cuando ya no sentía los escalofríos. La melancolía lo petrificaba, le crispaba el párpado inferior, haciendo más vidriosa y rojiza su angustia que crecía con la probable abrupta aparición de una huérfana lágrima que él sentía como si estuviera abortando una pepa de palta por la ranura del ojo izquierdo. La energía que ya lo abandonaba la concentraba en contener el único signo de su dolor, la lágrima abortada y su curso forzoso hacia la intemperie. En todos esos años deambulando en el laberinto tridimensional de sus penas, su clamor de soledad absoluta y angustias predeterminadas, la realidad solo existía para evitarla y la memoria para petrificarla. La fórmula que había aprendido era simple: mantenerse estático de tal forma que el mundo no se enterase de su dolor, lo compadeciese o le espantara su demente soledad-compañera.

Con tanta aflicción a cuestas, un hombre común y corriente se habría doblado hasta vomitar su alma en pena. Pero Junco, que se había convertido en un trujamán del mimetismo, sentado ahí, estirado hacia adelante, sorbiendo su trago avizorando el aterrizaje forzoso de su húmedo signo de tormento; tumefacto de pensamientos negros, se esforzaba por parecer una estatua de provincia en un pueblo fantasma.

Al final de la jornada, después de repartir el pocito de escasas propinas y de recibir la tradicional bendición profana de doña Concha con el último *Cosmopolitan*, tres siluetas abandonaron el restaurante atravesando apuradamente las líneas puntillosas de la lluvia santafesina que a veces se convertían en oleajes empujados por ventarrones traicioneros. Iban muy juntitos, apoyándose uno con otro, como tres viejos amigos.

Las piezas que faltaban

"Todo se iguala en la sombra. Y yo me había transformado en una planta oscura más entre otras enredaderas. Incluso mi voz, que se levantó hacia ti como otra mano, se convirtió en una sombra más de ese jardín".
-Alberto Ruy Sánchez

Cuatro

Dos meses y medio pasaron antes de que Junco dijera algo con sentido; y uno más, antes de que murmurase algo claro después del orgasmo. A Soledad no le importaba sus incoherencias y sus medias verdades tan retazeadas que parecían mentiras universales. Clara optó por ser la amiguita a distancia, siempre amable y risueña; y a quien no le preocupaba comunicarse con él más de lo necesario. La presencia de Junco en la morada se había convertido en familiar y necesaria para las dos mujeres. Soledad sabía lo que hacía, Clara confiaba en Soledad, y Junco se dejaba llevar.

Las dos jóvenes veían ahora a un Junco limpio y afeitado, todavía tronchado, pero con movimientos gatunos, con su sonrisa estrecha, pero todavía taciturno. Se sentían cómodas alrededor de un hombre de quien no conocían sino pedazos sombreados de su historia y con quien no tenían que interpretar ningún papel especial, ni siquiera esconder su media desnudez camino al único baño de la casa. Cuando alguna vez se encontraban corriendo a éste al mismo tiempo, llevados por los azares del tránsito de tres personas metidas en sus propios quehaceres y ritmos de vida dentro de una cajita de adobe que era la casita donde vivían, ninguno se espantaba de lo que veía o se apresuraba a esconderse. El que llegaba primero simplemente desaparecía a hacer lo que tenía que hacer y el resto descorría sus pasos sin ningún apuro.

Siempre se ha dicho que si los amigos de ambos sexos no son capaces de manejar los avatares de compartir el uso del baño, se corre el peligro de que se conviertan en enemigos; pero si algún orden se logra, estos pueden también devenir en amantes. Cuando se administra la ecuación del pudor se trasgrede con simplicidad una de las puertas más sensibles de la condición humana, aquella que está ligada a las únicas funciones humanas que pueden ser terriblemente eróticas u horriblemente nauseabundas. Al respecto, Junco las había sorprendido con una pregunta a boca de jarro, una de las primeras noches de su estadía:

—¿Quieren que levante la tapa cuando voy a orinar?

Las mujeres se miraron sorprendidas por la claridad de la expresión tan inusual en Junco, pero también por lo obvio de la respuesta.

—¡Sííí, por favor! —respondieron al unísono.

En esa oportunidad, Junco, sin añadir más, volvió al baño de donde había salido minutos antes mientras en sus pensamientos pasaba la letanía de una antigua amante que le hizo limpiar treinta veces el retrete hasta que aprendiera a no gotear orina en la tapa: «Cochino de mierda, ¿qué quieres?, ¿que me siente en tu meada y que luego hagamos el amor? ¿Que huela a pichi, que me acuerde de esto cuando estás dentro de mí?». *Pichi, semen, pichi, semen... igualito es, con la verga*, se repetía Junco para sí mismo mientras limpiaba el inodoro. Después de esa pregunta y la respuesta a coro, Soledad y Clara nunca tuvieron que ocuparse más de la limpieza del baño o de administrar las reglas de pudor. Todo se sucedía con la naturalidad de una familia y hasta mejor todavía.

Cuando Junco se quedaba a dormir, de vuelta de uno de sus cortos viajes a no se sabe dónde, se levantaba muy temprano con la claridad anunciada por las primeras batallas aéreas de los picaflores que abundan en el valle de Tesuque. Les preparaba el desayuno con frutas de la estación, papitas, primero sancochadas y luego doradas en aceite de oliva, salteadas con calabacitas, chile verde de Chimayó, apio, pimiento rojo y chorizo. El café aparecía primero enfrente de las soñolientas caras de Soledad y Clara preguntándose si en la otra historia que no conocían de repente Junco había sido un famoso chef al cual un oprobioso día se le quemó el agua, convirtiéndose en lo que era ahora. Por último, cuando ya estaban más peinaditas y todo, el aroma del pan fresco les aceleraba la gran batalla del maquillaje frente al espejo. Cuando todo estaba listo y a su disposición, Junco partía a buscar alguna otra tarea que hacer con una tenacidad de hormiga alemana.

Lo podían ver en el pequeño jardín cortando dalias, margaritas y tulipanes o acicalando las rosas de encaje, separando las malas hierbas de las buenas, eliminando quirúrgicamente a los persistentes insectos. Si como cocinero era bueno, como jardinero era excelente. Había logrado cultivar una rara especie de higo que cuando se deshacía en el paladar hacía babear de gusto a las dos mujeres que celebraban su gozo con aplausos de mariposa. Desde su llegada, Soledad y Clara no solo tenían menos que hacer en la casa sino que nunca tuvieron que contratar a un plomero, a un pintor, a un albañil o a un electricista porque mucho antes de que ellas se diesen cuenta del desperfecto, Junco ya se había encargado de arreglarlo.

En suma, Junco desaparecía y regresaba, las atendía como un esclavo, no hablaba casi nada y bufaba como un toro en agonía en sus noches y a veces tardes de placer con Soledad. Todo era perfecto. Soledad lo mostraba en público cuando iban a la ópera o al Teatro Lensic, lo acariciaba cada vez que se le daba por aparecer enamorada y mostrar que era dueña de su macho cabrío y luego le contaba a Clara los pormenores de sus encuentros con Junco.

—Esta vez, lloró como un niño después del orgasmo y pronunció nombres de lugares. Algo así como Mazatlán o Morazán. Se puso a temblar.

—¿Morazán? Eso queda en El Salvador.

—Cuando sale de la casa con una ruma de papeles en blanco y le pregunto a dónde va, él me contesta: «Por inspiración». Cuando le pregunto cuándo va a regresar él me dice: «Cuando se acabe».

Pero, ¿sabes lo que hace todo el día en la calle? Se sienta en la plaza, en frente del portal del palacio del gobernador, con sus papeles en blanco y un cartel que dice: «Poemas de amor y penas a pedido». Y la gente, los turistas, y hasta los nativos que venden su joyería de plata en la plaza, le compran poemas. ¿No es gracioso? Es un poeta de a dólar, pero a mí nunca me ha escrito nada.

—Hace tiempo que yo quería preguntarte: ¿Tú lo amas así tan extraño, tan raro?

—El amor es un rompecabezas, Clara. Cada vez que te encuentras con alguien que te gusta, una piecita es arreglada en este tablero que te puede durar toda la vida. No importa si es un digno abogado o un poeta de a dólar. Lo que importa es sentir cuánto te necesita porque es ese engrudo el que pone las piecitas del juego muy juntas. Todos mis amantes, aún los más casuales, me han necesitado de diferentes formas, sea en los segundos de su placer o en su búsqueda íntima por resolver su propio rompecabezas. Junco se desgarra en las noches conmigo, me hace sentir que no importa qué lejos esté su mente, su cuerpo me necesita, no importa cuántas palabras pueda poner juntas para expresarlo, su cuerpo lo delata. Su necesidad de mí me hace perderme, darme, imaginar para que me necesite más. Es por eso que siempre vuelve, es por eso que hace todo lo que hace aquí en la casa. Él es la respuesta que le faltaba a mi vida amorosa, a la que siempre he visto como un acertijo. Uno nunca sabe nada al principio, uno obtiene las respuestas al final. Creo que yo soy su tabla de salvación, la que lo empujará a ser el poeta que quiere ser. Hoy escribe por unos dólares; mañana, quién sabe, un libro.

—Pareces tan segura de todo esto.

—Bueno, todavía hay algo que tengo que averiguar.

Los días empezaron a sentirse cada vez más secos y calurosos en Santa Fe. El viejo y testarudo invierno se retiró del todo, cediendo su paso a una primavera inusualmente lluviosa, y ahora el verano empezaba a desvestir a la gente. Ya se habían desentendido de la peste (el Gobierno Federal ubicó al ratón silvestre que portaba el maldito virus cerca de Gallup, a tres horas de Santa Fe, y ordenó su destrucción inmediata, cosa que estuvo a cargo del Departamento de Salud y Bienestar Social y no de la CIA, como algunos dijeron). También olvidaron, o preferían no recordar, la lluvia tempranera que enlodó la ciudad y la protesta de los nativos Pueblo. Poco a poco, el Pink Adobe entró en su acostumbrado curso de recibir a su variopinta clientela de turistas, seguidos por políticos y cabilderos, seguidos por más gente local. Clara se preocupaba menos por el dinero, y, por lo tanto, tenía más espacio psicológico para pensar en otras cosas. Pronto le llegaría la respuesta de la Universidad de Notre Dame y tenía que estar preparada para lo que venía: planes de mudanza o continuar en lo mismo.

Mientras tanto la armonía creada en la casita de Tesuque mantenía su curso. Clara miraba a Junco con curiosidad, explorando sus movimientos, y cuando no, buscaba ansiosamente una excusa o un defecto que le permitiera odiarlo amigablemente. No obstante sus intentos, en la medida que Junco seguía atendiéndolas y manejándose sin invadir sus espacios, con esa distante y silenciosa amabilidad a prueba de todo, sus esfuerzos por distanciarse de su presencia enigmática, le resultaban vanos.

Por su parte, Soledad insistía en hacer notar la presencia de Clara a Junco. No se cansaba de repetir lo bonita que era, cuánto la admiraban en el restaurante, que iba a ir a la universidad, que caminaba como modelo, que no tenía mucha experiencia pero que de seguro era buena en la cama, que uno de estos días haría una fotografía para ilustrar su sensualidad joven, que era una mujer con futuro porque sabía pensar y tomar decisiones. Junco asentía sin decir nada y de vez en cuando bañaba a Clara con una mirada de pies a cabeza para luego enlistarse otra vez en sus propios pensamientos de hilos sueltos.

ഇരുള

Aquella tarde calurosa, como tantas otras en Tesuque, en las que los vecinos abren todas las ventanas para refrescar las casas sin aire acondicionado, Junco encontró a las dos amigas departiendo en medio de la salita, ligeramente vestidas, aguardando a que el sol terminara de desvanecerse con todo su esplendor rojizo y quemante. Si bien desde su casita no podían ver la puesta de sol en todo su resplandeciente forcejeo con las nubes multiformes, el reflejo de aquel se extendía a las colinas de enfrente, tiñéndolas de un rosado recargado. Esa singular visión de atardecer santafesino les permitía no solo intuir la batalla multicolor en el horizonte opuesto, sino que a la vez les brindaba la oportunidad de esperar la nítida aparición del planeta Venus y la uña de gato en que se había convertido la Luna en su cuarto menguante, mientras degustaban sus copas con vino y hablaban de los hombres.

Clara recibió esa misma tarde la tan esperada respuesta de la Universidad de Notre Dame y sin atreverse a abrir el sobre se sentó a esperar la cena mientras ojeaba una revista de modas. Soledad quería celebrar la respuesta de la universidad, que ella daba por seguro, sería positiva. Le había sugerido que abriese el sobre cuando el sol desapareciese del horizonte, de esa manera las buenas noticias arribarían y la luz del sol no interferiría con la brillantez de su rostro feliz.

—Este momento hay que detenerlo lo más que se pueda. Es importante para ti. ¿Qué tal si cambiamos el vino por una copa con champán? La ocasión lo amerita.

El sobre todavía cerrado yacía en medio de ellas y cuando hablaban de los futuros planes académicos de Clara, era como si le estuviesen hablando al papel. Cualquier cosa que no le obligase a hablar en público o a escribir demasiado, había enfatizado Clara, quizá Psicología o Servicio Social.

Cuando arribó Junco a la casita, en lugar de buscar algo que hacer como siempre, se tiró entre los almohadones y las quedó mirando sin ninguna expresión. Se quitó la camisa de seda negra que se le venía pegando a la piel por el calor y las ganas de no sudar. No encontró otro lugar mejor para depositar su camisa que la mesa donde estaba el sobre de la Universidad de Notre Dame. Clara y Soledad se miraron aceptando que Junco sería partícipe de la razón del jolgorio, la cenita y las copas con vino. Apareció un pecho flaco, chato y lampiño, la insinuación de sus costillas y un estómago inexistente. Sus brazos huesudos, que terminaban en unas manazas de panadero, se dirigieron a descansar detrás de su nuca. Soledad se aproximó para darle la bienvenida de una risueña gatita, no sin antes terminar de balbucear algunas palabras cerca del oído de Clara. Le dio un beso tierno en los labios y se montó sobre él. Lo cabalgaba con suavidad a la vez que su lengua jugaba con sus párpados, con su nariz, con los lóbulos de sus orejas; y sus dedos apretaban intermitentemente sus diminutos pezones de angelito. Junco puso las manos en las caderas de Soledad, ayudándole a continuar su vaivén. Clara observaba muy cerca, sentada sobre sus rodillas, como un disciplinado acólito, sorbiendo la champaña de a poquitos, absorta en la visión de los cuerpos que entraban ya en los pormenores de su accionar libidinoso. *¿Por qué no?*, comenzó a reflexionar. *Soledad goza sin miedo de gozar. Junco goza como un moribundo jalando su alma. Yo los escucho y hasta me da envidia. ¿Por qué no? ¿Acaso ella no me lo pidió? No hay celos entre amigas, me ha dicho.*

Tantas veces había escuchado o imaginado aquellas escenas que ahora las sentía como una repetición; y por un momento se sintió sumamente privilegiada que le dejaran respirar el mismo aire pesado y entrecortado de su erotismo público. Su trance estaba acompañado por unas sonrisitas androides, y fue interrumpido cuando Clara se encontró con la mirada de Junco, detrás de la espalda ahora desnuda de Soledad. La mirada de Junco la petrificó por un segundo, la clavó al suelo y la hizo percatarse de su propio cuerpo dentro de aquel círculo imaginario de suspiros; sin embargo, no apartó la vista sino que, desafiante como nunca, puso en la mente de Junco sus pezones erguidos todavía cubiertos por la tenue elasticidad de la bata de seda blanca. Soledad seguía cabalgando a Junco como una amazona silvestre apretando el desenlace, sentía todo lo que debía sentir entre sus piernas y se esforzaba con una sofisticación budista en mantener todas las voluntades eróticas en su lugar.

No había nada que le produjera más placer a Soledad que el manejar los ardores sensuales de sus congéneres hasta el punto donde ella quería llevarlos. Según ella, admitiendo su papel de sacerdotisa profana, la seducción no puede darse sin manipulación, sin el ejercicio desnudo del poder. Se trata, en última instancia, de la consumación del dominio porque se conoce las vulnerabilidades o los deseos de los otros; y si se sabe nutrirlos, hacerlos germinar, y ultimadamente, hacerlos florecer en una entrega desalquilada, entonces, el placer se convierte en un Prometeo capaz de cambiar formas y satisfacer a todos, tanto al que manipula, seduce y ejerce el poder, como a quien o quienes se han adscrito al juego sin saberlo. Soledad se embardunaba con esas emociones, sintiéndose el centro de aquella trinidad a punto de estallar, y su única desenvuelta preocupación consistía en no romper el círculo concupiscente antes de lo necesario.

Soledad se desmontó satisfecha con los resultados de su arte y volteándose hacia Clara le terminó de sacar la batita; y como ofreciendo a un dios griego una oración imaginaria, levantó los pechos de Clara presentándolos en toda su plenitud a la mirada felina de Junco. Clara lo sintió como un acto liberador que la hizo descender del pedestal en que se había ubicado desde del arribo de Junco. *Com-par-tir...Com-par-tir,* fueron los últimos pensamientos ordenados que tuvo, antes de abandonarse a sentir su cuerpo entre las pieles de los amigos-amantes que se alargaban como ramas estranguladoras que devoraban su hambre y la rodeaban con la tenue elasticidad de dos alas de ángeles abrigando su implacable calentura.

A la mañana siguiente, la fuerza del sol reventaba en la ventana del cuarto de Clara que se desperezaba sin quererse despertar. Sus pupilas achinadas se entreabrían y cerraban sin informarle con claridad dónde estaba. El fulgor de los rayos solares creaba unas bolas oscuras que ella trataba de alejar con las palmas de las manos, en tanto que una brisa tenue movía las prendas de seda que se desparramaban laxas desde los cajones de la cómoda. El etéreo aleteo de las blusas en púrpura viva y rosado salmón le permitió reconocer que estaba despertándose en su habitación. Sus manos se deslizaron de su rostro a su cuerpo y al pasar por sus pechos sintió un escozor que su memoria residual atrapó como la imagen de un higo gigante a medio partir succionándole las cúspides de sus senos. Todavía incrédula, pasó su mano izquierda sobre su pubis babeante, y lo pegajoso de su textura la acabó de convencer y despertar. Estaba en su recámara, en su cama y había copulado con Soledad, no, quizá al principio, pero sobre todo, con Junco.

Se encaramó de un sopetón reconociendo el desorden de su cuarto, para volverse a tirar en la cama con el antebrazo cubriéndose la cara. «¡Soledad, hija de puta! ¿Por qué te fuiste?, nos dejaste solos. Junco, eres una bestia exuberante y hasta murmuraste mi nombre». Poco a poco las escenas en cámara lenta se suscitaron ante los ojos cerrados de Clara.

Cuando ella ya no podía sino dejarse querer siendo parte de una erótica sacrosanta trinidad, Soledad había hecho una retirada inexplicable sin siquiera voltear para dar su aprobación o su desaprobación. Simplemente se fue a dormir y hasta quizá a imaginar cómo Clara podría gozar como ella. Viéndose con nueva amante, Junco levantó el cuerpo menudo de Clara con una suavidad que no le permitió a ella discernir si estaba volando de deseo o es que realmente estaba siendo transportada de la salita a su dormitorio. Ahí Junco lloró de placer cuando se quería hacer chiquito y como jardinero nómada escarbar y entrar en la tierra de su cuerpo inexperto. Clara, naufragando y sin libreto que seguir, se dejó llevar tras las olas de caricias que la vehemencia de Junco provocaba. Su íntimo jardín florecía abierto a las algas por las cuales trepaba su deseo en una cuesta que ella subía y descendía para acercarse al clímax. Los murmullos carrasposos de Junco y sus labios fríos y secos hallaron los fluidos que Clara dejaba escapar como prueba de su abandono. Los cuerpos se juntaban, se separaban, se escondían uno dentro del otro, los dedos eran obscenos, las manos muy grandes para decidir dónde no entrar y, por fin, el desgarrado grito de Junco que llegaba a su presagiada playa, al silencio interrumpido por dos relampagueantes sacudidas de su cuerpo y al viento de su voz que sonaba como un alarido enervante y grumoso: «¡Claraaa...Cla...Cla...Clara!».

Era domingo, no tenía prisa en levantarse, y Clara decidió enfrentar la realidad poco a poco. Comenzaba a poner juntas las piezas de su propio rompecabezas. Tanta agua había llegado al cántaro de su voluntad que se dejó llevar dócilmente a una situación a la que por sí misma nunca hubiera llegado. Sin embargo, nadie la forzó esta vez. No hubo violencia de ningún tipo, ni física, ni mental, ni negociaciones arcaicas; únicamente la seducción, que es el arte de doblegar la voluntad desde adentro. Existía algo más, quizá una mentira o una artimaña que Soledad desmadejó y que la hacía sentir desavenida, pero quizá aquello no era sino el factor catalítico necesario para transgredir las últimas barreras de su propio racionalismo. Esa trampa, como la quería ver ahora, era otra pieza más del enigma y tenía que ver con la fantasía.

«Compartir a Junco» era la frase clave de esa fantasía, el código secreto que a ratos sonaba tan cristiano, tan de su casa, tan inofensivo como excitante. Compartir su vitalidad y su desasosiego en busca del placer. Ahora ya sabía a qué atenerse. Había recuperado su cuerpo entregándolo; pero, para llegar a eso, recurrió a una fantasía en la cual la realidad debería ser transgredida amigablemente. En ese proceso sin tiempo definido, embardunar la fantasía de colores amistosos fue muy importante, tal vez lo decisivo para que aquella se convirtiera en algo menos arcano y peligroso. Después, una vez domesticada la duda con imágenes suaves, una audacia casual le abrió las puertas a la vehemencia y el abandono. Si ponía todas las piezas juntas, ella sabía que no amaba a Junco, pero que él y Soledad, su amiga, le ayudaron a encontrar la vía para recuperar su cuerpo. Cuando llegó el momento, sus miedos se deslizaron por el tobogán del deseo, dejándola libre.

Del mundo misterioso y complicado de Junco no aprendió nada. Sabía por experiencia propia que era cierto que sus silencios después del sexo eran largos e inquietantes, por lo tanto, era superfluo tratar de sacarle una sílaba de sus oscuros pensamientos o tratar de conocerlo más. Prefería verlo como siempre, como el amante de su amiga que fue parte de su fantasía (creada por Soledad, hay que admitirlo); y que le ayudó con creces al desbroce de sus pesadillas antiguas.

Mutis

*"Signos claros,
cuadro perfecto de una fortuna irremediable
que hace pensar que el Diablo procede siempre
de modo irreprochable".*
-Charles Baudelaire

Cinco

Cada pieza del rompecabezas fue puesta como le acomodó a cada uno. Poco después de la partida de Clara a la costa este para proseguir sus estudios en Notre Dame, cuando no podía ya esconderse más en sus silencios, Junco hizo un mutis permanente y desapareció de la vida de Soledad tal y como había llegado, es decir, intempestivamente. Se dice que regresó a las montañas del departamento de Morazán, donde sucedió la masacre de El Mozote, en busca de la voz que perdió allá durante los años de la guerra civil salvadoreña. Soledad se quedó en Santa Fe cobijando enamorados en desgracia a los que ella veía como los posibles perfectos amantes, imperfectas criaturas que ella moldearía con su poder de hembra exquisita. Clara continuó su amistad con Soledad vía el milagro tecnológico de Internet y se cuidó mucho de no visitarla durante sus años de estudiante, para evitar nuevas tentaciones. Sin embargo, de vez en cuando, un enorme y jugoso higo negro con rojizas mini-dentaduras se le aparecía para morderle el deseo y le hacía a ratos sonreír y a ratos temblar.

Madame LeDoux en San Juan
(San Juan 1966)

"Yo te diré palabras que tanto te gustan
y que, murmuradas a tu oído,
te harán destrozar la argolla que sella tus labios
y anhelar que mis besos inunden tu boca...
esas palabras que despertarán tus ansias, porque
¡yo ya estoy impregnado de la voz de tu cuerpo!".
-Jeque Nefzawi

Uno

Las Hermanas de Loretto, quienes manejaban la Academia de Nuestra Señora de la Luz, también conocida como la escuela para señoritas católicas en San Juan, le comunicaron a Madame LeDoux que, muy a su pesar, la institución educativa cerraría en cuatro meses. Debido a que no volverían para el ciclo de invierno, le pidieron que apoyara a las jóvenes estudiantes que se graduaban ese año, ubicándolas en casas de reputadas familias de la ciudad para trabajar como institutrices, en reconocidas empresas para desempeñarse como oficinistas, en escuelas públicas o privadas como maestras de educación artística y, por último, ver quién de ellas estaba lista para casarse.

La noticia se veía venir: cada vez menos estudiantes se matriculaban en una escuela que ponía el énfasis en los buenos modales femeninos (discreción, sumisión), la rectitud (sobre todo sexual) y en las "habilidades propias" de las mujeres (bordado, arte, cocina, mecanografiado). Cuando la Academia inició sus actividades en 1853 en Santa Fe, el "lejano oeste" en el inquietante territorio de New Mexico, requería educar a las jóvenes para ser buenas esposas, eficientes secretarias y mujeres propagadoras de la fe católica, según las nuevas autoridades anglosajonas. Educarlas tenía un componente civilizador: "americanizar a las nuevomexicanas". Por esa época, las nuevas autoridades no confiaban en el clero español, mexicano o autóctono y recurrieron a las Hermanas de Loretto, una comunidad católica de origen francés, para implementar este noble fin. Las tenaces hermanas llegaron a crear hasta diecisiete escuelas para señoritas entre 1853 y 1927 en Santa Fe, Las Cruces, Taos, Las Vegas, Socorro y San Juan, entre otras ciudades de New Mexico.

A cien años de su fundación, la Academia sirvió con creces a las comunidades nuevomexicanas, pero ahora los tiempos eran otros. Una guerra civil, dos guerras mundiales y la guerra de Vietnam trastocaron la idea de civilización, el papel de las mujeres en la sociedad y la manera de manejar sus vidas personales. Habría que añadir a este contexto general, la legalización del uso de la píldora anticonceptiva para parejas casadas en 1960[1]. Para ese entonces el gallinero civilizador andaba revuelto y poco podían hacer las Hermanas de Loretto para competir con el tsunami cultural que tenían encima.[2]

Como profesora de educación artística en la Academia, a sus cincuenta y cinco años Madame LeDoux poco o nada tenía que hacer con esta revolución cultural, pero libraba sus propias batallas para acomodarse a su nueva situación de divorciada y expatriada en San Juan.

---

[1] No es hasta 1972 que se legaliza el uso de la píldora para mujeres no casadas.
[2] En 1966 esta era la música, películas y libros de impacto: Los Beach Boys (*Good Vibrations*), The Papas and the Mamas (*Monday, Monday*), los Beatles (*Paper white writer, Yellow Submarine*), Frank Sinatra (*Strangers in The Night*), Nancy Sinatra (*These Boots Are Made for Walking*) The Rolling Stones (*Black Is Black*). Películas como: *Blow-Up* (Micheangelo Antonioni), *A Man and a Woman* (Clauden Lelouch), *The Inaguration Of the Pleasure Dome* (Kenneth Anger), *The Pornographer* (Shoein Inamura), *Georgy Girl* (Silvio Narizzano), *Fahrenheit 451* (François Truffaut), *The Chelsea Girls* (Andy Warhol & Paul Morrissey) alteraban las imágenes por recordarse. Y entre los libros, se podía ya transitar por el mundo erótico de las damas con *El Diario de Anaïs Nin*, *Doña Flor y sus dos maridos* (Jorge Amado) y *Emmanuelle* (Emmanuelle Arsan), incluso con el descubrimiento y publicación de los poemas eróticos del romano Catullus (dedicados a su amante Lesbia; año 54 antes de Cristo).

Durante los últimos cuatro años Madame LeDoux encontró refugio en los jardines Giverny de Monet y en la obra de otros pintores impresionistas y post impresionistas en cuya presencia sentía paz después de la debacle de dieciocho años de tortuoso matrimonio. Allí buscaba reconciliarse con su mundo francés, el cual abandonó para convertirse en una expatriada. Su pasión por los detalles y una poderosa imaginación la transportaba a un mundo natural, intenso, pletórico de luz, colores, pinceladas puntillosas y amorfas, donde podía perderse como *Alicia en el país de las maravillas*. Allí se sentía cómoda, viva, conectada con la Francia que dejó atrás. Ella podía descubrir formas y colores que el común ojo artístico no veía fácilmente. Las escenas cotidianas representadas por los impresionistas le devolvían a su Francia bucólica y a su París de cafés con gente gozando del placer de vivir del cual nunca fue parte; todo aquello que al marcharse de Francia se transformó en la nostalgia fantasiosa de una expatriada en los Estados Unidos. Ella lograba transmitir esa intensidad muy personal en sus clases de arte en la Academia, convirtiéndolas en cuentos de hadas a los que quería llevar a su audiencia juvenil para hacerles sentir toda la ebullición de luz y colores de su mundo francés.

Cierta desazón le cubrió el rostro apacible al enterarse oficialmente de la noticia. Su línea de labios apenas se movió para esconder una mueca triste. Su mundo ordenado y protegido comenzaba a descascararse y la obligó a preguntarse: *¿Qué demonios haría en San Juan sin su refugio?* Como era su costumbre cuando necesitaba entrar en sí misma, se dirigió a la Panadería Francesa al final de la jornada de trabajo. Se ubicó en un rincón frente al gran ventanal que daba hacia la calle San Francisco. Pidió un café con agua que vendría en una enorme taza de porcelana blanca, muy francesa. Esperando la llegada del elixir energizante, ancló en su mente la pregunta existencial típica de todo expatriado en momentos de cambios cruciales: *¿Qué hago aquí?* La respuesta que se aproximaba apareció en retazos desordenados y le hizo erguir su dorso, aspirar intensamente y sentir sus pechos ascendiendo y descendiendo al ritmo de su expiración profunda. Enderezó su cuerpo para no dejarse avasallar por el ejercicio de la memoria y deseó estar frente al mar de

Bretaña, su cómplice de bonitos pensamientos. Madame LeDoux recapituló su vida en San Juan dirigiendo su mirada mustia hacia la calle, buscaba un horizonte inexistente, halló solo unos pocos cucufatos distraídos dirigiéndose a la iglesia para rezar el rosario.

Sin embargo, pudo ver con claridad su rostro reflejado en el vidrio del ventanal. Tenía la misma sonrisa intrigante con que arribó cuatro años atrás: labios delgados y lustrosos, fáciles para regalar una sonrisa afable, ojos perlados de luz opaca, pequeños pómulos sonrosados, naricita ligeramente alzada, cabello corto con unas puntas proviniendo desde la nuca hacia adelante de su rostro, y lo más característico en ella, su pelo plateado, cenizo, que la había invadido tempranamente. No había cambiado mucho desde que arribó a San Juan, concluyó. Pero cosas habían pasado.

Fue su amiga Muriel, bretona como ella, agente de bienes raíces y aficionada a la historia, quien le contó de la existencia de un lugar paradisíaco, excepcionalmente francés: San Juan, en el estado de New Mexico. Allí, le dijo, muchos franceses habían hecho su vida y participado en la álgida historia de esta ciudad desde 1860, quizá desde antes. Le hablaba de soldados franceses participando en las guerras contra los nativos y en la Guerra Civil, peleando para ambos bandos; de comerciantes de pieles venidos de Canadá; de herreros; de prominentes empresarios, como Charles Blanchard, quien construyó el ahora histórico Hotel Las Vegas; del arzobispo Lamy, que trajo de Francia no solo artistas y artesanos para la construcción de la iglesias de San Juan y Santa Fe, sino que se vino con toda su familia; de cocineros que prepararon deliciosos potajes para presidentes visitantes; de aventureros; de los apellidos franceses que se castellanizaron (Grolet devino en Gurulé; L'Archevêque en Archibeque), de emprendedores que de la noche a la mañana se convertían en prósperos hacendados. En fin, un paraíso francés en medio del desierto del suroeste de los Estados Unidos. Incluso, le afirmó, que hasta algún pariente podría quizá encontrar ya que la familia LeDoux fue bastante prominente en el norte de New Mexico desde 1824. A Madame LeDoux le quedó la duda sobre esto último, ya que su familia provenía de la Bretaña y los LeDoux nuevomexicanos eran originarios de Normandía.

Muy poco tiempo después de su arribo a San Juan, Madame LeDoux descubrió que las más de trescientas tumbas con apellidos franceses en el cementerio de San Juan, la iglesia mandada a construir por el arzobispo Jean Baptiste Lamy a finales del siglo diecinueve (famosa por su estilo neoclásico con dos torres desiguales, una más alta que la otra), y la Panadería Francesa, en la calle San Francisco, muy cerca a la iglesia, eran los únicos remanentes y testigos pasivos de la cultura francesa en San Juan. No obstante su primer choque con la realidad de San Juan, decidió quedarse en esa ciudad, después de que su paladar aceptara los *croissants* de la Panadería Francesa como auténticos y que el trabajo ofrecido en la Academia era justo lo que ella necesitaba para iniciar su vida de divorciada.

Sin embargo, no acostumbrada todavía a la libertad de ser ella misma, su vida la definió y organizó por oposición; es decir, si había vivido en una enorme casa en Dallas, ahora se sentía cómoda en la diminuta casa de adobe, de un dormitorio y un pequeño patio interior con un heroico y solitario *cottonwood,* situada muy cerca de la Academia, en la calle Santa Ana. Alejada de los *supersized steaks* tejanos, sus comidas eran austeras, evitando cocinar los platos complicados que fueron lo normal durante su vida matrimonial. También siguiendo el prurito de hacer lo contrario, si se le presentaba un potencial galán cortejante solo le prestaba atención a quien mostrara una delicadeza extrema con ella, que no bebiera mucho y sobre todo que prefiriese una actividad sexual libre de obligaciones. Es decir, todo lo disímil a lo que había tenido y no tenido en su matrimonio.

Así aceptó los avances de Murphy Shelton, de contextura cenceña, poeta y profesor de literatura inglesa en la escuela pública de San Juan. Si su exesposo, dedicado a las finanzas, nunca se interesó por la literatura, este caballero, en todo sentido de la palabra y de los gestos, le ponía a disposición el lenguaje de las estrellas que ella tanto apreciaba y que nunca pudo compartir con el rey de las finanzas.

Los primeros encuentros se dieron en la Panadería Francesa, cada uno en su mesa, abrigados con sus tazas de café o té y sus *croissants,* y sumidos en sus libros, hasta que les fue obvio que algo tenían en común: el goce de la lectura y el ser expatriados europeos. Los encuentros amigables se hicieron más frecuentes y una tarde purpúrea y de amodorrada somnolencia, el señor Shelton le pidió permiso para besarla en los labios. Fue un beso suave, que Madame LeDoux aceptó y devolvió con la excitación de una quinceañera. *No soy una monja...Yo solo trabajo con ellas,* se dijo sonriendo para sí misma. Por fin tendría la oportunidad de tocar y dejarse tocar sin ninguna otra obligación que el placer mutuo.

Durante sus tertulias cafeteras, el poeta inglés hablaba de su poesía y no le permitía opinar sobre ésta, sino para escuchar alabanzas; poco tenía ella que comunicar sino era para ensalzar su ego literario. De vez en cuando, uno que otro recuadro de sus respectivos pasados aparecía en sus conversaciones de café. Madame LeDoux le contó que se había divorciado de un "exitoso financista" por razones de mutua incompatibilidad. Omitiendo su papel de víctima de las agresiones y humillaciones, le dijo que respetaba a su exmarido enormemente por sus éxitos alcanzados. El cincuentón inglés le contó que también estaba divorciado pero que compartía la casa con su exesposa por razones económicas, que su hijo adolescente vivía con ellos y que no se llevaban bien. Cada uno pintó el cuadro que más le convenía. El señor Shelton añadió que, dada su situación de vivienda, tendría que tener cuidado de no provocar la ira de su exesposa y los juicios alterados de su hijo. Madame LeDoux le creyó, o no quiso cuestionar nada, para que tampoco se le debatiera a ella. Ambos enarbolaron sus propias banderolas con las cuales se presentaban a la batalla de conocerse y agradarse.

Parte de la atracción mutua se daba en el terreno que pisaban juntos como expatriados. Ellos eran, después de todo, dos europeos viviendo en San Juan, con cercanías y distancias de una realidad cultural que no era la suya. Podían entretenerse comentando sobre las tradiciones y la mezcla de las tres culturas (nativa, española y anglosajona) que interactuaban por mucho tiempo en New Mexico: los penitentes en Semana Santa, las fiestas de San Juan celebrando el arribo de los conquistadores españoles, las finísimas cerámicas de los nativos, los *powwow* o festivales de danzas nativas (la danza de los hombres, la del búfalo blanco, la del maíz, la de la cosecha...), los rodeos, la barbacoa, el Día de las Brujas, el Día de Acción de Gracias, las artes plásticas encasilladas en galerías de arte en las que se notaba un transitar de los elementos interculturales de manera a veces sofisticada, a veces mamarrachera. Todo merecía un comentario de asombro y muchas preguntas tratando de entender esa realidad tan *sui generis* que los rodeaba.

Ser expatriado tiene como ventaja poder guardar cierta distancia del medio en que se está sumergido y, por lo tanto, ambos anidaban sus respectivas quejas europeas, siendo una de ellas la falta de variedad en la dieta nuevomexicana. Madame LeDoux extrañaba los 365 quesos franceses, uno por cada día del año, aunque ya tenía su plato nuevomexicano preferido, calabacitas, porque su preparación exigía cantidades navegables de queso blanco y el chile verde, que si bien excitaba su paladar no lo abrumaba. Para el señor Shelton, sin embargo, le era difícil admitir que una dieta de frijoles, tamales y chile (verde o rojo) era una panacea universal. Los frijoles le producían una exagerada flatulencia y el chile le armaba una pequeña fogata gástrica. Su paladar sufría de un sesgo puritano que Madame LeDoux explicaba por su origen inglés. Inglaterra nunca fue un centro mundial de la sazón como Francia; los ingleses se alimentaban para sobrevivir y producir, no para tener placer. La sofisticación gastronómica de Shelton no iba más allá de mezclar cualquier plato con la famosa salsa inglesa Worcestershire (introducida al mercado industrial inglés por un expatriado en la India) y el muy clásico queso inglés cheddar (originado en la villa Cheddar, Somerset, Inglaterra). Por el lado culinario, el placer de la pareja estaba limitado a los *croissants*: cuanta más mantequilla se asentaba en sus paladares, mejor; cuanto más se esparcían las escamas de su crocante y fina corteza sobre la mesa y sus vestidos, como una lluvia de esquirlas doradas, mejor; ¡qué maravilla, qué refinamiento en medio del desierto!

Si bien los libros, la poesía, la chismografía cultural y el gozo de los *croissants* (creado en 1683 en Viena con el nombre *kipferl*, media luna, según el sabelotodo de Shelton) los había acercado, Madame LeDoux seguía esperando ser tocada sin la agresión constante que sintió en dieciocho años de matrimonio y que, además le generó tantas dudas acerca de su sexualidad. Por una razón que nunca llegó a entender a cabalidad, el momento de tocamientos de pieles caminaba a paso de tullido y siempre se presentaba un argumento entre romántico y gótico para posponer el posible jolgorio genital que ella anhelaba. Besitos de sobre o de estampilla, agarradita de mano, quizá un desliz manual sobre sus portentosas caderas...pero nada más. La inseguridad de no ser deseada la comenzó a alterar.

¡Ah sí!, por supuesto, ella sí orgasmó antes que Shelton, gracias a las masturbaciones mecánicas durante su matrimonio y excepcionalmente logró llegar a un profundo éxtasis cuando parió. Su experiencia de dolor y placer durante el parto aumentaron sus cuestionamientos sobre su sexualidad. Nunca pudo entender qué pasó, pero sí recordaba la intensidad que la dejó exhausta y con otro complejo de culpa navegando en su mente cuando amamantaba a su hija Gala.

Todos sus años maritales cursaron sobre una inmensa sequía erótica. Porque, como dicen los expertos, una cosa son las relaciones sexuales y otra es el erotismo. Este último es el arte de la anticipación, el deseo, un mapa sin brújula que grafica su propio camino hacia el placer de cada uno de los cinco sentidos, además del sentido de la imaginación liberadora... Sus orgasmos mecánicos, el recreo ganado entre sus quehaceres domésticos, carecían de este elemento clave del placer carnal y más bien sesgaban hacia una expulsión de energía frente al estrés acumulado. Las ganas de hacer explotar en silencio esa carga se daba entre el pasar la aspiradora y preparar la cena. No se asomaban imágenes, palabras, o el escanciar del vino primitivo de la pasión, solo esa necesidad de liberarse. No sabía de la tensión erótica, ni de la lujuria de ser tocada. Madame LeDoux aceptó esa situación como parte de un orden natural impuesto en su relación marital. Así deberían ser las cosas.

Se acordaba del botón erótico. Así llamaba ahora con cierto sarcasmo a uno de sus pocos intentos de erotizar en algo su relación con el financista. Una cena de ejecutivos financieros en el Fearings's Restaurant, ubicado en el lujoso Hotel Ritz Carlton de Dallas, prometía una noche romántica ya que los comensales y sus consortes (las Barbies tejanas) se quedarían hasta el desayuno para realizar una sesión del directorio muy temprano en la mañana. El entusiasmo por el evento por parte de su esposo era evidente, no se cansaba de ponderar las lujosas instalaciones de este hotel y de su restaurante *high end*. ¡El menú ofrecido era demasiado *Scrumptious!* (podría haber dicho simplemente delicioso en inglés o francés): tacos de langosta, filete de búfalo comanche con pimienta negra, zapallitos, jalapeño en polvo, enchilada de espinaca con langosta y salmón agitaban su paladar, mientras bebía un escocés *single malt* añejado por dieciocho años. Para la ocasión, Madame LeDoux había escogido vestir una blusa de seda color verde limón, su color preferido, y una falda de cuero negro. Al mirarse en el espejo mientras peinaba su cabello plateado, le gustó lo que vio: la falda se pegaba a su cuerpo resaltando discretamente las líneas exuberantes de sus caderas y nalgas tumultuosas. Se sintió sexi. El color brillante de la blusa acicalaba con luz su rostro, contrastando con lo blanquecino de su piel. Pensó que le faltaba un detalle de exquisitez seductora y decidió dejar desabotonados dos de los botones superiores de la prenda. Sus firmes y pequeños senos, bien resguardados, asomaban con discreción entre sus bordes. Un escote coqueto. Cuando el esposo la vio, abrió sus ojos de bucéfalo, se acercó a ella, la cogió de los hombros sacudiendo su cuerpo con violencia, como vaciando un costal de papas, y espetó: *"pute françoise !"*, llenando su cara de saliva lluviosa. El incidente, visto con la distancia del tiempo, le dijo que por muchos años matrimoniales ella fue colocada en una caja de funcionales comportamientos al servicio de los intereses de su marido. Se esperaba que ella fuera la madre y ama de casa perfecta, la imagen del éxito del esposo, la europea sumisa (conquistada por el migrante de la India) sin posibilidad de insinuar placer.

La violencia verbal y física se desencadenó a los pocos meses de haber dejado su hermosa casa en Saint Brieuc, en la Bretaña francesa, rodeada de árboles mecidos por la brisa marina y pasto áspero invitando a los paseos descalzos, para recular en Highland Park, afluente suburbio de Dallas, con una casa de un millón de dólares asfixiada de cemento, enormes automóviles y vecinos fantasmas. La primera cachetada la sintió como vidrios resquebrajando su rostro y asumió, con dudas, que era su culpa. Los maltratos continuaron por varios años y se acentuaron con el alcoholismo de su marido, quien le echaba la culpa de sus devaneos alcohólicos. El *golden boy* de las empresas financieras no alcanzaba sus metas laborales y le pegaba; si las alcanzaba, también, rompiendo muebles y vajilla porque "él los compraba", todo esto dentro del marco de una típica familia de clase media, donde muchas desgracias sucedían, pero nadie se enteraba.

En San Juan, ya sin las tensiones matrimoniales, la masturbación mecánica se hizo muy esporádica y Madame LeDoux olvidó (o trató de olvidarse) que tenía un cuerpo que le pedía placer. Sin embargo, con la aparición tranquila del señor Shelton, con sus maneras caballerescas y su verbo poético pintando atardeceres de ensueño y nostalgias europeas, sus defensas fueron cediendo. Desde el primer beso ceremonioso sus entrepiernas estuvieron alertas, sus pezones se escondían y resurgían sin control, sus manos iban y venían por los bordes de sus caderas mientras vestía su ropa interior negra frente al espejo (comprada en Francia porque no confiaba en los calzones y sostenes *Made in USA*), anticipando un encuentro con el sexo de verdad. No podríamos llamarlo re-encuentro porque todo lo anterior estuvo lleno de culpabilidad y hasta le hizo sentirse anormal. Un cambio de actitud era evidente, su cuerpo le pedía sensaciones fuertes y ella ya no se escondía de sus deseos. Una noche decidió dormir sin pijamas. Nunca desde su niñez se le pasó por la cabeza que tal acto fuera posible. El simple hecho de revolcarse entre las sábanas frescas y que su piel sintiera esos cambios de temperatura le permitió sentirse como otro tipo de mujer.

Cuando por fin llegaron los primeros encuentros carnales con el señor Shelton, su primera gran reacción fue que había perdido el tiempo olvidándose de su cuerpo por tantos años, y que sí era posible sentir placer. Sin embargo, su instinto de supervivencia femenino le decía muy bajito que algo faltaba en aquella nueva etapa de su vida. Ya no era suficiente comprobar que era deseada. No sabía cómo describirlo. Por varios meses estuvo buscando la palabra que especificase esa sensación que lo hacía todo previsible, tranquilo ya, sin misterio ni sobresaltos. Quizá era la meticulosidad rutinaria del señor Shelton: primero un café en la Panadería Francesa (se dice que el café estimula la libido), una conversación que giraba siempre en torno a la poesía del señor Shelton y a los hallazgos pictóricos de Madame LeDoux; luego, sin más que decir, una caminata hacia su habitación cargando su fálico *baguette* los depositaba frente a frente, desnudos a la geografía de las caricias que tenía un derrotero conocido. Besitos en los labios, lengua exploradora, desnudos ordenados, penetración a veces rápida, a veces lenta, eyaculación con bufidos, conatos de orgasmos u orgasmos callados, y finalmente, un sueño reparador donde cada contrincante se escondía en su esquina de la cama. Después, cuando la claridad del día era todavía incierta, el señor Shelton delineaba su sombra buscando su camisa almidonada, sus pantalones de lana áspera de implacable raya y se despedía con un beso en la frente de su amante. Nunca se quedaba hasta el día siguiente. Pedirle que se quedara era, según Madame LeDoux, "presionarlo" y pasar de la tranquilidad de su relación a un escalamiento sobre las murallas que desde el principio erigieron en sus cartas de presentación. Ninguno quería perder el tiempo explicando su pasado, que rebotaba obviamente en su presente. *¿Te vas para no tener líos con tu supuesta exesposa? ... ¿Crees que es fácil admitir que fui víctima del financista...?,* pensaba ella sin atreverse a decir nada.

Madame LeDoux dio con la palabra que buscaba al cumplir los cuatro meses de relación: *Intimidad,* se dijo. Su relación adolecía de intimidad, a pesar de los encuentros sexuales físicos. *No me toca las partes invisibles de mi cuerpo, aquellas que solo se pueden acariciar con las palabras.* ¿Acaso no sabía el poeta que para la mujer el mejor afrodisíaco son las palabras? El lenguaje revela, insinúa, inflama, tiene el efecto de la magia negra. *Mi querido poeta lúdico, ¿no sabes acaso que la imaginación puesta en palabras agita la sexualidad del alma?*

Las condiciones no estaban dadas entre ambos para transitar en los caminos siempre tortuosos de la imaginación verbal compartida. Pero no habría que juzgar a Shelton como un tonto. También él intento poner algo más de su repertorio en los encuentros amorosos. En una de sus conversaciones de café, siempre desde el pódium de su docto intelecto, le preguntó a Madame LeDoux si sabía cuántos nombres se le daba al pene en el famoso libro *El jardín perfumado* de Jeque Nezfzawi. Madame LeDoux por supuesto que no sabía ni le interesaba, pero igual tuvo que soportar una enumeración casi tan larga como un rosario:

dekeur, kamera, aïr (el miembro de la generación), *hamana* (la paloma), *teurmark* (el indomable), *ahlil* (el liberador)... Siguieron veinte nombres... *aouar* (el tuerto)...

—Este *aouar* suena bien... —interrumpió Madame LeDoux.

—¡Ah! El de un solo ojo.

—Porque no puede ver con claridad lo que hace —dijo ella ruborizándose.

Nunca le quedó claro a Madame LeDoux el *leitmotiv* de esta conversación tan docta. Pero por seguro no arribó a ningún puerto erótico. Nunca se imaginó usando esa palabra, por más exótica que sonara, en sus momentos de copulación. No se veía diciendo: «Dame el tuerto, dame el tuerto...».

Hasta aquí le quedaba claro que conocimientos no le faltaban al poeta, pero no era suficiente para llegar a compartir una intimidad generada a partir de signos sensualistas más personales y menos ligados a un manual moro. Si bien el intelecto puede ser un afrodisíaco para algunas mujeres, ¿también lo podría ser una enciclopedia andante, como Shelton?

Definitivamente las condiciones para la intimidad no estaban dadas. Así que cuando le empezaron a invadir sueños sicalípticos que la despertaban a medianoche con el olor marítimo de su sexo y las mareas altas de la humedad en sus entrepiernas, se quedaba mirando en la oscuridad las escenas de sus aventuras, deseando compartirlas con el señor Shelton. Pero... ¿qué pensaría de ella?, ¿aceptaría residir con ella en ese acápite ubérrimo de liberaciones y transgresiones que borboteaban a altas horas de la noche? Porque sin duda era una infracción terriblemente excitante soñar que Irene, una de sus alumnas más precoces y desafiantes, le hacía el amor. En su sueño, la joven de cabellera luenga y azabache, con pequeños senos puntiagudos y un cuerpo de gacela, recorría con su lengua magnética la sinuosidad de su cuerpo maduro y después de navegar sus tormentas le permitía dormir sobre su espalda desnuda oliendo su piel agitada. ¿Por qué le atacaban esos sueños precisamente ahora?

Al día siguiente de su lúbrico ensueño, enfrentando a su público cautivo en la Academia, buscó poner atención a la presencia de Irene y darle una explicación a su enervante sueño. Irene, ni muy baja ni muy alta, de tez mediterránea, se destacaba entre sus alumnas por una mente rápida y modales desafiantes. Nada en ella hablaba de recato y sumisión y parecía haber entrado de lleno al tsunami cultural de 1966. Casi nunca usaba vestidos, prefería *jeans,* pantaloncitos cortos, sandalias o botas y hacía bastante tiempo que había dejado de usar corpiño. Las cabecitas puntiagudas de sus senos se asomaban pujantes en el material de su camisa vaquera a cuadros. Lejos de llamarle al recato, Madame LeDoux se deleitaba en secreto con estos deslices visuales provocadores. No es que le gustaran las mujeres, pensó, sino que le atraía la desfachatez de Irene. Esa manera de llevar su cuerpo sin prejuicios, abierta a... sí, al placer de ser ella misma. O Irene era su *alter ego* sexualizado o simplemente le atraían las mujeres jóvenes, agresivas y bonitas.

Después de cuatro meses de encuentros fortuitos (convenientes para ambos), no mucho había cambiado para el caballero inglés; su relación con Madame LeDoux era un excitante añadido a su pesada rutina embadurnada de salsa inglesa. En cambio, para Madame LeDoux, las compuertas de los deseos se abrieron de par en par y era imposible contener el desborde. Ella necesitaba más, ya no como oposición a lo que nunca tuvo, sino como afirmación de su propio yo. Aquí es donde empezaron las desavenencias. De complaciente amante, siguiendo siempre las coordenadas de besitos y desnudez, Madame LeDoux comenzó a tratar de realmente conocer algo más de su inglesito para explorar sus propios caminos eróticos. En una tarde de preámbulos afectivos, Madame LeDoux le mandó una pregunta elíptica, de esas que van más allá de la respuesta obvia:

—¿Cuál es tu opinión sobre las mujeres a las que les atraen las mujeres?

—Bueno, como tú debes saber, la palabra es lesbiana. Una mujer a la que le gustan las mujeres se le denomina lesbiana. Palabra que proviene del vocablo griego *lesbos*, el cual se origina del nombre de una isla mayor en el mar Egeo. Allí nació la poetisa Safos, quien fue muy bien reconocida en su época... Los pocos poemas que han sobrevivido de ella hablan del amor físico y no se sabe si se referían a la atracción de un hombre y una mujer o dos mujeres... Por otro lado, el poeta romano Catullus se refiere a su amante con el seudónimo de Lesbos... —La peroración continuó por un buen rato, demostrando otra vez que él era un tipo bien leído, digno de admirar, pero no era a donde Madame LeDoux quería llegar, así que optó por simplemente agradecerle por compartir sus doctos conocimientos y terminar la conversación sin haber obtenido la respuesta que buscaba.

Madame LeDoux detectó que en su relación existía un silencio agotador a pesar de las conversaciones de café. El haber empezado su relación sobre la impenetrable muralla de sus pasados ya creaba un vacío, pero lo que hacía todo insostenible era la ausencia de las palabras especiales, las que como tentáculos invisibles acicalan ciertas partes del cerebro para hacerlo dúctil al placer. Ella no podía o no se atrevía a verbalizar los sueños lujuriosos que la invadían, porque decir lo que vivía noche a noche en su mente era externalizar sus deseos. Y, por su parte, él carecía del don de la palabra sensual antes o durante sus sesiones de tocamientos, besos y orgasmos, a pesar de que, como poeta, podía armar toda una ópera deslumbrante describiendo los atardeceres en San Juan, las lluviosas calles londinenses o penas de amor no correspondido. Su verbo amatorio era inexistente. Los tentáculos etéreos que tocan la intimidad más profunda y más libre, que lo penetran todo y que crean anticipación compartida, en definitiva no existían.

Al comienzo Madame LeDoux se asignó ella misma el papel de amante complaciente, aquella que ponía el ego de su consorte en el tabernáculo del éxtasis. Aquí las palabras eran para alabarlo como poeta y como amante. Mientras el ego del inglés se inflaba tanto como su verga, todo estaba bien para él. Se preguntaba Madame LeDoux si estaba reproduciendo sus comportamientos sumisos de casada. ¿El *golden boy* agresivo y alcoholizado había sido reemplazado por el poeta de maneras suaves y corteses? Madame LeDoux se sentía nuevamente encajonada, aunque esta vez la cajita era más pequeña. Su incomodidad la comenzó a manifestar negándole al señor Shelton pequeñeces de su engreimiento. Si se ponían de acuerdo para ir a escuchar música y él escogía Mozart, Madame LeDoux prefería jazz; si le proponía encontrarse en su departamento, ella sugería la Panadería Francesa, si la quería desnuda, ella argumentaba sobre lo frígido del clima. Ella misma le comenzó a cuestionar su arreglo de vivienda con su exesposa, frente a lo cual el señor Shelton asumía el papel de víctima de las circunstancias que Madame debería entender. La cajita la asfixiaba.

Dos

El invierno en San Juan se hacía sentir por el espectáculo sombrío de la desnudez de los árboles y las bajas temperaturas que obligaban a sus habitantes a vaciar el ropero de abrigos, bufandas, ponchos, gorras y guantes; el ambiente alrededor de la plaza mayor destilaba el acariciante y sedoso olor a leña quemada que se les pegaba a sus ropas. Esta nube de gélidas temperaturas mezclada con el perfume de piñón o sabina atezados, provocaba que los sanjuaninos buscasen el calor de sus imágenes invernales socializantes. Era la estación del año en que sus platos familiares y los buenos tragos entre amigos los impelía a buscar el calor del hogar, de los abrazos, de los recuerdos felices, mientras las *kivas* destellaban el fuego necesario y primitivo, ya se acercaba la Navidad. Como verdaderos expatriados, sin familiares ni amigos que respiraran las mismas imágenes invernales, Madame LeDoux y el señor Shelton decidieron buscar el calor de las aguas termales de Ojo Caliente, a cincuenta millas de San Juan. De regreso a la ciudad tomarían un trago en algún bar que tuviera música en vivo. Shelton sugirió un local con un pianista como la coreografía apropiada para su secuela sexual (quizá los *pubs* londinenses eran rescatados por la nostalgia). Madame LeDoux propuso, desde su esquina rebelde, ir a un establecimiento que prometía guitarra latinoamericana. Esta vez no lo complacería, especialmente después de la conversación sobre las condiciones de vivienda compartida con la supuesta exesposa. *Porque estaban divorciados, ¿verdad?*, se dijo.

Entraron al pequeño bar del Hotel La Comarca en la calle Candelaria. Se sentaron en los bancos altos junto a la barra de cedro tallado. No había muchos parroquianos en ese jueves invernal y la penumbra creaba un ambiente íntimo. Quien los observara, concluiría que se trataba de una pareja de muchos años de casada porque no hablaban mucho. Cada uno se concentraba en su trago: Madame LeDoux con un Lillet, el señor Shelton con una cerveza IPA. En una esquina, sentados en un sofá para tres personas, una joven morocha y dos hombres que parecían amigos de siempre, conversaban animadamente. La mirada de Madame LeDoux se esparció desde su Lillet hacia el guitarrista que, abrazado a su instrumento, interpretaba melodías latinoamericanas estilizadas: *La cucaracha, Guantanamera, La flor de la canela, Yo vendo unos ojos negros, Bésame mucho, Solamente una vez, Quizás, quizás, Alma corazón y vida*... inundaban el ambiente con la destreza de un Segovia infectado de *jazz*. Su mirada recorrió el recinto y se detuvo en una enorme litografía de R. C. Gorman (el "Picasso de las artes nativas", según el New York Times) representando a una mujer indígena en actividades caseras. Le llamó la atención que aquella pintura estuviera ahí. Con trazos muy simples representaba a una mujer nativa cuidando ovejas. Se preguntó qué escondidos pensamientos tendría esa mujer mientras atendía a sus animales. Se dio cuenta que la litografía estaba un tanto torcida. Se dirigió a tratar de enderezarla. La movió ligeramente hasta que la notó en la posición correcta y regresó a la barra del bar. Todo esto lo realizó sobre las cabezas de los amigos sentados en el sofá, sin mediar palabra alguna. Mientras Madame LeDoux cumplía su misión, uno de los del trío prestó atención al talante de la mujer en frente de ellos que los ignoraba completamente a pesar de haber invadido "su espacio". Al verla alejarse, un *Elle a le feu aux fesses* reverberó en su cerebro (¿por qué lo pensó en francés?).

Casi por cerrar el bar, los dos grupos se habían unido, celebrando con más tragos lo excepcional de vivir de San Juan, que podía juntar a tanta gente diferente en un solo lugar, en una noche común y corriente: una francesa, un inglés y dos sudamericanos de países diferentes, una nuevomexicana, añadiéndole que los mozos y el *barman* eran de Chihuahua (México) y el virtuoso guitarrista era de Bolivia. La dinámica social se convirtió en una zarabanda generalizada. El señor Shelton leía uno de sus poemas a viva voz. Seguían los aplausos de los latinoamericanos, la nuevomexicana y hasta de los mozos. Madame LeDoux, más retraída, observaba al grupo, deleitándose con las ocurrencias de los latinos que no tomaban en serio la literatura de Shelton, pero aun así festejaban su ingenio anglosajón.

En medio del bullicio y el recital improvisado, Madame LeDoux se sintió observada por unos ojos oceánicos. Era el latinoamericano vestido todo de negro que buscaba discretamente su mirada. Se le acercó, plantándose en frente de ella y con un francés lento y espaciado le dijo: *"Tout le monde aime Gauguin parce qu'il a peint Tahiti, moi, je l'admire pour sa peinture de la Bretagne"*.

—¡Ah! El primitivismo sintético de Gauguin... ¿Conoces Bretaña?

—Viví en Crozon, frente al mar, por un año... conozco Brest, Saint-Malo, Rennes, Vannes, Quimper... y todas las pinturas de Gauguin en Bretaña. —Madame LeDoux se sintió en casa.

El hombre de ojos color tierra mojada, sumamente inquisidores, hablaba pausado con una voz profunda. Le hacía preguntas acerca de su vida. Madame LeDoux se resistía a derramar lo particular de su historia personal, pero le encantaba la atención que le brindaba, a tal punto que cuando el señor Shelton le pasó el brazo sobre sus hombros, delimitando el terreno de las afecciones, Madame LeDoux lo separó con un seco: «Estoy hablando con él... quiero escuchar todo lo que tiene que decir...». Y buscando otra vez la mirada sostenida de su interlocutor le aclaró las coordenadas de su relación con Shelton: «Somos amigos». Shelton fue colocado en el congelador y esa noche no habría desnudez que lo acompañara a dormir mejor.

A los pocos días de este encuentro fortuito, el señor Shelton fue desalojado de la Panadería Francesa después de que un mozo le entregara una nota telegráfica y fría proveniente del puño y letra de Madame LeDoux: *"Con esta nota, quiero terminar nuestra relación. Fue agradable. No me busques. Gracias por todo"*. Shelton usó toda su flema inglesa para no desesperarse. Llamó al mismo mozo y le entregó su respuesta para ser entregada a Madame LeDoux: *"Cometes un error... Debes estar pasando por una depresión"*. No hubo réplica. El caballero inglés, después de varias visitas a la Panadería Francesa, donde Madame LeDoux brillaba por su ausencia, se alejó de este territorio amoroso y no volvió al lugar de sus lecturas, *croissants* y preámbulos sexuales. Mientras tanto, un diálogo de misivas se entabló entre Madame LeDoux y el latino vestido de negro. Empezó de manera intermitente, y después, a diario. No se veían, se comunicaban a través de su buzón de correo. Él le dejaba notas que ella recogía camino a la Academia, y que luego contestaba al día siguiente colocándolas en un sobre de color verde, sin estampillas ni dirección, para que el cartero no se las llevara.

La comunicación fue simple al principio: recuerdos de la Bretaña (sus playas ventisqueras, el *omellete du fromage*), de sus respectivas niñeces (padres rígidos y ausentes), libros (acababa de morir André Breton y resurgía el surrealismo), música (el reciente disco de los Beatles, *Sargent Pepper's Lonely Hearts Band)* películas (*Belle de Jour,* con Catherine Deneuve, sobre una mujer casada viviendo sus fantasías sexuales como prostituta). Hasta que comenzaron a construir una isla de intimidades. Allí, sin verse, hablaban de signos, deseos, sincronizaciones y ficciones. Madame LeDoux se sorprendía de lo fácil que era poner sus intimidades en el papel y comunicarlas a un personaje a quien solo había visto una vez por no más de dos horas. Se enteró que el hombre era escritor, no porque se lo dijo, sino por la precisión en el uso del lenguaje y su capacidad de transmitir por escrito la entelequia de sus pensamientos escondidos. Nunca las frases eran vagas ni muy largas, sino por el contrario, precisas y llenas de alegorías que podían hasta morderse con solo pronunciarlas. Su lenguaje la penetraba.

En una de esas conversaciones telegráficas pero intensas, Madame LeDoux desempolvó su pregunta elíptica. Su ahora amante virtual le contestó: *"Si esa mujer eres tú, yo quiero ser parte de tu fantasía...Cuéntame".* En ese momento, Madame LeDoux recibió la respuesta que buscaba. De ahí en adelante las notas se convirtieron en un mar revuelto de imágenes donde cada uno ponía con la mayor libertad y abandono sus alucinaciones sensuales. No se tocaban sino con las palabras y las situaciones extraídas de su baúl concupiscente parecían inagotables; la lógica de su diálogo, que para otros oídos podría ser bizarro y hasta perverso, para ellos era perfección, ninguna palabra era obscena o fuera de lugar, nada los sorprendía, todo sonaba a poesía y todo los erotizaba.

*Alas, isla, libertad, cruzar el portal del deseo, exploración, placer/dolor, transgresión, más allá del placer...*iban armando el rompecabezas de su cotidiana comunicación escrita para expresar deseos sofocados. Madame LeDoux le contaba sus fantasías, el hombre vestido de negro la acompañaba muy de cerca como un arriesgado timonel, a veces añadiendo un desliz o transgresión más; otras, simplemente esperando ser llevado a ese mundo de quimeras voluptuosas que Madame LeDoux, con una naturalidad de niña mala, le ponía en su cerebro. La alocada brújula del deseo los transportaba a un mundo paralelo a la realidad (*su isla,* la llamaban, donde ellos eran los únicos habitantes) pero que tenía consecuencias físicas reales. Madame LeDoux podía sentir dolor en el triángulo de sus partes íntimas durante una travesía que podía durar hasta una semana de diálogo lujurioso. En ese momento la comunicación cambiaba de tenor y el arte en música y poesía adormecía sus emociones, hasta nuevo aviso.

Madame LeDoux se preguntaba hasta cuándo duraría el diálogo erótico sin que se tocaran los cuerpos. Venía experimentando erotismo sin sexo, lo contrario a lo que había vivido con el poeta inglés. ¿El hombre vestido de negro realmente la deseaba? Ella sí, y así lo expresó en uno de sus momentos de lúcida tranquilidad. *"Cuando nos escribimos, mi deseo de tu cuerpo va creciendo... construir esa inmensa isla del placer es maravillosamente insoportable, necesito que nos toquemos".*

Como respuesta a su requerimiento, Madame LeDoux recibió una nota sucinta: *"¿Cómo están tus alas?"*, acompañada de una pequeña reproducción de la pintura de Kees van Dongen (1923-1935) titulada *Tango,* donde un hombre con alas y vestido de negro baila en las nubes, apretadamente, con una mujer desnuda; la mujer lleva un coqueto portaligas. Al ver la pintura y conectarla con la pregunta de la nota, su estímulo no solo fue en la retina, sino cerebral: Tenía que dejarse llevar, romper ataduras moralistas y ¡volar! Intentar ser ella misma sin rechazar sus ganas de sentir su cuerpo con todas sus apetencias. La nota continuaba: *"Desnúdate en frente del espejo. Verás a una mujer con alas. Verás tus alas fuertes y desplegadas... ¡Úsalas, flapéalas!... Eres libre de amar a tu manera. San Juan es el puerto donde amainarán todas tus tempestades".*

Al día siguiente, Madame LeDoux invitó a Irene a tomar un café en la Panadería Francesa para hablar sobre cosas de mujeres y de su futuro. Alas de mariposas recorrían su cuerpo aprisionado en su coqueto vestido negro y las ganas de volar hacían livianos sus siguientes pasos.

El obituarista de San Juan
(San Juan 1944)

"Contrario a lo que todo el mundo cree,
un obituario no es un honor.
Es más bien el testimonio de una vida
que ha cambiado de alguna manera
nuestro mundo".
-Tim Bullamore, obituarista, NYT

Uno

Llegó a ver tantos muertos juntos cuando apenas tenía diecisiete años, que escribir sobre la vida y artes de otros difuntos le parecía una tarea ácida y tormentosa. La propuesta insistente del director del diario lo agobiaba porque le cortaba sus aspiraciones de emprender una labor un poco más digna dentro del periodismo local, pero también porque el mismo hecho de que se lo planteara le traía toda una amalgama de imágenes que nunca había logrado arrinconar totalmente en su memoria una vez acabada la Guerra Civil Española.

¿Qué podía decir de todos esos muertitos, como los llamaba el director del diario, que nunca conoció y con los cuales no tenía un ápice de identificación, excepto compartir el mismo territorio llamado San Juan?

Sus muertos de Madrid eran revolucionarios y jóvenes, como él; y en tres años de guerra civil, habían sido su única familia anónima, una generación de seres que se fue desmembrando raudamente, hasta dejarlo solo, como un árbol semiquemado y árido en un valle de recuerdos nebulosos. Todos y cada uno de ellos eran "sus muertos", los que nunca tuvo tiempo de llorar lo suficiente y que ahora llevaba colgados en el alma como adornos de un árbol de Navidad trágico. De ellos sí podría hablar, y hasta quizás escribir cientos de elegías, porque de ellos aprendió que la muerte se torna heroica únicamente en el recuerdo.

Con la perorata de lo importante que era para la salud mental del pueblo tener una buena memoria de sus muertos, sin mencionar que los obituarios eran un ingreso adicional para el diario en las épocas de pocas noticias frescas, el director de *La Nueva Estrella*, le insistía con vehemencia que el oficio de obituarista era el trabajo adecuado y digno para el profesor de español de San Juan.

—Mire Ruy —le dijo—, usted es un hombre creativo, que domina el idioma, y las referencias que me ha dado el director de su escuela, son excelentes.

—Se lo agradezco profundamente señor Huidobro, pero escribir obituarios no es mi especialidad.

—Si lo piensa bien, usted es la persona más indicada para este trabajo que requiere de un buen estilo en el lenguaje, pero también, mucha credibilidad y compasión. ¿Quién más que el maestro de español de nuestra escuela que ha visto tanto de la muerte? No me diga ahora que no ve la importancia de esta tarea en las vidas de nuestros ciudadanos o es que… ¿le tiene miedo a los muertos?

—Miedo no, desconocimiento sí —dijo Ruy.

—En eso consistiría precisamente su trabajo, en hacer de la muerte de un desconocido algo digno de recordarse. Déjeme decirle algo más, poco importa cómo murieron los habitantes de San Juan, sino cómo vivieron. Y esa sería su tarea, escribir una buena y breve reseña biográfica de un ciudadano de este pueblo.

—En la España que dejé, era importante no olvidar la forma en que murieron miles de compañeros, porque sabíamos de antemano que vivieron en la miseria.

—Pero ni estamos en España, ni todos aquí son pobretones. Esto es San Juan, New Mexico, y hasta los más pobres quieren que sus muertitos sean recordados de manera especial —insistió el director.

Le contestó que lo pensaría. A la salida de la oficina del director, Ruy miró de reojo el espacio que le sería asignado si aceptaba el trabajo. El escritorio de caoba, todavía vacío, le pareció desproporcionadamente grande y solemne.

La luz del mediodía lo cegó por unos instantes y le hizo detenerse en el umbral del edifico de adobe. Se restregó los ojos mientras se repetía: «Yo no puedo escribir sobre muertos que no conozco». Con pasos lentos y un hormigueo en el estómago, se encaminó al único restaurante de San Juan, El Greco, ubicado en la plaza central, junto a la alcaldía. Al entrar, hubiera preferido ser ignorado por los bulliciosos comensales que lo saludaban. Ubicó una mesa en un rincón asoleado que miraba a la plaza a través de un ventanal amplio.

—¿El caldo de siempre, profesor? —se apresuró a preguntar la joven mesera.

Ruy asintió con la cabeza. No podía organizar sus pensamientos y el fastidio del estómago lo tenía ahora en la garganta. Cuando la mesera trajo el caldo, le agradeció con un murmullo y una sonrisa a medio hacer. A pesar de su dispersa atención, Ruy pudo percatarse de que la sopa de chile verde con maíz y pedacitos de res venía siendo aderezada extraoficialmente por la punta de uno de los dedos de la mesera chapoteando dentro del plato. Sin apartar su mirada del dedito que ahora se alejaba con la mesera de cuerpo grácil y vivaz, por fin tuvo un pensamiento claro. *Te chuparía todos tus deditos.* Siguió con la mirada el *mutis* de la mesera y el espectáculo de sus caderas alejándose lo llevó a un cuartito oculto de su memoria. *Así caminaba Ana.*

Ana, y como ella, miles de jóvenes madrileños, hacían su vida llevadera en las trincheras de Madrid, intentando una normalidad que no existía. La rutina de guerra los llevaba de los parapetos a sus magras casuchas y viceversa, sin posibilidades de alterar la densa ecuación de rabia, sobrevivencia y muerte. Mientras pocas cosas dependían de ellos, ya que el juego terrible de la guerra se decidía en otras partes del mundo, muchos jóvenes tendrían una vida intensa pero corta. En el caso particular de Ana, sus

diecisiete años transcurrían sin las melancolías propias de su edad, ya sin más lágrimas, ya que todo lo había llorado desde que las balas falangistas fusilaron a sus padres por ser autoridades elegidas por voto popular. Ana únicamente vivía para liberar Madrid casa por casa, calle por calle, hasta lograr salvar la ciudad entera, y de ahí, imaginar otras ciudades liberadas.

༄

La mesera volvió a presentarse ante Ruy con la acostumbrada manzanilla mezclada con *osha*. Otro «gracias» distante y luego la indiscreta mirada a las caderas despidiéndose. Terminó su té a grandes sorbos, pagó la cuenta y se dispuso a salir con la misma parsimonia con la que había llegado. Desde la puerta del local notó que la plaza comenzaba a llenarse de gente. No quería volver a su habitación en el albergue, sabía que en la soledad de aquella oscura alcoba otros fantasmas se le colarían y entonces le sería imposible tomar una decisión sobre la propuesta que le acababa de hacer el director de *La Nueva Estrella*. Pensó primero en dirigirse a la barbería de don Arturo García. Aquel local era siempre un buen escondite donde no tenía que hablar sino escuchar. Don Arturo le contaría por enésima vez acerca de su abuelo barbero, su padre barbero... y que para seguir la tradición ahora él y su hijo eran barberos. «Mi abuelo aprendió a cortar el pelo mirando a los Apaches; y a cobrar, lo aprendió de los españoles», era su consabido comentario gracioso. La familia había cortado tanto cabello que podrían llenarse con facilidad todos los colchones del Hotel Plaza de San Juan, le comentaba con orgullo. Don Arturo le aconsejaría que se cortase el pelo cada tres semanas para lucir decente; pero si se sentía importante, como los ciudadanos eméritos de San Juan, tendría que cortarse el cabello cada semana para ser bien visto en la misa dominical. Y por enésima vez, Ruy tendría que decirle al buen barbero, que él no iba a misa. La idea de tener que escuchar lo mismo y contestar igual no lo llegó a convencer de caminar hasta el refugio habitual. Prefirió quedarse en la plaza.

El invierno estaba ya retirándose perezosamente de los alrededores de San Juan; y aunque las tardes eran todavía opacas, se notaba que la primavera quería asomarse de puntitas con bocanadas soleadas, lo cual los vecinos aprovechaban para dar una vuelta por la plaza. Los tenues rayos solares que escuetos llegaban entre los bloques de nubes oscuras, incentivaban el bullicio que acompañaba siempre el anuncio de una nueva estación. El alboroto mayor provenía de las muchachas del pueblo que invadían el cuadrilátero limitado de la plaza en busca de las miradas esquivas y coquetas de los jóvenes del sexo opuesto, en medio de risitas agudas y caminatas circulares. Los más adultos preferían sentarse en las bancas del parque y conversar sobre la guerra en Europa, los últimos adelantos tecnológicos en la agricultura y los dimes y diretes de la política local.

Ruy buscó una banca vacía y al no encontrarla se sentó en la vereda sobre sus libros de texto para proteger sus sentaderas del frío. Con perezosa distracción sus ojos empezaron a diseccionar cada elemento de la composición de alegría y bullicio en que se había convertido la plaza de San Juan. Iba tomando fotografías mentales de lo que se le aparecía: niños jugando a las canicas y alborotando a los perros callejeros; algunas mujeres sentadas junto a la pileta que chorreaba su agua recién descongelada; muchachas con vestidos domingueros en un jueves que le parecía tranquilo, sino fuera por la decisión que él tenía que tomar y los fantasmas que se le agolpaban en la puerta de su memoria.

—Buenas tardes profesor —escuchó decir a un grupo de doncellas entre quince y dieciséis años, cuando pasaron delante de él por tercera vez.

Ruy se zambulló otra vez en el espejo de la memoria y se remontó al pasado. Estaba sentado en la plaza de San Juan, New Mexico, pero en su memoria las calles de un Madrid asediado empezaron a mostrarse.

Las mismas voces de cristal, los mismos contoneos sediciosos y los vestidos de fiesta se desprendían apresuradamente del tranvía que traía su cargamento de alegría y amor a las trincheras en Madrid. Con ellas llegaban cartitas, gazpacho, chocolate y hasta pedazos de queso manchego y una que otra apreciada botella de vino de Rioja. En aquel Madrid asediado y bombardeado, sobre todo a las seis de la tarde, la juventud pretendía en cada crepúsculo una vida normal, y por ello a veces morían haciendo lo que tenían que hacer. Los combatientes que habían sobrevivido las derrotas de otras ciudades y las atrocidades de otros frentes, morían a la salida del cine pensando en el beso por venir; los amantes yacían en el último congelado abrazo. Todo tenía la apariencia de normalidad contagiosa hasta que el humo negro de las bombas les enturbiaba la alegría del atardecer, para empezar el mismo rito de sobrevivencia y muerte al día siguiente.

Yo esperaba encontrarme con Ana, vistiendo sus pantalones bombachos y gritándonos groserías. Eso me alegraba. Un día más con nuestra Artemisa madrileña y soez era un buen día en medio del caos. La miraba desde lejos, cuando ella corría de un lado a otro repartiendo pertrechos e insultos. «¡Disparen carajo, disparen! ¡Viva la República! ¡Me caso con el más valiente, coño!», resonaba su voz corajuda.

Un día, recuerdo, la vimos regresar del frente, empuñando su bayoneta todavía ensangrentada. Venía temblando, agotada, no dejaba de maldecir y repetir: «¡No pasarán, hijos de la gran puta, no pasarán!». Mis compañeros y yo la recibimos coreando su nombre, la rodeamos en un círculo frenético y lanzamos todos los improperios y blasfemias que se nos venían a la mente. Ana gritaba con nosotros, llorando. Nos inspiraba con su belleza pringada de sangre enemiga –otros españoles como nosotros– y con sus diecisiete años de rabia, era nuestra pequeña diosa de la guerra que quería cazar un futuro diferente, ella sola, si la dejábamos.

Durante nuestro tiempo en las trincheras de Madrid me hubiera gustado hablar con ella de cosas simples, pero nunca tuvimos la oportunidad. Ella estaba en todas partes, ahí donde la necesitaran, y yo esperaba cada día verla para sentir que todo andaba bien. Si no era una orden militar, era una directiva política proveniente del caos ideológico que era el Frente Popular lo que nos separaba. Siempre de arriba para abajo, de prisa, con una vehemencia imposible de detener. Ana a veces se atrevía a darme un guiño desde lejos o un beso volado, pero nunca se detenía a decirme algo que yo soñaba sería muy especial. La vi por última vez antes de que yo partiera a Francia. Asumo que murió en la guerra porque nunca he podido enamorarme otra vez y en cosas del amor me siento como un viudo empedernido.

La orden de abandonar Madrid lo pescó desprevenido. Al principio Ruy sospechó que era un malabar de su tío Jacinto Hernández, miembro de la Comisión Política del Partido Socialista Español, que intentaba una vez más salvarle la vida. Sin embargo, conforme fueron pasando los días y ya en medio de las preparaciones logísticas de su salida, sus sospechas se fueron disipando. Según el plan, comunicado escuetamente a Ruy a principios de febrero, tendría que cruzar medio España ocupada por las fuerzas falangistas, hasta arribar a la frontera con Francia y de ahí embarcarse lo más pronto posible a México. Para la primera parte de su periplo se le exigía viajar sin armas, vestido de seminarista y acompañando a un cura.

En enero de 1939, las ofensivas del Ebro y de Extremadura resultaron ser un desastre total para el Frente Popular y las fuerzas falangistas ya habían capturado Tarragona, Barcelona, Toledo, Ciudad Real, Jaén, Almería, Murcia, Alicante, Albacete y Valencia. Es decir, más de la mitad de España estaba fuera del control de la República. Se hablaba de fusilamientos masivos, desbande total y deserciones, ante lo cual la dirección política del Frente decidió que era el momento de preparar una retirada táctica que le permitiera continuar la lucha fuera de Madrid y España. A esas alturas se trataba de reagruparse, fortalecer la moral y abrir otros frentes ante el avance falangista.

Como parte de las directivas de repliegue, Ruy se encargaría de apoyar las tareas de organización y propaganda de los exiliados en México. Le dieron una semana para prepararse para el viaje clandestino. Debía dejar Madrid encaminándose hacia la sierra de Guadarrama, buscar cruzar el río Ebro en dirección a Caspe; entraría a Bujaraloz y de ahí seguiría el curso del río Puigcerdá para finalmente llegar a La Junquera. Al cruzar la frontera, los socialistas franceses lo contactarían en Perpiñán para embarcarlo a México desde la costa Atlántica.

En cada ciudad debería contactar a sus enlaces, los cuales le facilitarían el paso al siguiente punto en su itinerario. Su preparación consistía en memorizar los lugares y el sistema de claves y contraseñas necesarias para establecer contactos seguros con sus correligionarios, así como aprender a comportarse como un verdadero seminarista en santa peregrinación. Una lista con nombres y direcciones de combatientes exiliados en México fue escrita con tinta invisible –una combinación de agua de arroz y jugo de limón– que aparecía cuando se calentaba el reverso del papel. Entre las líneas imperceptibles se escribió con tinta corriente una oración a la Virgen de Monserrat pidiéndole que los librara de todo mal, especialmente de los comunistas hijos del demonio. Ruy viajaría con el padre Mauro Díaz, un cura regordete y cachetón, mitad mexicano, mitad español, miembro de la congregación Sagrado Corazón de Jesús. Un cura y su ayudante en peregrinación no levantarían sospechas de los falangistas.

Ruy y el cura se reunían cuatro horas cada día para ensayar y repetir las contraseñas que cambiaban según el lugar. Lo que más le costaba a Ruy era meterse en el papel de seminarista, convertirse en el Sancho del padre Díaz.

—Tienes que ser menos preguntón en público, más servicial a mi investidura. Debes cambiar esa mirada recia y acuchillada. Bajar la cabeza si la gente te mira, especialmente si son soldados o mujeres. No puedes transmitir ese rencor que se te sale por los ojos, ni esa mirada golosa hacia las jovencitas. Si te miran a la cara, baja la cabeza y sonríe con dulzura, como si acabases de descender de un tren proveniente del Cielo... o, si quieres, mejor aún, como si estuvieras pujando para hacer caca.

—Ja, ja, ja... Eso sí será fácil, padre, porque a la primera que sospechen me ensucio los pantalones.

—En serio, Ruy, tienes que almidonar tu andar. Caminar con sotana no es fácil. No pongas las manos en los bolsillos, ponlas atrás o adelante, como soportando el peso de tu arrepentimiento. Cuando duermas, olvídate de la guerra, piensa antes del sopor en cosas bonitas, arrúllate si quieres con canciones de niños, eso te ayudará a relajar tu rostro ceñudo en la mañana.

De todas las recomendaciones, esta última fue la única que Ruy no pudo asimilar fácilmente. Nunca conoció a sus padres y nunca tuvo canciones de cuna familiares; y la rabia en su rostro no era una pose fortuita, sino que provenía desde muy dentro de su pecho y era la misma fuerza que lo había mantenido vivo durante los últimos tres años. Cada compañero desaparecido en el Frente de

Madrid encendía una chispa de odio que le hacía desear ser inmortal para apaciguar su pena en nuevos combates. De su rostro ya no se desprendían lágrimas, pero se notaban los surcos endurecidos que le agrietaban su piel joven y lisa.

—Repasemos. Vamos a Francia a recoger el agua bendita de Lourdes, que nos servirá para bendecir a los soldados de la patria y curar sus heridas físicas y espirituales.

—Esta es la promesa que le hicimos a la Virgen de Montserrat y al obispo de Sevilla —interpuso Ruy.

—Peregrinos somos y el Señor está con nosotros. Ave María Purísima. ¡Viva España! —terminó el padre Díaz; y buscando entre sus papeles, interrogó a Ruy—: ¿Cuál es la contraseña en Caspe?

—Nos ponemos a rezar el rosario en latín en la puerta de Santa María la Mayor. Alguien se acercará al rezo y en la parte de las letanías, en vez de decir *«Mater Purisima»*, decimos: *«Mater Espagnolissima».* El contacto deberá decir: *«Mater Corpus Hispanae, ora pro nobis».*

—¿Y en Bujaraloz?

—Nos ponemos a rezar el rosario en la Iglesia de Santiago el Mayor. Nuestro contacto se acercará con una *Biblia* bajo el brazo izquierdo. Yo le debo preguntar en latín: *«Quid libro portas».* Él deberá responder: *«Liber potestatis».* Padre, ¿usted cree que con tanto rosario podamos ganar la guerra?

—No sé, pero estoy seguro de que la Virgen sabe que es un truco, Ruy —dijo el padre encogiéndose debajo de su sotana.

La relación entre ambos devino cada vez más sincrónica, como correspondía a un cura y su acólito. Ruy aprendía a comportarse como un santurrón en ciernes y el padre Díaz a ser un conspirador avezado; y un halo de mutua confianza los animaba a buscar la partida.

La noche anterior a su periplo, Ruy pidió permiso a su Comando para pasear por las calles de Madrid y despedirse de la ciudad que lo había cobijado por tres años. Sus pasos un tanto premeditados lo llevaron a la trinchera del lado norte, esa que escondía más amor que odios, con la esperanza de encontrarse con Ana. Entre la penumbra divisó el perfil alerta de Ana. Se acercó gateando entre los parapetos y desde su posición tuvo todo el tiempo del mundo para absorber la figura agazapada de Ana en todos sus detalles de mujer. Verla por última vez le dio una sensación extraña, mezcla de tranquilidad y pena. Ana lo miró de reojo, sin perder su postura alerta con su fusil en ristre. Le arrimó un cigarrillo mugriento, aceptando así su presencia amigable en esos momentos de guerra. A la primera bocanada Ruy se percató de que no fumaba, pero lo aceptó como el símbolo de un beso, ese que tanto había soñado y deseado. El papel mojado del cigarrillo se le pegó en los labios e intentó saborearlo pensando que era lo más cerca que podría estar de la saliva de su diosa guerrera. Pedacitos de tabaco negro deambularon en su boca y el humo caliente se le metió con fuerza, produciéndole un minúsculo vahído que interpretó como remedo de éxtasis. Cuando le devolvió el cigarrillo, no dejaba de mirarla y su mente fotografiaba ávidamente el rostro agreste de Ana.

—Gracias, compañera —dijo mientras se relamía el beso ficticio con sabor a tabaco morisco.

Se disponía a perderse en la oscuridad angosta de la trinchera, cuando Ana le regaló una sonrisa llena de flores detrás de su mirada fiera. Ruy levantó el puño y cortando el silencio de la noche espetó:

—¡Viva la Revolución! Compañera, no se deje matar, nos dolería mucho.

—Ana, me llamo Ana y la muerte es mi prisionera de guerra, ¡coño!

Su estadía en México, gracias al apoyo militante del Gobierno de Lázaro Cárdenas, no amainó su deseo de continuar la lucha por la República por otros medios. Sin embargo, aprendió muy rápido que no todos los exiliados mantenían la fe en la causa con la misma vehemencia que él. Muchos compañeros habían perdido ya el apasionamiento por la Revolución y se contentaban con sobrevivir en México, prendidos de un desmirriado tufillo revolucionario, necesario para seducir a cuanta fémina internacionalista se les paraba enfrente. Para ellos, el Tánatos de la guerra había sido reemplazado por el Eros inflamado por la distancia y la nostalgia.

Todo quedaba reducido a ganar las pequeñas batallas amorosas que justificaban su razón de existir en exilio; se trataba a esas alturas de evitar morir sin amor, porque ya hace rato que estaban divorciados de la causa revolucionaria. Ruy, mientras tanto, persistía militantemente en sus tareas de propaganda y nunca tuvo tiempo de cambiar de fantasía y menos de fijarse en las mujeres de su entorno.

Los contactos con la dirigencia política, fuera y dentro de España, se hacían, con el paso del tiempo, cada vez más lentos y casi inexistentes, hasta cuando la derrota fue obvia. En Oaxaca, donde residía, Ruy recibió una copia del último parte de guerra, firmado por el general Franco, que daba por terminado el conflicto. Sucinto y milimétrico, todavía ajeno a la grandilocuencia del futuro dictador, el parte decía a la letra:

"En el día de hoy, cautivo y desarmado el Ejército Rojo, han alcanzado las tropas nacionales sus últimos objetivos militares. La guerra ha terminado. El generalísimo Franco. Burgos, 1° abril de 1939".

¿Así se acaba una guerra? ¿Nada más...? ¿Y ahora qué?, se dijo, mientras miraba aquel documento como su condena oficial al exilio.

Las últimas órdenes del comité central del Partido Socialista le encargaban mantener la moral alta, levantar y publicar un catastro de héroes de la Revolución con los nombres, lugares y fechas de los fallecimientos. Desde diversas partes de España, e inclusive desde otros países, le llegaba la información que él acumularía en enormes folios. A cada nombre, si tenía la información, Ruy le añadía una frase que denotara que el fallecido en cuestión era algo más que un combatiente muerto. Por ejemplo, cuando encontró el nombre del padre Díaz, escribió: *"Reverendo Juan Díaz. Murcia. Mayo, 1940. Párroco de los pobres, Cristo español-mexicano, avezado conspirador".* Por lo general añadía lo que primero se le venía a la cabeza, al margen de que conociese al occiso; o simplemente se refería en forma escueta a las circunstancias de su muerte. *"Andrés de León. Ingeniero. Madrid. Febrero, 1939. Una explosión de alegría revolucionaria bañó de esperanza nueva todas las flores sin cementerio".* Ese ejercicio casi literario nacía de la necesidad, según él, de recordar a los compañeros como seres humanos útiles para la Revolución y no como meros difuntos o víctimas. Él no creía en mártires.

Sus fuentes de información eran muchas veces los nuevos exiliados y cuanto internacionalista recalaba en México. Los interrogaba con la docta actitud de alguien que está escribiendo una historia para ser contada. Siempre con la misma pregunta: «¿Cómo murió el compañero?». En uno de esos encuentros semiclandestinos, le tocó entrevistar a un miembro de la famosa Brigada Lincoln. El hombre había estado en el Frente de Madrid y tenía nombres frescos que añadir a la lista de defunciones. Ruy revisó los nombres, buscando como siempre el nombre de Ana, y al no encontrarlo sintió que el mundo, a pesar de la hecatombe revolucionaria, estaba en orden, o al menos le aparecía menos caótico. El brigadista al notar su tensión lo miró curioso, sin ánimo de juzgarlo, pero tratando de adivinar sus pensamientos.

—¿Busca algún nombre en especial, compañero?

—No —mintió Ruy.

—Compañero Ruy, a estas alturas usted y yo sabemos que no tener una causa por la cual luchar es no tener rumbo en la vida. Nos sentimos deambulando como fantasmas dentro de una historia prestada, esperando algo que sabemos nunca va a llegar. Quizá lo que usted está haciendo tiene sentido ahora, pero… ¿después qué?

Ruy miró al brigadista, sorprendido de que abordara ese tema; y no supo qué decir.

—Yo, por ejemplo, estoy escribiendo una novela sobre lo que vivimos en España. Me ha ayudado doblemente. Primero, he conseguido dar un orden fáctico a todo lo farragosa que fue nuestra lucha. Entiendo ahora mejor lo que queríamos, por qué lo queríamos y a qué se debió nuestro fracaso. En segundo lugar, he pintado con la ficción las mejores caras de nuestros héroes, de tal forma que aún los menos heroicos aparecen como seres humanos de carne y hueso, con defectos y cualidades, con un gran corazón, incluso con sus contradicciones. Todo esto me da la tranquilidad de seguir viviendo, porque el mundo sabrá, de otra forma y desde adentro, cómo murieron nuestros compañeros, por qué pasó lo que pasó y cómo se podría reeditar nuestra gesta, sin tanto dolor. Me atrevería a robarle una frase a Calderón de la Barca y decir: *"Vence más el que sin sangre vence"*. Quizás así podamos ganar la batalla por la historia.

—¿Tiene título esta novela? Quizá pueda leerla algún día... y pueda como profesor hablar a la juventud de lo que pasó y de repente...

—Creo que es tiempo de abrirse a otras cosas en la vida. Si a usted le parece bien, lo puedo recomendar para una escuela de New Mexico en los Estados Unidos. Están buscando un profesor de español en la escuela de San Juan. Ahí podría empezar una nueva vida, alejado de todos nuestros mitos.

Ruy repitió la última frase en su cerebro, casi masticándola: «Alejado de nuestros mitos».

—¿Y mis muertos... qué? —interrogó alzando la voz.

—Esos viajarán con usted, compañero Ruy. Siempre viajarán con usted.

Dos

A sus veinticinco años, con un título de profesor de español y con muchas ganas de iniciar una vida más normal de la que había tenido, Ruy arribó a San Juan, un pueblo de diez mil habitantes, al norte de Santa Fe. Lo primero que le llamó la atención fue la geografía agreste del desierto rodeado de montañas frescas y esa luz brillante que hacía que todo se viera más claro y nítido. Su otro hallazgo fue la mezcla de castellano cervantino y anglicismos que los pobladores usaban en sus coloquios familiares, además de la cantadita que siempre acompañaba a las expresiones de admiración o rechazo. Cuando alguna vez les mencionó esta forma peculiar de expresarse, los pobladores lo miraban extrañados. «Iiii... ¿De qué cantadita está hablando profesor?, nosotros no somos mexicanos». Después de siete meses, Ruy ya no percibía el tonito cantado que él mismo dejaba deslizar en sus conversaciones.

Su posición de maestro de español le había abierto muchas puertas y facilitado la aceptación de una población reticente a tolerar la presencia de foráneos. Al principio, sin embargo, tuvo que pagar el precio de su inserción en un mundillo atrofiado por las tradiciones y la desconfianza de todo lo que fuese nuevo y moderno. Ruy llamaba la atención silenciosa de los residentes de San Juan, ya sea por su manera de vestir –siempre de negro– o porque hablaba de cosas que no les eran familiares o porque esperaban a un profesor más entrado en edad y con manerismos solemnes. No obstante, en muy poco tiempo, Ruy se ganó la confianza de los lugareños demostrando que podía ser un profesor muy dedicado. «Me tratan ustedes como jamón de pata negra», les dijo para agradecerles las deferencias y aceptación.

El idioma casero de los pobladores de San Juan, como tantos otros del norte de New Mexico, seguía siendo el español, aunque mal hablado, con mezcla de anglicismos y arcaísmos. Ruy se esmeraba por traerlos a un español más educado y del siglo XX, uno que pudiera sobrevivir a las arremetidas culturales del inglés. Se percató rápidamente que el bilingüismo (y en algunos casos, el trilingüismo) era una necesidad histórica de los habitantes de San Juan y se dedicó con ahínco a sacar a la calle el español de las cocinas y las conversaciones con las abuelas. Con esto en mente, y dado su entusiasmo por la literatura, formó el Club Cervantes, donde se reunía lo mejorcito de los intelectuales de San Juan. No le fue difícil ponerlo en marcha, a pesar de lo adormilado que le parecía el pueblo frente a las innovaciones.

En una de estas reuniones del Club Cervantes, el director de la escuela de San Juan le presentó al director del diario *La Nueva Estrella*. El señor Huidobro, hombre práctico y de buen olfato para los negocios, vio en Ruy al obituarista que necesitaba. En cambio, Ruy esbozaba su paso por el periódico como una extensión de las clases que dictaba. Había pensado en una columna literaria, en otra sobre temas de cultura en general que abordara los mitos y leyendas hispanos, y un crucigrama para que la gente se ejercitara en el vocabulario español. Incluso se imaginaba haciendo un periodismo de investigación que le permitiría desenredar los entuertos políticos de un pueblo acostumbrado al patronazgo de sus gobernantes, enraizado más en los vínculos familiares que en las alianzas ideológicas. Por eso su desaliento ante la propuesta del señor Huidobro. No solo no tendría acceso a todas esas páginas codiciadas, sino que tendría que lidiar con los muertitos de San Juan que él decía desconocer.

Tenía ya una semana y tres días pensando y dando vueltas al asunto hasta que por fin salió del invernadero de sus pesares y dudas y le dio una respuesta favorable al director del diario. Tomaría el puesto de obituarista.

En San Juan las noticias volaban más rápido de boca en boca que en su versión impresa y ya todo el mundo sabía que el nuevo obituarista de *La Nueva Estrella* sería Ruy, el profesor de español. «Ahora sí vale la pena morirse», confesó una octogenaria para celebrar esa noticia antes de que pudiera oficializarse su contratación con una nota en la edición especial del domingo. A nadie le afectó tanto la noticia como al cura López Lavalle, quien recibió la nueva de boca de su propio sacristán, que a su vez había recibido la noticia vía su hija, que trabajaba en el diario como secretaria del señor Huidobro. El cura ya conocía de las ideas materialistas-socialistas del "profesor rojo", tal como lo llamaba a escondidas. Veía a Ruy con desconfianza, no solamente por su confesa ideología, demasiado moderna para un pueblo como San Juan, según sus propias palabras, sino porque representaba una competencia a su educada erudición. El sacerdote temía que Ruy le socavara su autoridad en el manejo de los asuntos del alma y del idioma. «Cuando estos rojos se cansan de usar las espadas, recurren a la palabra. Es más difícil recuperarse de estas heridas», insistía el cura a su adicta feligresía.

En efecto, ya muchos vecinos no venían a sentarse a jugar dominó con el cura y a dejarse impresionar con sus opiniones grandilocuentes acerca del mundo más allá de los límites de San Juan, sino que preferían ir a las charlas y conversaciones sobre literatura española. Ya no lo frecuentaban trayéndole huevos frescos, mantequilla cremosa o su preferido, el queso de cabra, a cambio de escribirles sus cartas familiares y de negocios. Preferían ir a donde el profesor de español porque nunca les aceptaba nada y no se metía en sus asuntos personales. El profesor escribía las cartas tal y como ellos las querían: afables, pero no melodramáticas, si eran para un familiar; firmes y directas, si eran de negocios; en tanto que las cartas a las entidades estatales o federales, siempre las preferían un poco barrocas en la parte de los saludos y presentaciones del firmante.

Cuando llegó la hora del sermón dentro de la misa dominical, el cura, tan españolito como Ruy, pero todavía con fuerte acento castizo como prueba de su superioridad europea, no se aguantó y se las tomó en contra del nuevo obituarista, sin mencionar su nombre. No quedó claro a sus feligreses cómo es que pasó de la resurrección de Lázaro, que era el tema central de la homilía, a la necesidad de recordar a los muertitos de San Juan de una manera cristiana y piadosa, porque al fin y al cabo, «no somos nadie para juzgar al prójimo. Esta es tarea de Dios», les indicó. ¿Cómo hizo ese malabar de oratoria para adjudicarle a Ruy la presunta labor de juez de almas? Nadie lo supo, pero fue claro que era su manera de detestar al nuevo obituarista en público y en olor a santidad.

Ruy se enteró de las declaraciones del cura y lo tomó con humor, contentándose con decirle a su interlocutor que lo que le preocupaba al intermediario de Dios en la tierra era que él se convirtiera en una especie de agente de inmigración que debería aprobar o desaprobar las entradas al Cielo, al Purgatorio o al Infierno. «Ese no es mi trabajo», dijo. «Yo me ocuparé de decirle a la gente qué es lo que vale la pena recordar sobre el difunto, y punto. Yo no tengo una línea directa de comunicación con Dios; la tengo con la gente del pueblo. Además, el queso de cabra me cae mal, me causa flatulencia, ja, ja, ja...». Ya para el lunes en la mañana, el pueblo sabía que la guerra por la memoria de los muertitos de San Juan era una guerra a muerte entre el obituarista y el cura.

Sentado en su nuevo escritorio de caoba, con las manos sosteniéndole la cabeza, Ruy leía con impaciencia antiguos recortes de periódicos para darse una idea de cómo empezar a escribir los obituarios sintiéndose todavía incómodo en su nuevo trabajo. Lo que leía le parecía insulso, un mero trámite burocrático para informar que alguien se había muerto, seguido por el recurrente detalle acerca de los deudos. No encontraba diferencias en la manera de redactar el anuncio de defunción, salvo que se pagase un poco más y entonces se le añadía algunas líneas sobre actividades importantes realizadas en vida: si fue militar, las batallas en las que participó; si fue abogado, los casos que defendió; si fue ama de casa, los hijos y nietos que crio; si fue maestro, la cantidad de niños que instruyó.

Todos hacemos algo en esta vida, pero qué es lo que hace a estas personas especiales y diferentes, dignas de ser recordadas por la comunidad, se preguntó, empujando los recortes al filo del escritorio. *Su ausencia es significativa para los que los conocieron, para nadie más. ¿Para qué, pues, publicarlo en el periódico? Si quieren un documento necrológico, eso es lo que haré.* Volvió a jalar los recortes al centro del escritorio y se puso a escribir.

"El día 26 de enero, a las diez de la mañana, dejó de existir el ciudadano don Roberto de la Cruz y Ordaz, a la edad de 75 años. Le sobreviven su esposa, doña Josefina, y sus hijos de su primer matrimonio: Juan Carlos, Martín y Eusebia. El rosario se realizará el día 27 a las 10 a.m. en la Iglesia de la Santa Cruz. La misa de cuerpo presente se realizará el día 28 al mediodía. Que descanse en paz".

Ya está, ya informé... Sin faltas de ortografía y ocupando muy poco espacio, ¿qué más quieren?

Verificó el nombre varias veces, le adjuntó el recibo pagado y lo puso en la canasta metálica, listo para ser llevado al jefe de redacción. Sin embargo, una cachetada de honestidad principista le hizo recapacitar y poner el papel en el cajón del escritorio.

Yo no puedo escribir un obituario sin conocer a la persona, se dijo. Acto seguido, como perseguido por un demonio creativo, buscó la dirección de la casa del difunto y se dirigió a ella, seguro de encontrar algo más que un nombre y una fecha que reportar.

La casa del ahora difunto quedaba muy cerca de la plaza, en la zona de las residencias de la gente importante de San Juan, ya sea por su posición económica o por pertenecer a las más antiguas familias hispanas, esas que se creían descendientes de los conquistadores. Al llegar, notó el acostumbrado taciturno ajetreo de personas entrando y saliendo de la casona, algunas portando flores y otras con viandas de comida: tamales rellenos de carne de puerco y chile rojo, enchiladas, tortillas recién hechas. Le llamó la atención la presencia del jefe de la Policía parado en el umbral de la puerta con una cara mal agestada y no portando otra cosa que una libreta de apuntes y su lapicero. Se disponía a entrar en la casa, pero tuvo que cederle el paso al señor Huidobro, que salía apresuradamente. Se saludaron en voz baja y escuchó a medias la

pregunta corta y directa del director del diario: «¿Lo terminó?».
Ruy se apresuró a responder: «Está en el horno, en el horno».

Del fondo de la casona, la viuda de don Roberto apareció rodeada de otras llorosas señoras. No era la persona que Ruy esperaba. Su demacrado rostro, con unas ojeras como sábanas viejas debajo de los grandes ojos negros y un austero vestido estilo sastre color gris, no podían esconder su juventud y la belleza de sus formas contundentes.

—Señora, soy Ruy, trabajo para el periódico local. Soy el obituarista. La acompaño en su dolor.

—Gracias, gracias por venir.

Se quedaron mirando en silencio por una fracción de segundos sin decir nada.

—No quisiera importunarla, pero...

—Está bien. Tome asiento, por favor.

—Tengo la misión de escribir el obituario de su esposo y quisiera que...

—Entiendo su interés. ¿Qué le puedo decir? Mi esposo era una magnífica persona, muy amoroso, muy emprendedor. Lo que pasó no es culpa de nadie, ni siquiera de él, ya se lo dije al jefe de la Policía. Fue un accidente y yo quisiera que se le recuerde como la persona que fue toda su vida y no se mencione lo que sucedió en las últimas veinticuatro horas. Todo fue un accidente.

—¿Un accidente?

—Sí, un accidente. Si así se puede llamar a un hecho que ha alterado nuestras vidas de manera fortuita. Algo que no esperábamos.

—Señora, perdone, ¿cómo murió don Roberto?

La joven viuda amarró sus manos con fuerza sobre su falda, a la vez que se le veía apretar sus mandíbulas, y lanzando un seco suspiro dijo:

—Se le escapó un tiro a su escopeta de retrocarga. Esto, por supuesto, no todo el mundo lo sabe y no puede publicarse. Sería doblemente horrible. No sería justo para la memoria de todo lo que hizo en su vida.

—Entiendo. No se preocupe. Gracias por su tiempo.

Ruy se paró con lentitud, le cubrió las dos manos apretadas con las suyas y salió de la sala de la casona. En su mente trataba de hilvanar todo lo que su demonio creativo le estuvo dictando. Un envejecido hombre de negocios, con una hermosa esposa mucho más joven que él, muere por mano propia.

A la salida se percató que en el estudio de la casona un equipo de trabajadores movía muebles y cuadros y se las agenciaba para limpiar el recinto con meticulosidad. Se imaginó que ahí había sucedido el accidente. Volvió a mirar de reojo la habitación y pudo observar grandes manchas oscuras en la alfombra y otras más pequeñas en las paredes. Ensimismado por lo grotesco de la escena, no se dio cuenta de que uno de los trabajadores salía apresurado del recinto, portando un balde lleno de un agua morada, y casi se lo lleva de encuentro. Atinó a esquivarlo.

—Disculpe. ¿Mucho trabajo?

—Sííí. Una escopeta de retrocarga da más trabajo que una pistola. Pero nos pagan más por la limpieza, señor.

No tuvo que imaginar mucho para entender lo que el trabajador describía. Esas partículas de sangre y carne, esparcidas sin trayectoria definida, ya las había visto antes, durante su campaña en Madrid. Sintió esa misma sensación de impotencia de cuando veía rostros amigables y cotidianos convertidos en miasmas revueltas con polvo y barro. *¡Carajo! Otra vez se me cuelgan los fantasmas.* Un leve vahído lo invadió y lo empujó a salir de la casona lo más pronto posible. No sabía adónde ir ahora con esa sensación, si a su cuarto del albergue o a seguir caminando sin rumbo fijo. Sus pasos indecisos lo llevaron enfrente de la estación policial. Le quedaba algo más por saber. El capitán Agüero, parado en la puerta de la comisaría, lo miró displicente y lo saludó sin mucha cortesía.

—Viene por lo del muerto, ¿verdad?

—Buenas tardes capitán, una pregunta si me permite. ¿Cómo murió don Roberto?

—Eso es estrictamente confidencial.

—No soy un curioso malsano, ni periodista, soy el obituarista. Dígame qué pasó, por favor.

El capitán le dio esa mirada de malgastado sabueso y decidió abrir su cofre de secretos policiales.

—Pensamos que don Roberto, en realidad, intentó matar a su esposa y a su amante, a quienes encontró con las manos en la masa y sobre la mesa del comedor, pero se arrepintió en el camino y se mató. Así de simple, un suicidio por causa pasional.

—¿No fue un accidente, entonces?

—Bueno, el accidente fue encontrarlos en plena acción amatoria porque todo el mundo sabía de esta relación, menos el occiso, por supuesto. Los tres vivían bajo el mismo techo, pero tenían alcobas separadas. El amante era un ex novio de la señora que fungía como agente vendedor y comprador de alfombras nativas para las tiendas de don Roberto. Parece que era un buen vendedor de alfombras, pero también un excelente vendedor de ilusiones para convencerlos de vivir en la misma casa. Pudiera ser también que, al aceptar esa situación anómala, don Roberto buscó mostrar el poder que tenía sobre su joven esposa. No sabemos. Ya está hecho, no hay crimen, no somos nadie para juzgarlos. Hay que dar vuelta a la página. Aquí no hay crimen, le repito, solo un viejo con dinero que se cansó de pretender que era feliz, una mujer muy joven y ardiente, un amante ahora sin empleo, y muchos chismes.

—¡Ah! Suicidio pasional. Ahora lo entiendo. Gracias.

Ruy tomó nota de las últimas palabras del capitán y añadió más información respecto a la vida de don Roberto: trabajó desde muy joven en el rancho de su padre en Lourdes, al norte de San Juan; luego en las minas de cobre de Tyrone hasta que las cerraron en 1921; luego se fue a California para trabajar en las redes ferroviarias y, de regreso a New Mexico, abrió sus dos tiendas de artesanías indígenas, una en Santa Fe y la otra en San Juan. A pesar de su poco conocimiento de las culturas nativas, tenía buen olfato para reconocer las piezas que podían convertirse en objetos de colección: vasijas de cerámica de San Idelfonso, alhajas de plata de los indios Zuni y las mantas hechas a mano y de colores naturales de los Comanches y Navajos. Era una buena época para vender el exotismo de la región que ofrecía la experiencia de la última frontera, el aire puro de las Montañas Rocosas, bueno para la recuperación de los tuberculosos, una luz apoteósica que inspiraba a pintores y fotógrafos itinerantes, y lugares misteriosos como Taos, a donde llegaban de Europa famosos escritores, pintores y psicoanalistas. La imagen del buen y noble salvaje se había estado propagando en Europa con los libros del escritor alemán Karl May y las artesanías de los nativos americanos eran codiciadas y podían ahora comprarse en la comodidad de las tiendas bien organizadas y pintorescas de don Roberto. Se había casado dos veces. La primera, con una lugareña mitad Apache, mitad hispana, que le dio tres hijos. Ella fue su brazo derecho en la organización de sus tiendas hasta que murió, después del tercer embarazo. En plena prosperidad económica, se casó por segunda vez con su joven empleada, treinta años menor que él, quien le puso los cuernos a domicilio. Sus tres hijos vivían en California y probablemente recibirían otra historia de su muerte. Con esta información y todavía con el malestar apretándole el estómago, regresó a la redacción del diario y se dispuso a editar su primer obituario.

"A sus setenta y cinco años y con voluntad huidiza, don Roberto de la Cruz y Ordaz decidió poner fin a sus álgidas pasiones y descansar. Cuando el cuerpo se va, los errores quedan; algunas veces se exageran, otras se esconden, pero ahí están para desempedrar el camino que seguimos recorriendo.

Sin duda, la belleza que necesitaba para seguir viviendo se desvaneció; y con ella, las ganas de seguir soñando y despertando otro día más. Su ausencia nos deja callados, sollozantes, incrédulos, pero algo de lo que hizo en su larga vida nos tocará el hombro cuando necesitemos un aliento extraordinario para seguir soñando y despertando con vehemente intensidad, tal como lo hizo él.

Le sobreviven su esposa, doña Josefina, y sus hijos de su primer matrimonio: Juan Carlos, Martín y Eusebia. El rosario se realizará el día 27 a las 10 a.m. en la Iglesia de la Santa Cruz. La misa de cuerpo presente se realizará el día 28 al mediodía. Que descanse en paz".

Al día siguiente de la publicación del obituario, los feligreses de línea dura, los más allegados al cura López Lavalle, querían saber su opinión, pero él se mantuvo a la defensiva, prefiriendo no opinar demasiado ya que «hay que ser humildes ante los designios del Señor», repitió hasta el cansancio, tomando el camino de la humildad como táctica política. En realidad, no quería decir mucho hasta que tuviese bien claro cómo enfrentar el problema canónigo que el obituario le creó. No había que ser muy inteligente para darse cuenta de que en el texto Ruy mencionaba el suicidio pasional, sin deletrearlo y hasta casi poéticamente. ¿Cómo pues abrirle las puertas del Cielo a un alma cuyo último acto humano fue pecar en contra de la vida? Aún más, ¿cómo dedicarle una misa a un personaje tan importante, sin despertar sospechas que se estaba haciendo una excepción a un ciudadano emérito, frente a un acto execrable? ¿Qué mensaje espiritual llegaría a los feligreses? ¿Qué hacer?, se preguntaba casi leninísticamente el cura, mientras preparaba su contraataque escondiéndose en la humildad católica.

En un pueblo en que la gente podía morirse decentemente y sin grandes sobresaltos, ahora se atrevían a hablar del muerto y su muerte; y hasta se inició un debate público sobre lo que debería de recordarse o no recordarse acerca de don Roberto. Es decir, se discutía su lugar en la memoria colectiva. Esto, por supuesto, tuvo un efecto positivo en el incremento de la demanda por *La Nueva Estrella*, que de fuente de información tardía pasó a ser la fuente del debate público. El señor Huidobro no felicitó a Ruy, como hubiera requerido un protocolo profesional, dado el impacto del primer obituario. Únicamente se limitó a proyectar sus ganancias y la posible expansión del tiraje del diario, mientras se regodeaba con la misma cara del viejito ricachón de Monopolio dentro de su oficina. *Si esto dura un año, la circulación del diario podría expandirse a los pueblos cercanos y hasta a Santa Fe y Taos*, pensaba mientras se afilaba la punta del bigote inexistente.

La misa de cuerpo presente, tal como le correspondía, por ser don Roberto considerado un ciudadano importante de San Juan, atrajo a un centenar de personas del pueblo y alguna veintena de Santa Fe y sus alrededores. El cura López Lavalle no podía quejarse de la popularidad de aquel evento religioso, donde él era otra vez el centro. Su sermón empezó donde lo había dejado la última vez que abrió la boca públicamente: «Hay que ser humildes ante los designios del Todopoderoso, no somos nadie para juzgar al prójimo». Pero agarró carne cuando en vez de presentar la voz condenatoria de la Iglesia sobre el suicidio (pasional o no) y el número cinco de la Tabla de Moisés en su versión resumida y católica: *"No matarás"*, dirigió toda su artillería argumentativa a exculpar al occiso, mediante la argucia de que habría que estar loco para ir en contra de los mandamientos de Dios. «¿Quién en su sano juicio puede ir contra la propiedad del Altísimo? Nosotros no nos pertenecemos, pertenecemos a nuestro Creador», dijo.

Con esto último, le daba un pase gratuito al Cielo a don Roberto, pues su decisión de matarse la hizo sin "el sano juicio", o sea, el viejito había perdido la chaveta; por lo tanto, era más inocente que un recién nacido después del bautizo.

El padrecito les había tendido un puente a los feligreses para que se acordaran de las buenas obras caritativas que don Roberto realizó en vida y les instó a orar para que se le abrieran de par en par las puertas del Cielo; en caso de que Dios, con su infinita sabiduría, tuviese de repente un lapso en su infinita memoria. Por obra y magia de su verbo bien educado y una mediana inteligencia, el cura López Lavalle embarcó a sus católicos en el camino de salida de don Roberto y les hizo suya la tarea de buscarle un lugarcito en el Paraíso.

—¡Oren, recen, imploren! —resonó su voz en la concurrida iglesia.

El curita no mencionó para nada el pecado número seis: *"No cometerás adulterio"*, conocido por otros como el pecado de la carne fresca con dueño y que involucraba a la ahora viuda. Ella estaba viva todavía y tendría tiempo de resarcirse de sus majaderías pasionales. Al término de la misa, el pastor de almas salió al atrio de la iglesia a despedir a la muchedumbre, satisfecho de su malabar de oratoria y sintiéndose reconectado con la población. Se dejaba besar la mano, acariciaba las cabecitas de los niños y saludaba a cada miembro de su rebaño por su nombre, si lo reconocía. Cuando le tocó su turno a la sollozante viuda, le dio un abrazo paternal que era el símbolo del perdón público, no sin antes parpadear para esconder sus pensamientos: *Puta, puta...*

Mientras toda esta coreografía sucedía en la puerta de la iglesia y cada persona tomaba su propio derrotero en cuanto a la muerte de don Roberto, Ruy había llegado a la redacción a media mañana, después de preparar sus clases para el lunes, y acomodaba los papeles en su escritorio de caoba. Encontró el contenido de un sobre de manila donde se le informaba acerca de una mujer de cuarenta años, soltera, Rocío Romero. Buscó la dirección de la casa y se dirigió a buscar la historia de la muertita con la misma convicción de su primer obituario, es decir, pensando que algo conocería de esta persona para poder escribir sobre ella.

La vivienda de adobe, con jardín frontal, estaba cerrada con llave y no había nadie para atender la presencia inquisidora de Ruy. Las primeras impresiones, sin embargo, ya estaban dadas: la difunta no tenía familiares o amigos preparando el funeral y su casa modesta no iba a llenarse de viandas y flores. Al interrogar a los vecinos sobre la vida de Rocío Romero, la mayoría respondió que la mujer era de pocos amigos, dedicada a su trabajo de enfermera en el Hospital de San Juan y que no era de ahí, sino de una ciudad un poco más grande, Albuquerque. Datos adicionales: vivía sola, estuvo en la Guerra de Europa como enfermera voluntaria y nadie se explicaba su soltería, porque fea no era y siempre parecía amable y risueña.

En el hospital, la información era también escueta: buena trabajadora, muy puntual y ordenada. No tenía amigos, novios o amantes conocidos. ¿Causa de su muerte? Paro cardíaco, le dijeron. Ruy apuntó en su libreta de notas: *"Su corazón se cansó de latir en soledad"*, y luego se dirigió a la sala donde mantenían el cuerpo en un ataúd blanco, acompañado por un aparato floral del mismo color, enviado por el sindicato de trabajadores del hospital.

El cajón blanco y solitario en una sala de paredes pulcramente pálidas lo conmovió. Todo parecía tan aséptico y sin emoción. *Cajón blanco, ¿eso quiere decir que murió virgen?*, se preguntó. *¿Cómo saben ellos?* Se sentó en una silla al costado del ataúd. *¿No hay nada que decir? ¿Cómo quieren recordarla?*

En el Madrid beligerante de Ruy, no todos sus muertos fueron llorados y enterrados como se debía y en otros frentes, miles de combatientes fueron llevados abruptamente al olvido cuando se construyeron mausoleos, gigantescas cruces y signos falangistas sobre sus cadáveres aún frescos. No bastó su muerte, sino que tenían que ser humillados con el olvido. Sin embargo, esta buena ciudadana que se mezcló cotidiana y apaciblemente con los habitantes de San Juan, haciendo su trabajo con dedicación espartana, no tenía a nadie para depositar ante su féretro un adiós lloroso. ¿Quién fue esta mujer y por qué murió sola?

La ansiedad de Ruy aumentaba conforme pasaban los minutos y él seguía sentado solo junto al féretro. Nadie venía. No quería dejar el lugar porque sentía que él era el único que podía acompañarla con algo de dignidad hasta su última morada. De repente se le iluminó el rostro con una idea que lo sacó de su meditabunda ansiedad. Se le ocurrió que si entraba en la casa de la difunta algo podía aprender acerca de ella, porque las cosas inertes "hablan" si uno sabe buscar. Se paró intempestivamente, miró el ataúd, y murmuró: «No te dejaré sola».

Ruy tuvo que forzar la endeble cerradura de la puerta trasera para poder entrar. Lo austero del arreglo casero y la ausencia de cuadros y fotografías en las paredes fue lo primero que le llamó atención. En segundo lugar, lo impecable que estaba el hogar de la difunta. Cada cosa, por pequeña o insignificante, tenía un lugar o espacio asignado cercano a su función utilitaria. Concluyó que Rocío era una persona que se manejaba con rutinas preconcebidas y que, probablemente, no tenía mucho que recordar o no quería recordar porque la ausencia de cuadros y fotografías así lo demostraba. Podría ser también que nunca pensó quedarse en San Juan por mucho tiempo. Caminó un tanto inseguro hacia el dormitorio, sabiendo que podría hallar algo más personal e íntimo ahí donde se quedan deambulando los sueños que uno no recuerda en la mañana o donde se cuelgan los suspiros más privados por placer o desdicha en las noches. Abrió la cómoda y entre la ropa interior de encaje apareció una cajita con cartas. «Por fin, algo sabré de ti», exclamó.

Se sentó en la cama amplia tendida a la perfección y se dispuso a leer las cartas con la excitación de un delincuente primerizo. Le temblaban las manos, su pulso tremebundo se aceleraba. Pero a pesar de lo que su cuerpo decía, todavía tuvo la paciencia de ordenar las cartas de acuerdo con la fecha y lugar de procedencia. Se quedó con aquellas que provenían de Europa, específicamente Inglaterra y Francia. Examinó las fechas y se percató que las cartas habían sido enviadas casi mensualmente de junio a diciembre de 1943. Con esta secuencia en mente se dispuso a develar el anonimato y la soledad que constriñó la vida de la señorita Rocío Romero.

Liverpool, 26 de junio de 1943

Hola guapa:

¿Cómo estás? Supongo que gozando de lo brillante del sol nuevomexicano. Yo, entre brumas británicas y extrañando lo diáfano de tu voz. Cuando recibas esta carta ya estaré en Francia. Te escribo desde el barco que nos llevará allá. Somos unas cien enfermeras con experiencia de combate. Sí, digo y repito, con experiencia de combate, porque de qué otra manera se puede calificar el sentir las balas y la artillería tan cerca de nosotras... Tu decisión de regresar a New Mexico fue la acertada, aquí las condiciones no mejoran a pesar de que dicen que estamos ganando la guerra. Quisiera contarte que ya me acostumbré a la barbarie y al dolor, pero no es así. Me cuesta hacer mi trabajo e irme a dormir. Siempre estoy pensando que algo más se puede hacer. Es imposible borrar de mi mente esos rostros juveniles sufriendo tanto, especialmente –y no sé por qué– me hiere más cuando los veo desangrándose y aprisionando entre sus manos sus aros de novios o de esposos.

Cuídate y espero que nos veamos pronto.

Con amor, Viola.

Bayeux, 24 de julio de 1943

Hola guapa:

...Ayer tuvimos tantos heridos que las enfermeras hicimos transfusiones de sangre, cosa que era exclusiva de los médicos.

...No he podido dormir pensando en el soldadito al que le amputamos las piernas. No había cómo consolarlo, solo deseaba morir.

...Tu voz, extraño el timbre claro de tu voz.

...No fue nada fácil transportar a un capitán que le colgaba la mandíbula en medio del caos causado por nuestra propia artillería y la alemana.

...Hay muchos soldados que mueren por fallas en sus riñones debido a un choque traumático. No hay nada que podamos hacer por ellos. Es frustrante.

...No pudimos abrazarnos lo suficiente en el momento de tu partida. Ya sé que a ambas no nos gustan las despedidas, pero no tenías que estar tan distante. Admito que me desorientó tu comportamiento. Todavía no me lo explico.

...Despertar con tu sonrisa cada mañana, es despertarse a la alegría de querer vivir más intensamente.

...Nuestro trabajo nos desafía todos los días. Acaba de llegar una directiva superior que nos indica que hay que permitir la alimentación y la evacuación del paciente. Muchos heridos llegaban totalmente enyesados (por las fracturas en las piernas y los brazos) a los hospitales ingleses y no podían evacuar o alimentarse por mucho tiempo. Hemos estado quebrando yesos y abriendo huecos como si fuéramos picapedreros.

Soy una sonámbula: sueño contigo durante la noche y durante el día.

...Despertar con tu sonrisa cada mañana, es abrirme a la alegría de vivir.

Con amor, Viola.

෨෬

Rouen, 12 de agosto de 1943

Hola guapa:

¿Te acuerdas de la tía Fanny? La trasladaron a un hospital en Inglaterra. Dicen que para aprovechar su experiencia con los soldados en rehabilitación. Para nosotras fue un gran alivio, nadie la quería, si bien no podíamos darnos el lujo de odiarla. ¿Te acuerdas que nos hizo botar la comida que habíamos cocinado,

— 100 —

después de tanto trabajo para conseguir vegetales frescos? Según ella, los vegetales comprados a los agricultores locales podrían estar envenenados. ¡Si se hubiera enterado de lo nuestro, nos hubiera llevado ante un tribunal militar!

Besando tus manos toqué los deseos inconmensurables de tu piel.

Con amor, Viola.

ৡৡ

Todas las cartas empezaban igual y terminaban igual: *"Hola guapa", "Con amor, Viola"*. Todas narraban algo de los pormenores de la guerra en Europa, las atribulaciones cotidianas de las enfermeras y siempre había además una frase corta, melancólica y tierna dirigida al corazón de Rocío Romero.

Rouen, 27 de septiembre de 1943

Hola guapa:

...Hoy es tu cumpleaños y en una semana, el mío. Cheers! ¡Salud!, Santé !, Tchin Tchin ! (aunque suene como chinchin en japonés y signifique pene). Por esta época es que nos conocimos. No puedo dejar de recordar nuestra primera noche juntas, en la carpa del campamento de enfermeras, cuando las tropas ya tenían varios días de desembarcadas en su avance hacia París. Sé que te hace sentir vulnerable y tonta esta historia, pero fue tan gracioso, dramático y tierno a la vez. Quizá esto solo se da en las guerras. Tú intentabas bañarte usando tu casco lleno de agua. De pronto, la artillería aliada y la alemana comenzaron a bombardear nuestro campamento en un diabólico juego de ping-pong, como apostando quién podría hacernos más daño. Arrojaste el agua de tu casco, te lo pusiste en la cabeza y te sentaste junto a mí temblando, esperando lo peor. Te sentí tan cerquita de mí que podía oír tus latidos susurrando alquimias de ternura y miedo; sentí tus escalofríos relampagueando tu cuerpecito todavía

húmedo. *¡Pobrecita! Te acurrucaste como una gatita y yo te empecé a querer.*

...No quiero que lo interpretes como presión, pero nada me dices de lo que sientes. Si no me alimentas de ti, sacaré mi corazón a ventilarlo y las avecillas del olvido se asomarán para beber de sus latidos. Dixit.

...La guerra me distancia de ti, pero me hace necesitar como una loca la paz para poder estar juntas: ¡paz y amor!

Con amor, Viola.

París, 6 de octubre de 1943

Hola guapa:

...Ayer llegamos a París. La sola idea de tener una cama sobre un suelo plano me mantuvo alerta todo el trayecto. Yo viajaba en un Jeep al hospital. ¡Imagínate! En el camino nos encontramos con un combatiente de la resistencia francesa al que le dimos un aventón. Llevaba una pesada bolsa de yute. Nos dijo que cargaba los restos de su hermano para enterrarlo cerca de su madre.

...Tu ternura me baña de luz en estas noches frías, sin hoguera familiar, sin suspiros.

Con amor, Viola.

París, 10 de noviembre de 1943

Hola guapa:

...París es lo que siempre se ha dicho que es, a pesar de la destrucción. Me encanta perderme entre sus calles góticas, aunque a veces resulte complicado porque la policía militar nos detiene, nos pide documentos y el código de seguridad que nunca

me acuerdo. *Entonces empieza el juego del interrogatorio amigable: qué equipo de béisbol me gusta, cómo se llama el senador de mi Estado, quién está ganando en la liga mayor de fútbol, etc., etc.*

...He podido ir a la ópera. ¡Te imaginas: a la Ó-pe-ra en París! Lo único absurdo se da cuando todo el mundo quiere salir antes de que entonen los himnos de Francia, Inglaterra y los Estados Unidos. Si te quedas, tienes que estar en posición de atención por un buen rato. Las otras enfermeras y yo obviamente queremos olvidar por un momento que todavía París es un campo de batalla, así que siempre salimos antes. ¡Espero que nadie cuestione nuestro patriotismo!

...Perdona que insista, pero aún no me dices nada de tus sentimientos. ¿Qué pasa? ¿Será que todavía no te recuperas de nuestra despedida? Un «gracias por la compañía» nunca es suficiente, lo sé. No hagas, por favor, más profundo el abismo que nos separa. Abre tu corazón, no dejes que se llene de silencios predeterminados porque el futuro se nos presenta aciago.

Con amor, Viola.

❧

París, 28 de noviembre de 1943

Hola guapa:

Hoy llegó un grupo de enfermeras de varias nacionalidades. Se integraron a nuestro hospital de París chicas de Polonia, España y Francia. El grupo es alegre y con bastante experiencia. Les gusta cantar. Hemos tenido noches con vino francés y canciones de todas partes, incluyendo, por supuesto, Alouette, que ya empecé a odiar, entre otras cosas porque a los oficiales les encanta.

Me llamó la atención una enfermera joven y bonita que viene de Nantes, pero es española. Es muy mal hablada, siempre maldiciendo; pero durante los bombardeos ella es la única que no se altera y sigue haciendo lo que estaba haciendo. Te digo esto, porque contrasta con su juventud. Su nombre es Ana y la he adoptado como una hermana menor y hasta le he hablado de ti. Estamos haciendo planes (como si pudieran hacerse en medio de una guerra terrible) para visitarte.

Con amor, Viola.

Aquel último párrafo de la carta sacó a Ruy de la meticulosa irrupción en el mundo íntimo de Rocío Romero en que se hallaba. Mencionaba a una Ana española mal hablada y eso le martilló el cerebro varias veces. Palmoteando la hilera de cartas esparcidas sobre la cama y reacomodándolas buscó tener más información sobre la tal Ana. No la halló. Volvió a leer con detenimiento y casi masticando cada palabra de la carta en donde se mencionaba a Ana.

—¡Esto, coño, no es posible! —explotó en medio del silencio que rodeaba la habitación.

Cuando terminó de releer la carta, la dobló y la puso entre las hojas de su libreta de notas, no sin recriminarse que estaba haciendo algo incorrecto, burdo y egoísta, mientras se secaba el sudor de la frente que comenzaba a colársele en los ojos.

Trató de poner todas las cartas en la cajita tal y como las había encontrado por el prurito de borrar su presencia inquisidora, pero un papel amarillento, con obvias manchas de agua o algo así, se lo impedía. Saltó a la vista el carácter oficial y burocrático del papel con el logo del Ejército norteamericano. La firmaba el comandante general de la 56 jefatura militar, con fecha del 14 de diciembre de 1943 e iba dirigida a la señorita Rocío Romero como el único familiar (o amistad cercana) de la difunta Viola Henley.

"Sentimos mucho informarle que...", empezaba la carta, y seguía con una serie de detalles de carácter oficinesco sobre las circunstancias de la muerte de la enfermera Viola Henley.

༺∽༻

Ya en el albergue y con una ansiedad que se reflejaba en la cantidad de vueltas que había dado en su habitación, revolviendo cosas y pensamientos, Ruy leyó la carta unas treinta veces y siempre llegaba a la misma conclusión: no era posible. Ana de París no podría ser Ana de las trincheras de Madrid. Para él, su cuasi viudez, esa que cargaba desde que dejó España, era lo único cierto. Si no, cómo explicar ese sentimiento acongojado, ese vacío, ese deseo atrofiado, esa sensación en su pecho aterrado cada vez que alguna mujer le insinuaba amor. El pozo de la verdad del cual había bebido todos esos años le seguía diciendo que Ana había muerto, tal vez no físicamente –porque nunca lo comprobó– al menos con la distancia, cuando se separaron. Si en las más extrañas de las coincidencias, Ana de París fuese Ana de las trincheras, si ella aún existiera, qué sentido tendría cambiar de fantasía después de todos esos años: la manera de quererla en silencio, a distancia, como en una nebulosa perdida, como un mito que le ayudaba a dormir con una amante intocada. El ayer le había consumido su tiempo de amar como un insecto que se nutría de sus penas y otra guerra no era suficiente para reanimar las flamas que encendió con su historia de combatiente en Madrid. La memoria impertérrita no le permitiría escarbar debajo de sus propias quimeras acumuladas.

No durmió bien esa noche. Se movía en la cama del albergue como serpiente acorralada. A ratos, le parecía demasiado grande, solitaria y fría, como un camposanto en ruinas; en otros momentos de su larga noche, la sentía demasiado pequeña, como un útero a punto de reventar. Cuando ya parecía que iba a conciliar el sueño, aparecía la imagen de Ana de las trincheras, limpiecita, vistiendo un uniforme blanco de enfermera, maldiciendo a los falangistas... o, en otros momentos, sucia y bañada en sangre, blasfemando y llorando. Ana le mostraba sus dedos agarrotados, él intentaba besarlos y Ana lo apartaba meciéndole la cabeza entre sus piernas.

En otras noches de insomnio, él podía fantasear a su manera. Escoger en la cámara oscura de su memoria los momentos, las palabras y las insinuaciones del deseo y arrullarse con ellos. Pero aquella noche no había cómo calmar la ansiedad causada por la posibilidad de que la realidad hubiese dado un vuelco de trescientos sesenta grados y le devolviera la oportunidad de un amor fallido por las circunstancias de la guerra. La posibilidad de que Ana estuviera viva le traía sentimientos encontrados. Por supuesto que le alegraba que ella hubiera sobrevivido Madrid, Ana era indestructible, siempre la percibió así, pero no quería aceptar lo que la realidad le podría demandar: abrirse de nuevo a desear su presencia y que luego le llegara una impersonal carta como la que recibió Rocío Romero; o que a pesar de todos sus esfuerzos nunca pudiese comunicarse con ella; o, peor aún, que al hablar del pasado y tocarse en el presente, no sintieran nada. Recordó lo que el brigadista americano le dijo en Oaxaca, vaticinándole que sus muertos viajarían con él. Ana era un fantasma que pertenecía a ese grupo.

En la mañana, muy temprano, camino a la redacción de *La Nueva Estrella*, daba largos pasos apurados con el cejo fruncido y hasta se diría que quería que la gente notara su mal humor. Entró en el edificio del diario sin saludar a nadie, se sentó frente a su escritorio, arregló mecánicamente sus papeles dispersos para poder colocar su libreta de notas al centro del mueble. Entre los papeles encontró una nota del señor Huidobro: *"La máquina de escribir es para usted, gracias"*. Sus ojos deambularon por su pequeña oficina hasta encontrarla al borde de la ventana. La colocó en su escritorio observando su modernidad por un buen rato. Era una Hermes Baby hecha en Suiza, con teclas negras y cuatro teclas rojas, dos en el borde izquierdo y dos en el derecho. Ponchó desarregladamente algunas de las teclas y se preguntó si aquello era un crudo soborno para que continuara en el oficio de obituarista, un reconocimiento de que estaba haciendo las cosas bien, o ambas cosas, además de una insinuación a su ideología, por lo de las teclas rojas. No pudo sino esbozar una sonrisa ante esa ocurrencia.

«A ver señorita Rocío Romero, qué podemos decir de ti», farfulló y se dispuso a violentar, con cierta determinación mesiánica, la virginidad del papel en blanco y de la máquina recién adquirida.

"Ayer miércoles en San Juan, un corazón solitario dejó de palpitar abruptamente. Nadie estuvo presente cuando ocurrió, nadie escuchó su último eco, nadie sintió escaparse el anhelante suspiro de Rocío Romero. Muchos en San Juan la vieron sostener manos inertes y curar heridas profundas con la devoción de quien quiere ganar una batalla cotidiana contra el sufrimiento. Su pasión por mitigar el dolor humano la llevó de voluntaria a la guerra en Europa. Lo que vio y vivió en esa pesadilla

desgarradora se quedó dentro de ella, pero sus batallas continuaron en nuestro Hospital de San Juan. Rocío Romero murió sola, pero sabemos que su corazón explotaba de amor, añoraba el amor, latía para amar, es más, amaba a distancia y en silencio. Hay una probabilidad muy cierta que su manera de amar nunca podría haber sido aceptada por aquellos que creen que el amor es cosa de hombres y mujeres, y no de personas, ¿pero acaso no nos comprobó con sus actos que hay muchas maneras de amar? Los miembros del sindicato y la comunidad de San Juan han perdido a una impecable compañera de trabajo, pero también a una humilde y anónima patriota lista siempre para alivianar el peso de nuestra vulnerabilidad humana, y por esto le estamos agradecidos y en deuda.

Sus restos mortales se están velando en el local del sindicato de trabajadores del Hospital de San Juan y los servicios funerarios se realizarán el día jueves a mediodía. Compañera Rocío Romero, ¡presente!".

No bien había acabado de escribir la frase final del obituario cuando frente a su escritorio se apelotaron en silencio algunos miembros del sindicato del hospital con caras largas y llenas de pesar. Ruy los miró sin mucho ánimo.

—Buenos días compañeros, si vienen por lo del obituario, está listo para publicarse.

—Buenos días profesor. Es otro el motivo y disculpe la interrupción —le dijo el líder del grupo.

—¿De qué se trata?

—Bueno, como usted bien sabe, el sindicato se está encargando del sepelio de nuestra compañera Rocío Romero y se nos ha presentado un problema con el cura. No quiere hacerle una misa y pensamos que usted podría interceder.

—El curita y yo no somos amigos y estamos trabajando en diferentes oficinas. Yo me encargo de los muertitos y él se encarga de sus almas.

—El señor cura nos ha dicho que no hay prueba de que la compañera haya sido católica y que hay rumores de que ella llevaba un estilo de vida que no es aceptado por la Iglesia.

Ruy hizo rechinar sus dientes, y sin su control acostumbrado espetó:

—¡Cura de mierda! ¿Qué sabe él de Rocío Romero?

—Nosotros queremos una digna sepultura para uno de nuestros miembros, como cualquier otro, pero el padre dice...

—Miren compañeros —interrumpió Ruy levantándose de su escritorio como un oso alerta—, un sepelio decente no lo hace una o veinte misas, sino la presencia de aquellos que conocieron del valor y sacrificios de la compañera Rocío Romero para aliviar a sus pacientes, hayan sido estos los soldados en Europa o los enfermos de San Juan. Yo no puedo, ni debo, interferir con los quehaceres del cura. Lo que sí me preocupa es que ustedes crean que una misa es un referéndum sobre la moral de una ciudadana.

—Aquí, la costumbre es... —empezó a decir el secretario general del sindicato.

—El que sea costumbre, tradición o leyenda no dice que sea buena. Yo les sugiero que en lugar de rogarle al cura, hagan sentir su presencia de grupo. Háganle una romería a la compañera Romero, que bien se lo merece. Que tengan un buen día, compañeros —les dijo acompañándolos a la puerta, casi empujándolos.

No había más que hacer en la redacción pero se quedó en su oficina, revolviendo papeles hasta encontrar sus libros de texto y se dispuso a preparar la clase de español para el lunes siguiente. Sin embargo, la compulsión de mover papeles, libros y trastes no paró hasta que, por fin, al no hallar más revoltijos que hacer, se le deslizó el pensamiento que le daba vueltas en el cerebro desde la noche anterior y que le aniquilaba la concentración. Ana de París podría ser Ana de las trincheras, pero no había nada que hacer. Todos esos años vivió cobijando una fantasía que le permitió tener un hálito de ternura en secreto; pero, al fin y al cabo, todo lo inventó él y probablemente Ana de París o de las trincheras de Madrid era ya, después de todo, otra mujer. «Hola, compañera: ¿te acuerdas de mí? Luchamos juntos, perdimos juntos, soñé con besarte durante y después de la guerra, por cinco años para ser más preciso. Te soñé amante cuando necesitaba dormir, toqué tu cintura de medialuna groseramente cuando me sentí solo. ¿Te acuerdas de mí?». Y su repuesta sería...

El féretro blanco sobresaltaba sobre la atiborrada muchedumbre que se congregaba en la plaza central portando flores y pancartas alusivas a la dignidad de los trabajadores y a la señorita Rocío Romero. Lo que se suponía ser un humilde postrero adiós a una trabajadora ejemplar del hospital se transformó en un acto político de envergadura, sin precedentes en la historia de San Juan. El alcalde tuvo que hacer de tripas corazón y dirigir algunas palabras sobre la importancia de los patriotas anónimos y posibles mejoras en el hospital; el cura López Lavalle se había mantenido en sus cuatro sobre la misa por el alma de la señorita Romero, pero no le quedó otra que estar presente en el atrio de la iglesia para recibir a la muchedumbre que coreaba: «¡Rocío Romero, presente!», «¡sindicato, presente!».

El nutrido grupo de trabajadores, con el féretro en hombros, con calculada disciplina se apostó frente a la iglesia y, como desafiando al cura, inclinaba el ataúd haciendo reverencias al crucifijo mayor. Al cura López Lavalle no se le ocurrió otra cosa más inteligente que salpicar con agua bendita a la muchedumbre, como quien trata de exorcizarlos o espantarlos, mientras ordenaba a sus acólitos poner más incienso para blindar una cortina de humo sacrosanto entre él y la multitud. Los sindicalistas se persignaban y hacían venias con el ataúd gritando: «Las campanas, las campanas». El espectáculo se convirtió en algo más estentóreo cuando por fin las campanas desprendieron su pesada voz metálica uniéndose al griterío de la gente. La sensación de una batalla ganada invadió a los sindicalistas, quienes se dirigieron al cementerio con una algarabía de fiesta popular para poner fin a su deber de dar un entierro digno a uno de sus miembros, seguidos por niños, vecinos curiosos y perros malandrines.

Desde su esquina, Ruy seguía los acontecimientos. Nunca se le ocurrió que la romería llegara a ser de aquella magnitud y gozaba secretamente viendo al cura maniobrar, forzado a escupir de rato en rato respuestas nerviosas y acomodaticias ante las demandas de la multitud. *De seguro que se la agarra conmigo el próximo domingo,* pensó.

Dicho y hecho, al domingo siguiente el cura López Lavalle, ya más seguro de sí mismo, en su propio terreno y con una audiencia cautiva, intentó explicar desde el púlpito que las reglas y leyes de la Iglesia no las inventaba él. «Yo soy solamente un servidor del Papa. Un soldado de la Iglesia. Yo solo cumplo órdenes». En otras palabras, el cura justificaba sus actos, arrimándole la culpa a un señor que vivía en Roma y que nunca se equivocaba. Si todo dependiera de él, como cura de San Juan, todos merecerían ir al Cielo y todos tendrían derecho a una misa de difuntos, pero «las reglas no las pongo yo», dijo. «¿Cómo es que podemos conocer el alma de las personas que no vienen a la casa del Señor y no practican los rituales de Iglesia? Necesitamos papeles, documentos, certificados que nos muestren que pertenecen el rebaño».

Así de simple, las almas para poder ir al Cielo necesitan documentos probatorios.

«Hay quienes quieren dividir al rebaño del Divino Redentor, cuestionar la infalibilidad del Papa, que fue sancionada como dogma (estos no se discuten) de la Iglesia por el Concilio Vaticano I en 1870 (por otros muy humanos cardenales, habría que añadir) y ponerse al margen de las reglas, contar cuentos de amor que solamente existen en sus mentes enfermas y que, lamentablemente, manipulan a nuestros buenos ciudadanos para que acepten el pecado. Esos Judas, no deberían tener el privilegio de enseñar en nuestros colegios, escribir en nuestros periódicos o estar entre nosotros», gritó con tildado españolísimo acento.

Sí, el cura Lopez Lavalle era también español, como Ruy, y si bien nunca empuñó un fusil cuando estuvo en España, su artillería fue siempre verbal en contra de todo lo que olía a materialismo y socialismo. Para él la guerra civil no había acabado, más bien se acababa de mudar a su *ring* personal y pastoral en San Juan.

—Más claro, no canta un gallo, mi estimado profesor —le dijo el señor Huidobro—. El cura se las trae en contra suya. Habrá que analizar la situación.

—¿Me va a despedir? —interrogó Ruy.

—No, ni se le ocurra. Lo que quiero decir es que hay que evaluar la situación porque por un lado, sus obituarios, un tanto diferentes, están ayudando al periódico y hasta generan noticia aparte. Mire la primera plana: *"El pueblo de San Juan despide masivamente a una heroína"*. Esta movilización popular no se daba desde que el presidente Roosevelt anunció el *New Deal*. La gente habla, discute, se siente con nuevos bríos en este aletargado pueblo. Pero, por otro lado, los lugareños son católicos, parte de su identidad cultural es el catolicismo y no podemos entrar en una guerra abierta con el cura.

—La guerra no la empecé yo, ni quiero verme involucrado con los complejos despóticos del cura. Ya lo he dicho, trabajamos en dos diferentes oficinas: yo escribo sobre los muertitos, como usted los llama, el cura pelea por sus almas.

—Dos muertitos en un mes y mire los resultados: las ediciones de *La Nueva Estrella* se agotan como pan recién salido del horno. Eso es bueno. La gente habla, conversa y discute sobre sus difuntos. Ya se habla de memoria colectiva. Pero, por otro lado, se van creando dos bandos. Uno que apoya al cura y otro, más liberal y moderno, que se identifica con lo que usted escribe. ¿No cree que sería bueno tenderles un puente a los que apoyan al cura? Ellos también compran el periódico. Además, la política es el arte de sumar, no de restar. Piénselo, por favor.

—Yo no estoy haciendo política. No creo que se pueda llegar a hacer lo que usted sugiere porque no depende de mí, sino de lo que diga o no diga el señor cura. Le repito, yo no hago política con mis obituarios. El puente que usted sugiere significaría que yo tendría que incluir a Dios y a las almas en mis obituarios, y yo no me meto ahí.

—Bueno, quizá menos fallecimientos podrían enfriar las papas que ahora están quemando.

Se despidieron amablemente y cada uno volvió a sus actividades respectivas, a sabiendas de que el único puentecito construido hasta ahora era el que quedaba colgando entre el obituarista y el dueño del diario. Ruy optó por meterse de lleno a preparar la próxima presentación en el Club Cervantes. Había pensado desde hacía algún tiempo que, dada su tarea de obituarista y lo que la gente venía discutiendo en las calles, analizar las *Coplas a la muerte de mi padre* de Jorge Manrique era lo apropiado para sacar la literatura clásica de los estantes privados y la biblioteca del pueblo, hasta las calles. Le pidió al señor Huidobro publicitar la reunión del club en la edición del viernes.

—Por supuesto, Ruy. Esto es lo que San Juan necesita, cultura hispana de alto nivel.

La tarde del sábado en que se había programado la conversación sobre Jorge Manrique en el Club Cervantes, la lluvia que anunciaba la cercana primavera mantenía su puntillosa presencia, pero no desestabilizó la masiva concurrencia de ciudadanos al evento. Quizá la inusitada asistencia a un acto cultural se debía a un interés bizarro de la gente de San Juan, ya sea por lo necrófilo del tema o por una curiosidad malsana que esperaba la continuación de la guerra de palabras entre el obituarista y el cura.

—Buenas tardes a todos, gracias por venir —dijo Ruy balbuciendo. Con más seguridad en su voz continuó—: Estamos aquí para analizar una de las obras clásicas de la literatura española. Para entender su importancia quisiera dividir la presentación en tres partes: primero, el contexto histórico de esta obra; segundo, la estructura de la obra; y tercero, qué podemos aprender de las coplas para manejar lo ineludible de la muerte.

Por espacio de media hora, Ruy puso a disposición de su público una sucinta información histórico-literaria de las coplas en la que destacó que Jorge Manrique, que si bien era famoso por sus coplas, también escribió poesía amorosa con los tintes de un poeta en transición de lo medieval a lo renacentista. Manrique era un caballero culto y leído que cultivaba el arte de la guerra y de las letras. En esa época, les dijo, las armas definían el resultado de las luchas políticas y Manrique, fiel a esa tradición, se introdujo en aquellas artes con pasión implacable. Por lo tanto, reflexionar poéticamente acerca de la vida y la muerte era, para Manrique, parte del ambiente que respiraba y el andamiaje de su obra literaria. Les dijo que si bien otros poetas contemporáneos suyos también habían tratado el tema de la muerte, la originalidad de Manrique residía en su intento personal e íntimo para inmortalizar a su padre en las coplas.

Sobre la estructura de las coplas expuso algo que muy pocos entendieron: consistían en cuarenta estrofas, cada estrofa de doce versos o sextillas y cada una de estas sextillas se componía de cuatro octosílabos y dos tetrasílabos, aunque estos podían variar ligeramente sus sílabas. Las cuarenta coplas tocaban ordenadamente tres grandes áreas: de la copla I a la XIV, se trata de una exhortación: hablemos de la muerte; de la XV a la XXIV el poeta hace una pregunta de corte medieval, *Ubi sunt* (¿dónde están?) el poder y la riqueza y se respondía que de aquello no quedaba nada frente a la muerte. Añadió luego que de la XXV a la XL, el poeta escribió una elegía a su padre destacando lo que hizo en vida, sin buscar una reacción plañidera de sus lectores, como era la costumbre.

—Lo que les digo es para que tengan una guía en su lectura de las *Coplas*. Quiero, sin embargo, detenerme en el tercer bloque de las coplas porque eso es lo que me compete en este nuevo oficio de obituarista y porque viniendo de donde vengo, habiendo sobrevivido muchas muertes, tengo algo muy personal que expresar.

Notando el silencio y la austeridad con que el público lo miraba expectante, dijo con tono socarrón:

—Las otras dos partes más filosóficas pueden conversarlas con el cura.

El auditorio soltó una reverberante carcajada que fue creciendo como una ola tirándose sobre las rocas. Ruy sonrió y continuó:

—Estoy de acuerdo con el poeta del siglo XV, la vida es un camino, distintos caminos, diría yo, que nos llevan tarde o temprano al mismo final. Cuando llega la muerte –que siempre es un acto violento por más que alguien muera en su cama– todos somos iguales, realizamos nuestra última inexorable potencia, concretamos nuestro último acto humano, es decir, morimos. Al morir, la muerte nos iguala a todos: a ricos y pobres, jóvenes y adultos, hombres y mujeres. La gran diferencia entonces es visible para los que seguimos caminando, viviendo.

El obituarista, les contó de sus muertos en España, de los apresurados entierros, de las tumbas clandestinas, del catastro que tuvo que hacer, de las frases que escribía para cada uno de sus difuntos. Les habló de fantasmas colgándose en su camino inconcluso: rostros, gestos, frases que escuchaba y que avivaban la memoria de los compañeros fallecidos. Él seguía viviendo con ellos, porque no quería olvidar. «Para mí, recordarlos caóticamente es vivir con fantasmas cotidianos», les dijo.

—Me hubiera gustado enterrarlos a cada uno de ellos con palabras que los inmortalicen para el resto del mundo, como lo hizo Manrique con su padre, para sentir que no murieron en vano. Me hubiera gustado que miles de lágrimas se derramasen por ellos, para poder dejar de llorar calladamente. Y, como el poeta, me pregunto: ¿Dónde están sus corajudas hazañas, su sacrificio, su entrega por una causa justa, sus cualidades humanas y sus defectos? Nunca he querido aceptar que al perder la guerra se nos haya obligado a perder la memoria. Como dice Manrique: *"Que aunque la vida perdió, déjenos harto consuelo su memoria"*. Yo conocía, incluso sin saber sus verdaderos nombres, sus sueños, entendía su coraje y agonizaba también con sus decepciones, su camino corto y trágico, porque por tres años, y quizá desde antes, yo era uno de ellos y debería haber muerto como ellos. El poeta no quiere que nos olvidemos que su padre fue un gran patriota, un buen soldado que abrazó las causas justas. Un hombre con buenos sentimientos, amigo de sus amigos, enemigo de sus enemigos, maestro de esforzados y valientes, *"benigno con los sujetos y a los bravos y dañosos, un león"*. No todos nosotros podríamos imaginarnos tan perfectos, pero la intención del poeta es resaltar las cualidades humanas de su padre. El poeta quiere que la memoria se llene de cualidades humanas que nos ayuden a seguir el camino emprendido, que nos impacten tanto que nos hagan querer imitar al difunto. Algo de ese recuerdo debiera hacernos más humanos. ¿Para qué evocar todo eso que muchas veces queremos públicamente perennizar en un pedacito de papel llamado obituario? Creo que la respuesta es: para que podamos humanizar cada vez más nuestro camino, el que todavía nos falta recorrer. No podemos perder la conmemoración de su existencia, no sabríamos qué hacer, viajaríamos sin brújula. Su partida habría sido una partida sin consecuencias.

En el silencio absoluto del recinto, su voz se esparcía acariciando con cadencias y énfasis serenos la atención de los asistentes. El profesor de español, convertido en obituarista, les hablaba casi confesándose sobre la poesía y la muerte, sobre sus fantasmas, les interrogaba sobre la memoria de sus difuntos sin mencionar a Dios y las almas. Era un nuevo discurso, una nueva manera de pensar sobre la muerte, viniendo de alguien que convivió con ella diariamente por tres años, durante el tiempo de su inocencia heroica.

Los asistentes, con lentos movimientos, comenzaron a despabilarse, al darse por concluida la presentación. Esta vez no habría trabajo de grupo, les dijo. Estaba a punto de dejar el centro de la atención de los concurrentes, cuando una mano se alzó al fondo del auditorio acompañada por una voz estentórea y carrasposa.

—Profesor, una pregunta.

—¿Sí?

—¿Qué hacemos con nuestros muertos, nuestros fantasmas?

Ruy no reconoció el rostro del dueño de la pregunta. Era un tipo de unos treinta años, sentado en una silla de ruedas, presumiblemente un excombatiente de la guerra en Europa.

—Sus fantasmas viajarán siempre con usted —respondió lacónicamente y continuó—: el truco consiste en ponerlos en una cajita que pueda ser abierta y cerrada cuando usted los necesite.

Después de esa intervención, Ruy sintió que algo del peso que había venido cargando él mismo se esfumaba como por arte de magia. Nunca se imaginó que la respuesta ofrecida fuese tan obvia y que también le ayudara a él. La primera parte de la contestación no le pertenecía, fue el internacionalista que lo visitó en Oaxaca tiempo atrás quien se la puso en la cabeza. La segunda parte, era de su cosecha.

En los siguientes días, entre idas y venidas a la redacción de *La Nueva Estrella* para averiguar si algún muertito necesitaba un obituario, Ruy seguía pensando en Ana de París y Ana de las trincheras. Se afirmaba en la idea de que ella, después de todo, era su fantasma particular y rebelde que se resistía a ser guardado en esa cajita que había mencionado en la conferencia del Club Cervantes. Quería dejarla descansar, o tal vez descansar él, pensar en el amor, no como algo interrumpido, no como una tregua entre la fantasía y la soledad, sino como una posibilidad cotidiana. Conforme pasaban los días su debate interno tenía una línea de pensamiento: no contactaría a esa Ana que resurgía de las cenizas de recuerdos reacios, tercos, como resortes de una silla vieja en la que nunca podría descansar.

¿Qué conocía, después de todo, sobre Ana de las trincheras? No mucho, concluyó. Todo lo que sabía de ella se hallaba suspendido en una nube que con el tiempo había cambiado de formas e incluso de colores. Sabía de sus penas y desgracias, como las de otros tantos combatientes; recordaba su coraje y lágrimas, eso sí. Pero lo más particular de sus recuerdos enmarañados era la cábala que él le había asignado en aquella época: si ella existía, todo estaba bien porque le permitía soñar.

¿De dónde coño, venía todo eso? Quizá todo empezó cuando se fijó en el pequeño lunar carnoso al lado derecho de su pequeña naricita rojiza, en ese preciso camino de las lágrimas apuradas, porque ahí se habrían acumulado inmensas marejadas de rojo dolor que él quería mitigar, ¿era acaso eso amor? O, de repente, cuando creía adivinar marejadas de ternura en sus ojos color verde mar antes y después de las lágrimas. ¿Eso era amor? O, más bien, cuando seguía con mirada codiciosa la manera salivosa de mover sus caderas entre los matorrales del deseo joven. ¿Eso era amor? ¿No saber nada real sobre ella durante tanto tiempo y sentir un vacío arabesco que lo envolvía todo cuando Ana aparecía antes del sueño? ¿Eso era o habría sido amor? ¿Qué estaba haciendo él ahora? Acaso ¿torturándose o poniendo en orden la covacha de sus fantasmas llamada memoria?

De regreso al albergue, en su intento de descansar, se revolvía en la cama como un pez en un acuario de sudor. Se dormía a medias para volverse a despertar con el nombre de Ana en los labios que le pesaban. Por fin, cuando el ciclo duro de la noche insomne lo vencía y se quedaba dormido, al despertar a media mañana, sentiría todos los músculos de la mandíbula dolidos como si hubiera estado masticando acero inoxidable o carbón de piedra, los ojos apenas aparecían arriba de las grandes ojeras, la boca segregaba una saliva seca que le raspaba la garganta. El sudor pegajoso, producto de una noche trajinando entre el insomnio y los recuerdos recurrentes, lo obligaron a buscar una ducha larga y fría tratando de lavar las preguntas y respuestas que todavía se aglutinaban sin orden en su cerebro. *¿Cuánto tiempo había pasado desde que por primera vez el mundo le parecía en balance con la presencia de Ana? Mucho tiempo, demasiado tiempo*, se dijo, mientras se acomodaba la boina de paño negro frente al espejo.

—Un obituarista vestido de negro, siempre de negro. ¡Qué ridículo se te ve Ruy!

Tres

La Nueva Estrella seguía en su rutina de buscar noticias frescas y más anuncios con la parsimonia que le corresponde a un diario de pueblo chico. Lo novedoso era la información sobre la guerra en Europa y el arribo de los primeros cadáveres sanjuaninos. Los titulares se llenaban de alabanzas y resaltaban sus proezas, en tanto que la atención de sus lectores se dirigía a buscar nombres familiares, antes que las páginas amarillentas pasasen a tener un uso totalmente práctico o higiénico. Ruy sabía que pronto tendría que escribir obituarios sobre ellos. «Muchos de estos hijos de rancheros y labradores, podrían haber seguido su vida sin interrupciones violentas, si el Gobierno de los Estados Unidos hubiera estado de nuestro lado», masculló al leer los titulares.

"Bienvenido a San Juan, David: Eres nuestro héroe.

David Villanueva, hijo de nuestro querido criador de caballos, Justo Villanueva, ha regresado a San Juan después de un largo y sacrificado tour en el Viejo Mundo. Su pecho está lleno de medallas que consiguió peleando como un verdadero sanjuanino en Europa. Él solo, rifle en mano, tomó por asalto un nido de ametralladoras alemanas que venía infligiendo muchas bajas a las tropas aliadas. Pero, no solo eso. Encontrando más resistencia en la cima de la colina, destruyó una segunda posición alemana con dos granadas y hasta una tercera, con una combinación de granadas y metrallas. Dentro de la madriguera enemiga se batió como un verdadero alazán, terminando por reducir al enemigo a punta de machetazos".

৩৵৶

En la oficina de la redacción le informaron que por los siguientes tres días el señor Huidobro estaría atendiendo a una conferencia de editores de diarios en español a realizarse en Santa Fe. Si bien él casi nunca lo molestaba, su ausencia le permitía tener el espacio psicológico que necesitaba, sin la presión o insistencia de tender puentes a la gente que se alineaba con el cura. Al entrar a su oficina, notó que el escritorio adornado con su nueva máquina de escribir ya había perdido la solemnidad de los primeros días como obituarista. Ahora lo veía como lo que siempre fue, una mesa de trabajo. Si bien su experiencia como obituarista no era muy extensa, algo había aprendido rápidamente y ya podía pensar que su actividad no tenía que causarle angustias. Era un trabajo como cualquier otro y podría intentar sentirse cómodo, siempre y cuando no escribiera mamarrachos necrológicos. Ahora sabía que su labor tenía un horizonte más amplio como parte de la historia viva de San Juan. Se trataba de ayudar a formar la memoria colectiva de un pueblo. ¿Cómo lo haría? Bueno, tal y como lo venía haciendo casi por instinto: humanizando a los muertitos; y, por sobre cualquier cosa, siendo conciso, porque después de todo, un obituarista se mueve en el mundo del periodismo escrito y existen reglas que cumplir.

Al notar un grueso sobre junto a la máquina de escribir levantó la ceja izquierda desproporcionadamente. La emoción de tener un muertito no fue sobria y distante. Quiso molestarse y reprenderse a sí mismo por lo cínico de su reacción y se dispuso a abrir el sobre.

Se trataba de una quinceañera, Marisol Lucía Maestas, que dejaba este mundo después de haber sufrido una extraña y larga enfermedad intratable. Así se lo hacía saber una carta de letra temblorosa dirigida al obituarista de *La Nueva Estrella*. Le llamó la atención lo personalizada que estaba la carta y los detalles que en ella se incluían.

Con grandes dificultades, Marisol Lucía, decía la extensa carta, solía desplazarse desde su hogar a las afueras de San Juan, en el Valle de los Montañeses, hasta la iglesia para cantar en la misa del mediodía, la más importante, todos los domingos y feriados religiosos, llámense estos, Navidad, Semana Santa, Pascua de Resurrección, la Fiesta de San Juan, entre otros eventos del calendario litúrgico. En la misa dominguera se realizaban los importantes ritos: los bautizos, los matrimonios, confirmaciones y hasta un festín popular al término de cada ceremonia. En este megaevento, donde asistían los más crédulos e importantes ciudadanos del pueblo, se esperaba que Marisol Lucía pusiera la nota angelical con su voz dulce y calibrada. Cuando sus cantos gregorianos se esparcían por el recinto de la iglesia, los adustos feligreses entraban en un trance espiritual que les hacía estar más cerca de Dios, con lagrimitas y todo. Espontáneos ¡aleluyas! asaltaban la mansedumbre de la misa, membrudas matronas entraban en un estado casi orgásmico y ceñudos señorones maldecían sus debilidades carnales, prometiendo al Altísimo nunca más ceder a esos nefastos impulsos. Su voz los hacía sentir culpables, y a la vez, más cerca de Dios.

Sus padres siempre creyeron que era un angelito –continuaba la carta– que nunca iba a pasar del año, cuando a los tres meses de nacida empezó sufrir de intermitentes ataques de epilepsia. Con el tiempo, estos se hicieron más esporádicos pero siempre los tuvo hasta que se acostumbraron a verla ponerse rígida, tirando el cuerpo hacia atrás, sacudiéndose violentamente y blanqueando los ojos como si tratara de deshacerse de una fuerza ciclópea dentro de ella. Después de cada ataque, la dulzura de siempre regresaba con mayor intensidad y sus ojos negros despertaban una noche universal que les trasmitía paz y un conocimiento del cosmos que ellos no podían entender. La extraña enfermedad la mantenía postrada en la cama sin poder mover sus músculos y tuvo que hacer inimaginables esfuerzos para poder aprender a caminar. Cuando empezó a hablar, en vez de los acostumbrados «agu, agu», «papá», «mamá», «tete», un hilo de notas musicales alteradas se escapaba para acicalar redondas y claras palabras. Recibió todos los sacramentos que le correspondía de acuerdo con su edad, y los vecinos de San Juan la veían siempre vestida de blanco, lo cual acentuaba su presencia querubinesca. Nunca la llamaron por su nombre, sino por el apelativo que la describía como una joven de intensa espiritualidad: Angelita. Al final de la carta, los padres pedían reflejar toda esa información en su obituario con un encabezamiento particular: *"Intercede por nosotros, Angelita"*, sabedores que iría al Cielo sí o sí.

Al terminar de leer la extensa misiva, Ruy consideró que esta vez sí tenía el suficiente material sobre la finada para empezar a escribir el obituario, casi dictado por los padres. Sin embargo, el incoercible demonio creativo no lo dejó tranquilo otra vez y salió en busca de más información, dirigiéndose a la casa de Marisol Lucía. Cuando arribó a la vivienda donde se velaba el cuerpo de la joven, el acostumbrado ajetreo de viandas y flores se había convertido en una peregrinación de docenas de personas que iba creciendo a mares.

—¿Qué pasa aquí? —preguntó Ruy a una de las tantas señoras que rezaban el rosario a viva voz portando una gruesa vela en una mano y una bandeja de tamales en la otra.

—Es nuestra Angelita, se ha ido al Cielo. Ahora podrá interceder por nosotros.

El oleaje de ciudadanos de San Juan, convertidos en peregrinos, se hacía más denso con el paso de los minutos. Sus rostros compungidos, las lágrimas apretadas, las voces quebradas pidiendo misericordia para aquellos que todavía se quedaban en la tierra, todos pecadores arrepentidos, iban en aumento. La cantidad de cirios encendidos y humeantes empezaban a enrarecer el área del portal de la pequeña casa, mientras apretadamente y en desorden, los cariacontecidos ciudadanos pugnaban por tocar el féretro de la joven que acababa de morir. *«Adoramus te Christe y Crucem tuam adoramus»,* entonaban como un murmullo intenso y suplicante capaz de abrir las puertas más fortificadas del Paraíso. *Cantar en latín,* pensó Ruy, *es la manera de darle solemnidad a este momento, pero también el lenguaje que Dios entiende mejor, según ellos. Un dialecto exorcizante, lleno de misterio: las palabras que confabulan a los ángeles y espíritus, el idioma de sus fantasmas.*

Con el tumulto agrandándose a cada minuto, Ruy consideró que no tendría la oportunidad que deseaba para conversar con los padres y conocer algo más acerca de Angelita. Se tendría que conformar con la carta, lo que había visto en la procesión y con la información que le podrían brindar las personas ahí presentes.

—¿Señora, por qué cree que Marisol Lucía es una santita?

—Su voz, señor, su voz era capaz de derrumbar las paredes de Jericó. Era la voz de un ángel —contestó una llorosa matrona.

—Sufrió tanto y nunca se quejó —dijo un comedido señor que cojeaba.

—Su cuerpo sufría, pero su espíritu se comunicaba con Dios —añadió una viejita temblorosa y sin dientes.

—Pura, virgencita. Nunca se contaminó de nuestros deseos mundanos —se atrevió a decir una jovencita delgaducha, con granitos en la cara y enormes senos.

—Me hizo el milagro de curarme de las lombrices. Yo le pregunté qué podía hacer para combatir mi endemoniada enfermedad y ella me recomendó que tomara aceite de ricino y rezara un *Padre Nuestro*. Cuatro horas después, yo ya había botado a los primos hermanos de Lucifer que me atormentaban por varios años. Fue un verdadero milagro, señor profesor.

Un milagro de concentración, pensó Ruy.

Tras una larga cadena de preguntas y respuestas donde la gente se apresuraba a presentar las pruebas de la santidad de Marisol Lucía, Ruy decidió volver a la redacción del diario para escribir el obituario. No iba a ser fácil escribir sobre alguien que todo el mundo tenía la convicción de que era una santita porque murió virgen y después de muchos padecimientos físicos. *Sufrimiento más virginidad es el camino a la santidad para el catolicismo neurótico*, pensó Ruy.

Sentado enfrente de su escritorio y con las manos amarradas en la nuca, Ruy se preparaba a poner juntos los retazos de información que había obtenido en su pesquisa. Con la mirada fija en la pared de yeso blanco buscaba una semblanza de Angelita. Tendría que hilar muy fino para no ofender a los creyentes de San Juan, pero tampoco podía caer en el juego de las mistificaciones populares. ¿Acaso no eran santitas las jóvenes españolas que también murieron vírgenes y torturadas por los fascistas? *Ah, pero ellas no cantaban tan bonito los himnos religiosos vestidas de blanco*, pensó.

Volvió a revisar el sobre con la carta de los padres de Marisol Lucía y se percató de haber obviado la presencia de un cuaderno marrón que venía dentro del sobre de manila. *Qué raro. No lo vi antes*. Maldijo su apresuramiento anterior. Abrió el cuaderno en la primera página, donde encontró una estampita recortada y pegada al centro. Mostraba a una joven semidesnuda devorada por las llamas del Infierno, sus brazos alzados hacia arriba imploraban ser rescatada.

¿Un diario, una bitácora espiritual de Marisol Lucía? La letra moldeada y tranquila de las primeras páginas hablaba de la pulcritud con la que se escribió el texto. Ojeó el cuaderno para determinar su extensión y se dispuso a leerlo. El cuaderno empezaba con una descripción del reducido mundo de la habitación en la que pasó la mayor parte de su corta vida.

"Las paredes de yeso blanco son el telón de mis fantasías; la luz de la única ventana de mi cuarto me intriga; mi cama es parte de mi cuerpo, la puerta es boca de la que emanan sonidos lejanos y entrecortados que me obligan a adivinar constantemente lo que está sucediendo en la casa; las flores que mi padre me trae destilan los olores de las diferentes estaciones que no puedo tocar. Mis libros de música, mis rígidos amigos íntimos...".

Según su narración, el primer libro de música lo recibió de las manos de su madre, cuando tenía siete años. Le encantaba seguir las formitas saltimbanquis de las notas musicales con sus deditos y producir sonidos que su madre corregía con dulzura. «Ese es do, corazoncito, este es fa...». Un juego divertido, cazar los palitos cabezones a los cuales se les debía asignar sonidos. Durante esos momentos –según el cuaderno– ella tenía toda la atención de su madre y sus limitaciones físicas e incomodidades desaparecían. Podía jugar, reír y sentirse normal mientras su madre gozaba de la precisión con la cual ella emanaba sonidos armoniosos y hasta desafiantes. «Así mi Angelita, canta, canta para mí», le repetía su madre prodigándole alabanzas y engreimientos.

Los himnos sacros que aprendió desde aquella época, y que para muchos niños de su edad podrían parecer aburridos y monótonos, le traían una tranquilidad mesurada. Cuanto más cantaba –algunas veces hasta seis horas por día– más sosegada y más acompañada de una sana intensidad se sentía. «Qué lindo te comunicas con Dios, Angelita», le decía su madre. Así aprendió a cantar, sabiendo que su voz era un instrumento de comunicación con Dios. Esto lo comprobó cuando iba a la iglesia los domingos y en las fiestas de guardar y los feligreses se le acercaban a besarle la mano, agradeciéndole por haberlos llevado, con las vibraciones de su voz cálida y tersa, más cerca de Dios.

"Ayer mi mamá me dijo que cantar himnos es una manera de curarme. Me contó que unos monjes benedictinos del siglo pasado

que dejaron de cantar para hacer labores más prácticas, se enfermaron. Cuando uno produce sonidos de alabanzas a Dios, el aire que entra por la boca acomoda el alma. Por eso se enfermaron los monjes, dejaron su alma deambular, respiraron sin invocar a Dios".

Las siguientes páginas daban cuenta de su concienzudo estudio del *Neumes* o la forma de cantar los cantos gregorianos del siglo XII. Aparecían los signos y su significado: *Puctum, Virga, Podatus, Clivis, Scandicus, Climacus, Tortuculus, Porrectus* con su correspondiente traducción a las anotaciones musicales modernas. *"Respirar, respirar..."*, *"una sílaba, varias notas"*, aparecían subrayados y adornados con dibujitos de palomitas saliendo y entrando de una boca en forma de corazón.

En contraste, la siguiente sección del cuaderno mostraba una escritura descuidada. Ruy encontró muchas páginas en blanco y otras garabateadas turbiamente con trazos de líneas duras. Los dibujos, cuando los había, mostraban lenguas alargándose desde la boca, con la anotación: *"Mis deseos no son los mismos, no estoy respirando bien".*

Aquí es donde Ruy se sorprendió porque donde menos se lo esperaba, apareció el nombre del padre López Lavalle en los escritos de Marisol Lucía. Las conversaciones semanales, transitando por los pasadizos enmarañados del bien y el mal, y los designios del Señor sobre el dolor humano, fueron registrados en detalle. El cura le había recomendado como lecturas de cabecera *El Libro de los Mártires,* de John Foxe (1848) y la santa *Biblia.* Ante la pregunta que ella le hizo:

—¿Por qué me sucede esto a mí? ¿Por qué tengo que sufrir tanto?

—Marisol, te estás ganando el Cielo. Estas lecturas te ayudarán a entender.

—No creo que Dios tenga un "dolorómetro" para medir quiénes van o no al Cielo. Sería muy simple, ¿no cree señor cura? Yo sé que mi dolor hace sentir más cómodos a los otros, a los que no sufren tanto; pero... ¿por qué yo? —Marisol Lucía le insistía al sacerdote.

—¿Tienes tentaciones, hija? ¿Quieres confesarte?

—Yo no tengo tentaciones, padre. Únicamente deseos.

—Todos tenemos tentaciones. Esas voces etéreas que entran durante la noche en nuestro cuerpo.

—Yo no tengo un cuerpo que me pertenezca. No lo puedo mover. No es mío. ¿De qué se va a apoderar el demonio?

—¿Quieres que oremos juntos? La oración no tiene valor autónomo, se hace bajo determinadas reglas establecidas por la Iglesia.

—Usted se debe a la Iglesia que le dio su investidura. Yo tengo mi propia forma de comunicarme con Dios.

—Hija, si no te conociera diría que lo que dices es una blasfemia.

—¿Estoy blasfemando porque dudo que Dios me quiera ver sufrir?

—¡Silencio, hija! Necesitas un director espiritual, nadie puede llegar solo a Dios. El demonio crea dudas, engaños.

—Ay padre, hacemos tanto para aprender a hablar, y hasta a veces varios idiomas, y usted me pide que limite uno de los pocos dones que me hacen sentir humana, déjeme hablar.

Otros dibujos seguían a las citas que Marisol Lucía había tenido la audacia de reproducir. Lenguas cercenadas, lenguas sangrantes y picoteadas por cuervos, largas lenguas metiéndose en las cavidades de un cuerpo chiquito y disminuido.

"Me da pena este cura arrastrado. Me lo imagino de regreso a su mundo ordenado, sin dudas, bajando la colinita que lleva a la casa de Marisol Lucía. ¿Habrá entendido el pecado en vez de juzgarlo? O peor aún, ¿habrá deseado ser un inquisidor de la Edad Media para ordenar quemar con la yerba más verde a esta sacrílega santita? ¿Qué embrollo canónigo se habrá producido en su cerebro unilineal, al escuchar los comentarios directos y cristalinos de Marisol Lucía? ¿Se habrá visto pequeño, irrelevante? ¿Cuál habría sido el epitafio ordenado por la Santa Inquisición, según él? Quizá algo así como: Aquí yace una santita que deseó el mal y lo hizo bien, sin dañar a nadie", reflexionó Ruy.

Habían pasado tres horas desde que se sentó en su escritorio creyendo que tenía suficiente material para escribir el obituario. La luz que provenía de la pequeña ventana de su oficina se había opacado y la penumbra se esparció a su alrededor. Ruy dio varias vueltas a su escritorio con las manos apretadas a la espalda, hasta que por fin se sentó a escribir el obituario enfrentando otro desafío entre el orden de los hechos, las creencias de la gente, y su tarea creativa.

"*Marisol Lucía nos ha dejado y sus padecimientos y limitaciones físicas han llegado a su fin. Nadie que la conoció desde niña, hasta sus quince años, podrá separar estos sufrimientos que la tuvieron atada a la cama impidiéndole deambular sueltamente por las calles de San Juan, del placer de su voz. Ambas son parte de lo que fue nuestra niña de San Juan. Pero ¿qué es lo que se va a quedar con nosotros? Yo diría que su voz, porque con ella nos hizo llegar a las cavernas de nuestras propias limitaciones. Sus sufrimientos, según ella, nos podrían haber hecho sentir cómodos con nuestros padecimientos cotidianos, casi conformistas; con su voz, nos elevaba de esa mezquindad.*

Su don no fue un regalo gratuito. Pacientemente y con dedicación, ella aprendió a leer música antigua y educó su voz con la ayuda de su madre. Dedicó muchas horas a perfeccionar lo que para ella era su medio de estar con nosotros de una manera especial. En este sentido, Marisol Lucía será para nosotros un ejemplo de esfuerzo y trabajo que se convirtió en arte o la manera de simbolizar su realidad entre nosotros y para nosotros.

Como mujercita en ciernes tuvo la misma curiosidad y deseos de una niña como tantas de nuestro pueblo. Con una gran diferencia: nunca quiso negociar sus dudas.

Dejemos descansar este cuerpito lábil que la atormentaba, reivindiquemos lo que nos trajo como regalo de humanidad: la sublime belleza de la música. Por último, si de milagros se trata, ya obtuvimos uno de proporciones inimaginables: vamos a necesitar de su tersa voz cada vez que queramos entrar en lo más profundo de nosotros mismos para ser mejores.

Marisol Lucía Maestas descansa en paz.

Los servicios religiosos se llevarán cabo el día jueves a las 8 de la mañana en la Iglesia de San Juan".

Cuando Ruy puso el punto final al obituario, se dio cuenta de que no había parado de escribir desde que empezó. No titubeó un segundo, ni dudó sobre ninguna palabra, coma o acápite. Todo lo que él creía importante para rescatar a Marisol Lucía de las garras de la neurótica ecuación de sufrimiento-paraíso, estaba puesto. La santita no iría a Cielo, sino al Panteón, formaría parte de esa minúscula sociedad de humanos sublimes, los artistas.

Como era de esperarse, todo el mundo estuvo muy pendiente de las palabras del cura López Lavalle durante la misa y el sepelio. Ningún otro muertito había despertado tanto la atención de la feligresía de línea dura que exigía, por lo menos, un anuncio de canonización informal. Sin ponerse de acuerdo, la parafernalia santoral abarrotó la pequeña iglesia: velas, biblias, rosarios, flores, agua bendita, fotos de Marisol Lucía vestida de blanco y cantando, carteles pidiendo su santificación e implorando su intermediación frente al Hacedor. No faltaron jovencitas vestidas de blanco y hasta con alitas amarradas a la espalda.

Apenas empezó el cura López Lavalle su sermón: «*Requiem aeternam dona ea, Domine.* Estamos aquí para rendir nuestro solemne adiós a una niña de nuestra devota congregación...», la muchedumbre se soltó en un griterío que obligó al cura a repetir tres veces la misma frase con la que inició la ceremonia. «¡Santificación... Santificación...! ¡Qué viva nuestra santita!», gritaban.

—Dios sabe cómo y por qué hace las cosas —continuó el cura tratando de hablar sobre la vocinglería—. No podemos pedirle cuentas. Al contrario, somos nosotros, los pecadores, los que debemos darle muchas explicaciones de nuestro comportamiento. Afortunadamente, Marisol Lucía, muy querida por nosotros, pero tan humana como nosotros, poco tendrá que explicar. Dios sabrá entender vuestro clamor y Él y solo Él con su inmensa misericordia, Dios es misericordia, la acogerá en su seno y desde ahí, ella intercederá por nosotros.

Las voces se levantaron otra vez, con algunos devotos haciendo bocinas con sus manos para ser escuchados. El padre bajó la cabeza, tragó la saliva inexistente y esperó que el eco de las voces se desvaneciera para continuar.

—Incluso si dependiera de mí, mis queridos hermanos, poco podría hacer si es que no es la voluntad del Todopoderoso. La santidad es algo muy serio en nuestra Iglesia. No basta con creer que alguien merece ser santo. Se necesitan milagros. Para esto la

Iglesia tiene todo un conjunto de procedimientos de acuerdo con el Derecho Canónico. Únicamente el Papa puede decidirlo. Oremos para que esto suceda.

Los conturbados creyentes no estaban con ganas de escuchar sobre procedimientos burocráticos. Ellos creían y sentían que tenían una santita que les pertenecía. Angelita era como ellos, no de Francia, España, Hungría o cualquier otra parte de mundo, sino de aquí, de New Mexico, de San Juan. ¿Por qué los santos tenían que ser europeos?

Otra vez esperó, agachó la cabeza mirándose los dedos de las dos manos entrecruzados y sostenidos sobre su barriga sibarita.

—Todos gozábamos de su voz dulce. Nos elevaba al Señor. Sí, es cierto, pero un don como el que ella tenía puede ser motivo de soberbia. Nada puede ponerse por sobre los designios de la Iglesia. Su voz sirvió para alabar al Señor y la recordaremos por esta bendición a pesar de sus padecimientos, que dicho sea de paso, le allanarán el camino hacia el Cielo. ¡Pero, hermanos, estemos alertas!, incluso en las más puras de las voces y en el dolor más abyecto, el demonio puede estar metiendo su ponzoñosa cola. No seamos soberbios. El sufrimiento de Marisol Lucía por supuesto que la pone entre los preferidos por Dios, pero tenemos que esperar, rezar, confiar en la Iglesia. Todos nos conmovemos ante los largos sufrimientos de Marisol Lucía. El sufrimiento humano suscita compasión, también respeto y, a su manera, atemoriza. Nos hace ver lo frágiles que somos, pero puede fortalecer el alma. Tenemos que confiar en que la Iglesia podrá determinar si este sufrimiento se convirtió en salvífico para Marisol Lucía. ¿Qué nos toca hacer? Orar, rezar para que la justicia del Señor reconozca sus méritos. Oremos hermanos, oremos por el alma de Marisol Lucía.

Uno de los jóvenes periodistas a medio tiempo, y ex alumno de Ruy, le trajo al día siguiente los pormenores de la homilía del cura. Ruy lo escuchó con detenimiento, tratando de entender la lógica del discurso.

—Coño, al fin el cura y yo coincidimos, aunque desde ópticas diferentes: Marisol Lucía no es una santita. ¿Ya les cargó la muertita a sus feligreses?

—Lo mejor de todo es que no se metió con su obituario —añadió el joven.

—Eso nunca se sabe. Habrá que esperar al siguiente domingo. ¿Qué vas a hacer con la información?

—Bueno, aquí hay un tema que concierne a todos...

—¿La santidad? —interrogó Ruy.

—No. Ahora que comenzamos a recibir los cajones con nuestros muertos de la guerra en Europa, la pregunta que circula es si vamos a hacerlos santos o héroes.

—Ah, más muertitos que humanizar.

—Sí, pero el sentimiento popular es otro, especialmente si afecta a muchas familias al mismo tiempo. El tema es: la muerte como fenómeno social. ¿Cómo responde San Juan ante los efectos de una guerra hasta ahora distante? Desde el punto de vista del cura, nos merecemos esto por pecadores.

—Si fuera creyente les diría que no se le puede echar la culpa a Dios de todas las estupideces que hacemos los hombres. No deberíamos caer en la locura monotemática del cura, quien se cree el cancerbero de una mágica puerta. Además, el Papa, jefe del curita, ha bendecido a Hitler, el que hoy mata a nuestros soldados. ¿Cómo va a explicar esto a sus creyentes…? Cura de mierda… Me voy a almorzar, ¿me acompañas?

—No puedo, tengo que pasar estas notas antes de que venga el señor Huidobro.

—*Okay*, otra vez será.

Camino al restaurante, Ruy miraba las calles de San Juan, preguntándose qué estarían haciendo sus ciudadanos a esa precisa hora, mientras aspiraba la ventisca primaveral con certeza familiar. San Juan ya se estaba metiendo en su sistema interno de referencia, a la vez que su España se diluía con sus muertos, mártires y tragicomedias en un rincón ingrávido de su memoria.

A la entrada del restaurante, el bullicio normal de los comensales en un edificio con mala acústica esta vez no le molestó y se quedó por un momento parado, buscando su mesa. Se le acercó la misma mesera de siempre, la joven de pantalón caqui, con una sonrisa predispuesta a la conversación simple, para informarle que tenía que esperar unos minutos para poder acomodarlo.

—Sí claro, no hay prisa. Gracias.

Los comensales eran las mismas caras de siempre, las mismas personas que iban a sus charlas del Club Cervantes, los feligreses de línea dura y los incrédulos, los padres de sus alumnos, los trabajadores de *La Nueva Estrella*, otros maestros, los empleados bancarios y del municipio.

—Sígame profesor, su mesa esta lista.

—Perdón, ¿cuál es tu nombre? Siempre vengo a comer aquí, sabes mis gustos y ni siquiera sé tu nombre.

La mesera le arrimó la silla para que pudiese sentarse, pero Ruy quedó esperando su respuesta.

—Fui su alumna. Me llamo Celia.

—Claro, tu rostro me es familiar. Soy un caballo con la memoria de una pulga.

Celia le sonrió, le dejó el menú sobre la mesa y se dirigió a atender a otros comensales. Ruy no volteó para verla serpenteándose entre las mesas y sillas del comedero abarrotado, pero se regodeó recordando las nalgas pequeñas y macizas alejándose de su vista.

—¿Qué se va a servir, profesor, lo de siempre? —al rato otra vez la mesera.

—No Celia, hoy quiero el especial de la casa, pero sin tus dedos —le dijo mirándola fijamente.

La sonrisa amigable se esfumó de sopetón y la joven perdió la compostura amable.

—Todavía se acuerda, profesor. Perdóneme, no sé qué pasó. Yo soy muy cuidadosa, especialmente con mis dedos. Toco piano, ¿sabe? Yo...

—Ah, un caldo con música —siguió atacando Ruy—. No te preocupes, son cosas que pasan.

El abanico en que se había convertido el menú en manos de Celia le dejaba absorber a Ruy un perfume casi neutro de piel tierna y fresca, combinado con todos los olores de los platos que el restaurante ofrecía. Todavía mirándola a sus ojos medios achinados y puramente aceitunados, con una mueca sarcástica, y sabiendo que tenía toda la atención de la joven, Ruy se atrevió a decirle:

—Empecemos de nuevo. Yo no me olvidaré de tu nombre y tú seguirás cuidando esos dedos musicales. Pero, no me llames profesor. Ruy a secas, por favor.

—Muy bien, Ruy.

Cuando Celia volvió a lo suyo, Ruy se sonrió satisfecho de su amigable agresividad y la anticipación de pasear su lengua por todos los condimentos que iban a venir en el plato anunciado se le mezcló con las ganas de besar los labios carnosos y predispuestos al beso de Celia.

Cuatro

Lo había estado pensando desde hacía varios días, entre el ajetreo de preparar su presentación sobre *Don Quijote de la Mancha* para el Club Cervantes (*Desmitificando al Quijote*, la había titulado), las clases de español para el colegio y la posible masificación de los obituarios por el arribo de muertitos provenientes de la guerra en Europa. La única manera de distanciarse de Ana de las trincheras de Madrid y Ana que resucitaba ahora en Francia como enfermera voluntaria, era crear un rito que pudiera exorcizar la rebeldía de ese fantasma amoroso.

Antes de llegar a esa conclusión que le hizo levantar la espalda que venía curvando, se le vino a la cabeza escribir una carta para contactar a Ana, explayándose en las circunstancias en que se conocieron, lo importante que ella había sido para él, que la había pensado muerta en acción y resucitada en otra guerra. Pintó escenas mentales que supuestamente deberían impresionarla para convencerla de que su amor todavía seguía palpitando como cuando estaban batallando por la liberación de Madrid. Al final desistió. Dedujo que dado lo vivido entre los dos, la misma causa, la misma trinchera, la misma euforia y desalientos, no bastaba para enardecer un amor pospuesto. Debería haber existido algo más íntimo y específico entre los dos, pero no fue así… Ah, sí, muy romántico, pero al final ella no tendría mucho que recordar sobre él. Después de todo, Ana permaneció en su cabeza como un clavo punzante y oxidado, mientras que ella, más que seguro, solo se percató tenuemente de que él existía.

La otra posible alternativa resultaba aún menos atrayente. Quizá si se presentaba ante ella, sorpresivamente, y le dijera: «Hola compañera, yo soy...». ¿Lo reconocería? Los años transcurridos, con sus grandes y pequeñas historias, les había cambiado las caras y la manera de vivir. Probablemente Ana hizo trajinar su corazón en la vehemencia de otra guerra y hasta podría haberse dado el lujo de ventilarlo para dar de beber a pájaros heridos de amor y soledad. Mientras él, bueno él, no tenía mucho que contar en ese terreno. Lo cierto es que no eran las mismas personas. Cuántos malabares elípticos tendría que emplear para convencerla de que era él, Ruy, el amante mental, aquel que no le dijo nada personal y entrañable que valiera la pena acobijar a pesar del tiempo. No, definitivamente no iría a la Francia liberada de los fascistas a hacer el ridículo menos romántico de la Segunda Guerra Mundial.

¿Cómo hacer para dominar aquel fantasma que ahora se colaba entre nubes deformes y translucientes, a ratos muy difusas? Finalmente se le ocurrió que tenía que escribir un obituario, darla por muerta, o mejor incluso, matar su recuerdo, dejarla salir de su memoria, enterrar sus obsesivos deseos sobre un amor inconcluso.

Le pidió al señor Huidobro un espacio en la página de los obituarios, aduciendo que era de suma importancia para él. Quería tener la oportunidad de escribir un obituario sobre una amiga que no había vivido en el pueblo, que nadie conocía en San Juan, pero que esto le era muy urgente, para cerrar un círculo muy grande y extenso de su vida.

—Mire, Ruy no se tome media página, pero hágalo si lo necesita —le contestó Huidobro sin entender mucho sus razones.

Empezó varias veces a escribir el obituario y varias veces no encontraba lo que buscaba decir con la facilidad que creía ya poseer. Aquel obituario no era acerca de un muertito, sino de un fantasma poblando su mente por muchos años. La batalla era diferente y lo llevaba de ida y vuelta por muchos rincones a los cuales él no quería arribar con emociones encontradas y con una mezcla de recuerdos selectivos que más parecían piezas de un rompecabezas bizarro, sin ninguna forma. Atinaba a decirse: *No vayas ahí... eso te hace daño... entra en ti, muy adentro... deja la fantasía.* Y finalmente, después de mucho bregar y de regar el piso con una lluvia de papeles que iban cayendo al filo de su desesperación, puso en blanco y negro la batalla campal contra su fiel fantasma amoroso.

"Muchos de los que esperaban hoy encontrar un nombre conocido en esta página, se sorprenderán al saber que Ana de las trincheras de Madrid o de París, nunca transitó por las calles de San Juan. Ustedes no la conocen.

Quiero pedir disculpas a los lectores de nuestro diario por esto. Ana nunca vivió en San Juan, Ana es parte de la época heroica de la lucha por la República en España, y por lo tanto, es parte de mi pasado personal. Cuando teníamos apenas diecisiete años y cuando un puñado de jovencitos tenían una razón muy intensa para vivir y morir, conocí a Ana. Todos éramos generosos con nuestras vidas y nos importaba poco que fuera corta con tal de que se lograse el objetivo de una vida mejor para todos. La epopeya que nos tocó vivir tuvo un precio muy alto para lo que se logró.

Muchos no sobrevivieron para contar la historia y los que, como yo, están todavía aquí, podemos decir que nos marcó para toda la vida porque no sentimos la derrota pensando en lo que no se consiguió, sino en la cantidad de vidas que se inmolaron, en las sonrisas y llantos de rostros lozanos que se perdieron en el anonimato y en la certeza de que poco pudimos disfrutar del amor, cuando efervescente tocaba en punto el pulso de nuestras vidas. En aquella historia todas las emociones se hipersensibilizaban, principalmente, las ganas de amar.

Ana perteneció a este grupo de corajudos combatientes por un mundo nuevo. De su presencia aprendí a ser menos cobarde y aprendí que también podía amar. Su imagen y lo que yo amaba de ella, o creía amar, se metieron en mí más allá de mis más íntimas reverberantes células entre explosiones, disparos y muerte. Ella era el único referente de que a pesar de tanta inhumanidad, todavía estaba completamente vivo, porque podía soñar que la amaba.

Cuando la guerra terminó, yo la llevaba metida en la trinchera baldía de mi soledad. Yo acepté esta situación porque nunca conocí otra forma de amar y porque creí que ese era el precio de la derrota. Necesitaba creer que lo que llegué a amar de ella tenía que ser –como siempre fue desde que la conocí– el único soporte de mi existencia. *Como nunca más la vi, ella vivía en mí como un fantasma enamorado que entraba y salía, aparecía, se desvanecía y volvía a reaparecer a pesar de mí. Todo y nada me devolvía a ese amor inconcluso dentro de una espiral que me hacía reinventar la minúscula historia que nunca vivimos totalmente. Hoy tengo la certeza de que Ana murió como fantasma. Un fantasma muere cuando ya no se le necesita.*

Hoy, quiero rendirle homenaje a Ana como combatiente, como inspiración de coraje, como mujer valiente, como el aliento de un cariño bonito que me hizo bien respirar entre la oscuridad de la guerra. Dejarla ir, sin adivinar su derrotero final, sin buscar reeditar un amor que se vistió con los años del absurdo color de la melancolía. Dejarla partir para que lo gótico de mi memoria deje paso a la primavera de mis recuerdos.

Gracias por la inspiración, Ana de las trincheras.

Descansa o vive en paz".

Ruy llevó dos copias del obituario a la redacción de *La Nueva Estrella*. Entregó una copia al jefe de redacción y la otra la metió en una pequeña cajita que puso en su escritorio, junto a su flamante máquina de escribir, no sin antes pelear con el papel para hacerlo lo más pequeño posible.

—Para cuando quiera dejarte salir de nuevo —dijo casi susurrando y se dirigió al restaurante a desayunar con Celia de San Juan.

Dos abuelas
(San Juan 1944)

Uno

Lorenzo pensaba que tenía mucha suerte al tener dos abuelas. La mayoría de sus amigos tenían una; otros, ninguna. Ellas eran su fuente de cariño especial mientras esperaba el regreso de su padre de la guerra en Europa. La atención que le prestaban las abuelas en las vacaciones de primavera y verano, lo sumergía en dos mundos organizados de manera diferente; pero lejos de crear en él una exigencia de adhesión a uno u otro estilo de vida, los aceptaba dejándose llevar, y así aprendía de la vida.

En la casa de doña Guillermina de Vivar, ubicada a cuatro cuadras de la plaza principal de San Juan, en la calle Picaflor, la rutina veraniega de Lorenzo con su abuela materna era metódica, con pequeñas tareas domésticas que realizar, con libros que auscultar y un gentío entrando y saliendo de la casa. Guillermina ya estaba jubilada, pero nunca dejó de ser maestra y continuaba asesorando a los niños de bajo rendimiento escolar. Con la ayuda de Ruy, el profesor de español de la escuela pública[3], había creado el Buzón de los Poemas no Leídos en el portal de su casa. Una suerte de correo informal donde los sanjuaninos podían depositar y recoger poemas anónimamente. Lorenzo no solo tenía la posibilidad de acceder a los libros de la pequeña biblioteca de la

---

[3] Ruy era también el obituarista de *La Nueva Estrella* y coincidía con Guillermina en que «si no se usaba el español, éste moriría de muerte natural; pero si se usa mal, se convertiría en un asesinato».

exprofesora, sino también a las joyitas literarias escritas por los vecinos de San Juan.

Dentro de la casa, si buscaba bien, Lorenzo podía encontrar libros que le generaban preguntas y más preguntas sobre lo real o imaginado sucediendo en lugares que todavía no podía ubicar en el mapa. Aunque su abuela le había prohibido el uso de la *Enciclopedia Británica*, porque pensaba venderla, Lorenzo siempre se las ingeniaba para meterse en las páginas de estos inmensos volúmenes de pasta gruesa de color verde oscuro que narraban misteriosas historias, desafiando su credulidad con datos científicos que más le parecían cuentos de brujas. Una de las primeras certezas a sus nueve años, sería que, si leía, su imaginación no tendría limites, tampoco las preguntas.

La rutina con doña Guillermina empezaba no muy temprano en la mañana, después de un suculento plato de mazamorra de avena con leche condensada y pasas. Luego, nieto y abuela se abocaban a regar las macetas que colgaban en las ocho ventanas de la casa, dos por cada punto cardinal. En las macetas encontraban gusanos e insectos que quirúrgicamente retiraban de las hojas de los geranios rojos, las rosas y gardenias blancas; la batalla siempre continuaba al día siguiente, pues los insectos se las arreglaban para reproducirse como conejos de un día para otro y sabían esconderse entre los intrincados tallos de las plantas. Guillermina le aconsejaba que tenía que tratar a las flores como lo que eran, las princesas de los colores; había que hablarles, pedirles permiso para tocarlas y hasta mimarlas con palabras bonitas, mientras las rociaban con agua fresca.

A media mañana, Guillermina y Lorenzo se encargaban de bañar a la lora Jacinta en una muy organizada coreografía para evitar un intento de fuga desesperada del pajarraco. El lavado se hacía en la comodidad del baño de la casa usando una enorme tina de madera en la cual depositaban a Jacinta. Lorenzo había aprendido a dejar caer lentamente los chorros de agua con un jarrito sobre el lomo plumífero de la lora sin espantarla. Si todo iba bien, Jacinta se agachaba sobre sus patitas y empezaba a ronronear y a repetir: «Jacinta, bonita, Jacinta bonita…». Si se hacía mal, esto es, si el agua le caía como un Niágara personal, Jacinta aleteaba sus alas y buscaba salir del cuarto de baño a como diera lugar.

Entonces se armaba el gran batiburrillo al tratar de ponerla de nuevo en su dorada prisión. Terminadas las abluciones de Jacinta, le tocaba el turno a Globo, el gato blanco y negro, tipo pirata, al cual tocaba despoblarlo de las pulgas que había adquirido en sus paseos nocturnos buscando seducir a cuanta fémina gatuna se dignara aparecer en su territorio de techos. Esta tarea la realizaba Lorenzo solo. Primero tenía que encontrar al gato en algún recoveco de la casa: «Globo, Globo... michi, michi...», hacerlo jugar con un falso ratón (una media rellena de algodón), para finalmente rascarle con suavidad la panza. Ya en estado de adormecimiento, Globo se dejaba limpiar. Lorenzo guardaba las pulgas extraídas en una cajita de fósforos y no las aplastaba como le había enseñado su abuela. A las cautivas les tenía reservada una muerte musical al llegar la noche. Cuando su abuela se disponía a preparar la cena en la cocina a carbón, él era el encargado de mantener las brasas vivas hasta que llegara el instante de depositar en ellas las cacerolas de barro. Esto indicaba el turno del horroroso final de las pulgas. Lorenzo las arrojaba una a una a las brasas, y dependiendo del tamaño y la cantidad de sangre chupada, explotaban haciendo un ruido seco, pero distintivo. Sus ojos se abrían desproporcionadamente y los ¡pops! y ¡paps! del reventón le hacían sonreír sintiéndose todo un conductor de una orquesta de la Santa Inquisición que alguna vez vio en una ilustración de la *Enciclopedia Británica*.

Cuando doña Guillermina se preparaba para ir al mercado, llegaba el momento de preguntarle a Lorenzo qué fruta especial lo tentaba ese día. Lorenzo tenía que tomar decisiones y se sentía el centro del universo con una gama de posibilidades bastante pequeña: *Naranja, plátano o manzana. Mmm... ¿Qué pediría hoy?* La matrona no tenía mucho que comprar, pero se demoraba dos horas y media en regresar del mercado por la necesidad de recoger las noticias y chismes frescos que pululaban en San Juan, además de encargarse de promover a sus candidatos para alcalde, concejal, senador y hasta el próximo jefe de la Policía. Aquí es donde se enteró del ataque al corazón y de la cuarta boda de su comadre Jesusita, la abuela paterna de Lorenzo «Mi comadre tiene un corazón de hierro y los ovarios locos...», fue su comentario.

Después de un ligero almuerzo, en el que nunca faltaban ensaladas frescas, la abuela y su nieto tomaban una breve siesta y no había nada más programado en la rutina casera hasta las cuatro de la tarde, cuando su abuela lo mandaba a comprar pescado frito en la bodega del único asiático en todo San Juan. El pescado frito era para Globo, pero Lorenzo se las arreglaba para extraer un buen pedazo sin que hubiera testigos o prueba de su fechoría de media tarde. La salida de la casa a esa hora le permitía codearse con la gente de San Juan que regresaba del trabajo, mirar con curiosidad a las niñas que paseaban por el parque y emocionarse cuando veía aproximarse a su vecinita de trenzas negras y largas. Lorenzo perdía el paso cuando una vocecita de pajarito encantado se desprendía del grupo de doncellas bulliciosas: «Hola Lorenzoooo», y las compañeras de la trenzuda entraban en la histeria de risitas intermitentes. Antes de que Lorenzo pudiera responder el saludo, el eco de las risas lo acompañaría hasta llegar a la casa de su abuela. No entendía ni el alboroto de las niñas, ni su falta de aliento acompañado por una opresión en el estómago. ¿Sería el pescado frito robado?

Una vez acabada la cena, doña Guillermina rezaría el rosario en compañía de las voces gangosas de las cucufatas de la radio local, presididas por el vozarrón del cura López Lavalle. Durante los rezos, Lorenzo tendría tiempo de jugar con sus camioncitos, armar rompecabezas y brincar con Globo, que ya se aprestaba a recorrer sus noches de amor gatuno. Acabadas las oraciones, la abuela y el nieto se preparaban para retirarse a dormir. Desde su cama, Lorenzo podía observar a su abuela desenredando su moño blanco. Siempre la había conocido como la típica abuela, con un copete alto de pelo cenizo, pero verla sentada al pie de la cama, acariciando con un peine de marfil su cabellera ondulante y desparramada sobre su espalda erguida, le daba la sensación de que el tiempo se detenía y que estaba ante una transformación que muy pocos conocían, ¡su abuela era bella!

Los domingos iban a la misa del mediodía, la más importante de las tres que se ofrecían ese día, para lo cual ambos se vestían con sus mejores galas y Lorenzo podía darse el lujo de caminar las cinco cuadras hacia la Iglesia del Santo Niño de Atocha, con Globo sobre su hombro como un perico peludo. La gente de San Juan ya se había acostumbrado a este desfile de Lorenzo, la abuela y Globo. El felino desembarcaba su figura elástica y los esperaba en el atrio de la iglesia hasta el final de los servicios religiosos del domingo.

La iglesia, edificada hacía más de cien años al estilo francés medieval (gracias a un obispo de apellido Du Rivage que recaló por esos lugares sin saber en dónde se metía), abría sus enormes puertas de madera tallada con escenas de *La Divina Comedia* y los feligreses entraban a un mundo de angustiosa serenidad. Sin embargo, todo se descuajaba cuando el españolísimo cura López Lavalle empezaba sus peculiares sermones en un castellano ceceado. En ese momento de aburrimiento, Lorenzo solo pensaba en encontrarse con la mirada de la niña de las trenzas negras o irse a sacarle las pulgas a Globo. Acabada la homilía, y de vuelta a ese idioma desconocido que solo el cura dominaba para comunicarse con Dios, los feligreses volvían a su fervor de miradas lánguidas y llorosas que Lorenzo no comprendía. *¿Por qué parecen sufrir tanto?* Si a ello se le sumaba la voz quejumbrosa del único y vetusto violín interpretando piezas de Brahms, toda la muchedumbre entraba en un estado casi catártico de pesadumbre y dolor que desorientaba a Lorenzo. De repente, la niña de trenzas negras y vestido blanco aparecía a la distancia, sentada o arrodillada junto a su familia. Intercambiaban miradas breves y Lorenzo pensaba que así debería ser el Cielo tan deseado por todos los feligreses: un silencio eterno decorado por la sonrisa de la niña de las trenzas negras con vestido blanco, la sonrisa de un ángel ensalzando la escena y la música esporádica del vetusto violín acompañándolos.

Dos

La casa de doña Jesusita Jaramillo quedaba en el Valle de los Montañeses, a las afueras de San Juan, yendo hacia al norte. Aunque las casas estaban separadas y esparcidas por el valle, todos se conocían, pues provenían de las mismas antiguas familias que hacía trescientos cincuenta años tomaron posesión de esas tierras como especial concesión dada por el mismísimo virrey don Juan

Ortega y Montañés (el promotor del culto a la Virgen de Guadalupe en México). El valle tomó su nombre: Valle Montañés, y posteriormente Valle de los Montañeses. Los pobladores del valle proveían de leña, leche de cabra, manzanas, chile y otros productos agrícolas a los pobladores de San Juan y Santa Fe. Tenían fama de rudos y poco sociables, incluso se decía que sus ancestros habían sido judíos y musulmanes conversos.

Cuando le tocaba pasar las vacaciones de primavera con doña Jesusita Jaramillo, su abuela paterna, el sol apareciendo o desapareciendo marcaba el ritmo de las actividades de Lorenzo y su abuela. Todo giraba en torno al mantenimiento de las cinco hectáreas de tierra que su abuela había heredado a los dieciocho años. Su despertar no era tan apaciguado como en la casa de su otra abuela y la avena del desayuno era reemplazada por el atole con leche de cabra y tortillas recién hechas. En el almuerzo siempre apurado, los frijoles con "chicos"[4] eran la base de cualquier invención culinaria de doña Jesusita. Ella no era muy buena cocinera, pero sus tortillas y frijoles con pedazos de puerco eran famosos en el Valle de los Montañeses y a Lorenzo le encantaban. Años más tarde, ya un adulto, Lorenzo se preguntaba cuál era el secreto culinario de mezclar harina de maíz, agua y grasa de cerdo para hacer las deliciosas tortillas. La única respuesta que encontró lo emocionó: las manos de su abuela. Especuló que esas manos rudas y arrugadas probablemente exudaban su natural grasita que al mezclarse con los ingredientes producía una ambrosía que solo los que compartían el mismo ADN podían gozar hasta hacerlos lagrimear de placer y nostalgia.

La ayuda de Lorenzo en la casa de su abuela era esperada y necesaria, especialmente en aquella época, en que los brazos masculinos eran escasos debido a la guerra en Europa. Lorenzo ya había aprendido a plantar y recolectar el chile, separar las matas picantes de las no picantes, tostarlas, amarrarlas en ristras, recoger hierbas medicinales, limpiar la acequia, alimentar las cabras, preparar tamales, freír empanadas, embotellar encurtidos de pepino, recoger leña seca y arrear piajenos y cabras con destreza. Todas estas tareas no le dejaban mucho tiempo libre y la ausencia

---

[4] Maíz deshidratado.

de libros era notable: lo único que tenían para leer era el voluminoso catálogo de Sears. Nieto y abuela se sentaban juntos a soñar con posibles compras para la casa, regalos de Navidad y ropa para Lorenzo. Jesusita doblaba la punta de las páginas del catálogo y le preguntaba a Lorenzo si le gustaba lo que había escogido para él. Si la respuesta era afirmativa, iría a la mismísima tienda Sears, y pediría examinar las camisas, pantalones y chaquetas seleccionadas. Después de verificar que le quedaran bien a Lorenzo, procedería, a escondidas, a reproducir con papel de periódico los modelos escogidos. Luego adquiriría las telas en alguna tienda judía de San Juan y ella misma se encargaría de coser los modelos recortados. «Yo soy mejor costurera y ya compré en Sears la máquina Singer. Si no para que la venden...», le decía a su nieto, mostrando una sonrisa abocardada proveniente de unos labios pintados de un rojo intenso. Lorenzo nunca había visto el color natural de sus labios, solo ese rojo carmesí que en la oscuridad de la noche parecía un faro resplandeciente sobre su cara redonda.

En la casa de doña Jesusita no se rezaba el rosario, pero sí se escuchaba la radio después de la cena. La doña ponía a sonar su enorme RCA Victor minutos antes de la cena con los programas del *Command Perfomance, CBS World News Today, NBC War Telescope y* la serie para niños, *Cisco Kid.* Le encantaba escuchar las canciones y acento de Carmen Miranda en el programa del *Command Performance.* La vitalidad coqueta de la cantante portuguesa criada en Brasil, le hacía recordar sus juveniles tramas con los hombres y hasta en algún momento pensó en hacerse un sombrero como los de la cantante, pero que ella, en su versión nuevomexicana, pondría chiles, zapallitos y manzanas en vez de frutas tropicales. El programa radial había sido creado por el gobierno federal y tenía como objetivo hacer más placenteros los momentos de descanso de las tropas en Europa. Ella sentía que en algún lugar de Francia, su hijo y padre de Lorenzo, estaría escuchando la misma música; y esto le producía una sensación de cercanía compartida. Gracias a la radio en tiempos de guerra, la distancia se acortaba por unos minutos y la esperanza de un regreso feliz se ensanchaba hasta el otro día. Una vez acabada la programación para adultos que se transmitía a intervalos de quince minutos, Jesusita y Lorenzo entraban en el mundo de las aventuras de *Cisco Kid*[5]. Este andante caballero mexicano que vagabundeaba por el oeste norteamericano en compañía de su asistente Pancho, ayudando a desventurados y oprimidos, mientras enamoraban a las señoritas que encontraban a su paso, le hacía, de cierta manera, recordar a su hijo Hermenegildo, en tanto que Pancho se parecía mucho a su tercer esposo, por lo barrigón y bigotudo.

Doña Guillermina de Vivar y doña Jesusita Jaramillo eran dos abuelas con dos formas distintas de amar, dos imperfectas mujeres que hacían lo imposible por enseñarle a Lorenzo acerca de la vida que merecía vivirse en los tiempos ominosos de la guerra en Europa, que ya estaba mandando de regreso sus cadáveres locales. Ya mayor, Lorenzo siguió considerándose un suertudo del carajo porque las voces de sus abuelas, entre gritonas y persuasivas, seguían vibrando en su memoria. Ya sea cuando comulgaba con una tortilla recién hecha o cuando se adentraba en un libro recién descubierto, sus abuelas renacían con las primeras flores de primavera o las últimas frutas de verano, con preguntas y más preguntas y con sabores nostálgicos infinitos.

---

[5] Basado en la ficción de O. Henry, originalmente llevaba por título: *The Caballero's Way*.

Huevos de Pascua
(San Juan 1944)

"Si a Semana Santa marcea,
muerte andea".
-Dicho popular

Uno

San Juan y el Valle de los Montañeses en marzo amanecían todavía fríos, no obstante que las ramas de los árboles ya comenzaban a estirarse con un apretado bostezo de insinuantes astillas verdes. Todo parecía indicar que algo iba a suceder, que la explosión de verde se daría de un momento a otro, pero todavía era muy temprano y había que esperar un mes más. Las largas lengüetas de nieve en las montañas Sangre de Cristo sugerían todavía la necesidad de arropamiento a pesar de que el opaco sol de marzo insistía en hacerlas desaparecer. Una clandestina lucha de elementos naturales cubría de ansiedad expectante a los lugareños, pero tendrían, después de todo, que esperar un poco más para asimilarse a los beneficios bondadosos de la primavera.

Jesusita Jaramillo, abuela paterna de Lorenzo, alistaba su rutina esa mañana más fría que templada, pensando que pronto Lorenzo vendría a pasar sus vacaciones de primavera con ella y, como todos los años, le sería de gran ayuda en sus menesteres domésticos. Miró desde la ventana al lado izquierdo de su camastro, los picos de las montañas salpicados de blanco, la visión enmarcada por los tules que filtraban coquetamente la luz del sol mañanero le dio una idea bastante precisa del clima para aquel nuevo día a sus sesenta y cinco años a cuestas. Como era su costumbre desde que su abuela materna le enseñó a predecir el clima, precisó para ese martes de marzo un día claro con bajas temperaturas, visibilidad óptima, humedad relativa alrededor del cuarenta por ciento. Venía practicando esta suerte de ritual meteorológico casero cada mañana por más de cincuenta años, y nunca había fallado en su agüería. Todo le indicaba que, a pesar de sus deseos para una mañana templada, todavía había que encender el fogón para que su vivienda de adobe con techo de calamina pudiese calentarse sin la ayuda del sol esperado.

Sin deshacerse de su camisón de franela, se cubrió con la manta Hopi que le servía de cubrecama y envolviéndose como un tamal mal amarrado se calzó sus botines de cuero de cabra y se dirigió al portal para recoger leña para el fogón. Cargó lo que pudo sostener con sus dos brazos y caminó tambaleándose con su ofrenda de pinos y sabina. Antes de depositarlos dentro de la boca del fogón de hierro negro, tuvo que sentarse a recuperar el aliento que se le escapaba como un ciervo malherido. *Me falta traer agua de la noria para preparar el cafecito y el atole... cómo me gustaría que Lorencito estuviera aquí para ayudarme*, pensó. De regreso, cargando una cubeta con agua en cada mano, un zumbido agudo reverberó en cada uno de sus oídos, seguido por una explosión astillada de dolor en el corazón. Soltó los baldes, mientras sus manos abrazaban su pecho, exclamó: «¡Ah carajo!» en el silencio de esa mañana macilenta. Su cuerpo se fue deslizando poco a poco hacia la tierra húmeda, junto al ciprés más cercano a la entrada de su casa. Un vecino, que le vendía leche de cabra cada dos días, la encontró babeando y tiritando, tirada como un costal de papas mojado. La llevó, con la velocidad propia de su camioneta Ford 1940, al hospital de San Juan. Allí, Jesusita conoció a Ezequiel Ortega, quien se convertiría en su cuarto esposo. Ezequiel, con sus setenta años de excesos en la vida disipada, se estaba recuperando de una infección a la próstata. Ambos saldrían casados del hospital, con la intención de recuperar su salud y las virtudes del amor en edad avanzada.

La boda se realizó en la capilla del hospital, inmediatamente después de que les dieron de alta a los añejos tortolitos. Con escasa concurrencia, a media mañana, la ceremonia nupcial fue oficiada por el cura Hugo López Lavalle, el españolísimo párroco de San Juan quien ya había unido en santo matrimonio a doña Jesusita con su tercer marido y a quien también le administró la extremaunción años atrás. Por supuesto que el cura aceptó esta cuarta boda con desgano porque, según su razonamiento ortodoxo, los cuerpos de los feligreses de esta edad deberían dedicarse a servir al Señor, a las obras caritativas de la parroquia, a las tareas nimias de arreglar y desarreglar altares y preparar las grandes efemérides eclesiásticas. «Los cuerpos a esta edad pertenecen al Señor y a su gloria, ya no están para procrear o satisfacer el llamado diabólico de la carne», les hizo saber con el cejo fruncido y apuntándoles con el dedo índice a punto de disparar una excomunión. La pareja no le discutió, se limitaron a tomarse de la mano y con cara inocentona le pidieron que procediera con rapidez con el papeleo requerido porque no tenían tiempo que perder.

—Si Dios es infinito, o sea sin tiempo, por qué le debería preocupar nuestras edades. Al Señor Santísimo no le importa un carajo el tiempo —contestó altiva la doña ante la impertinente sugerencia del padre.

—¡Cuanto más vieja, más blasfema...! —exclamó el cura santiguándose con celeridad tres veces.

A la boda religiosa asistió un pequeño grupo conformado por los recién casados, su comadre Guillermina, que se había enterado del ataque al miocardio y la anunciada boda en el mercado de San Juan, Lorenzo, único nieto, el vecino lechero que le salvó la vida y dos enfermeras que actuaron como testigos del casorio. Después de la ceremonia en la que el cura López Lavalle ni siquiera se dignó a ofrecer una homilía, se dirigieron al Restaurante El Greco, situado en la plaza mayor, para celebrar las recientes nupcias. Era la hora del almuerzo para los empleados de la alcaldía, el pequeño banco local y el diario *La Nueva Estrella*; todos eran comensales consuetudinarios, doblemente hambrientos por las noticias sobre la guerra en Europa y las enchiladas al estilo San Juan con harto chile verde recién pasado por las brasas. Al verlos entrar al restaurante, muchos de ellos aún masticando sus menjunjes, se pusieron de pie para recibir a los recién casados con sonoros y espontáneos aplausos. No faltaron los comentarios sardónicos entre tanta algarabía sincera: «Doña Jesusita los ama hasta morir», expresó alguna lengua sibilina.

Los parroquianos les deseaban lo mejor y mucha felicidad, estrechándoles las manos a su paso hacia la mesa reservada para la ocasión. Estentóreos «¡vivan los novios!» se dejaban escuchar de vez en cuando. «Mejor dicho, que sobrevivan los novios», deslizó cáusticamente el cura López Lavalle, mientras buscaba su asiento en la mesa del agasajo nupcial. Cuando el desfile improvisado de los recién casados llegó a su final, varias voces entusiastas pedían al dueño del restaurante que pusiera a sonar *La Marcha* (de Zacatecas). «¡*La Marcha, La Marcha*!», insistían golpeando las mesas con las palmas de las manos. Danny García, más conocido como el Greco, no tuvo más remedio que hacer funcionar su fonógrafo RCA Victor Modelo Especial y se armó el bailongo dentro del austero espacio del restaurante. Ezequiel le ofreció el brazo a su amada y detrás de ellos se colaron numerosas parejas listas a formar un trencillo. Según la tradición, *La Marcha* siempre es presidida por la pareja de más edad; en este caso, este privilegio les correspondió a los mismos recién casados. Ezequiel sintió un leve movimiento usurpador entre sus piernas cuando posó sus manos en las caderas de su nueva esposa. Le gusto lo que sintió y deseando una réplica más vehemente, apretó con descaro las carnes movedizas de doña Jesusita. Lorenzo, desde su esquina, observaba con risueña admiración que Ezequiel causaba una alegría peculiar en el rostro de su abuela y concluyó que estas vacaciones de primavera serían diferentes.

Dos

Ezequiel veía a Lorenzo como un citadino debilucho que tenía que aprender de la vida en el campo. «Si la vida no es generosa con nadie, en el campo la cosa es peor», solía decir. En su nuevo papel de abuelo postizo, se interesó en mostrarle los tejes y manejes en el Valle de los Montañeses. Lorenzo se sorprendió gratamente cuando lo invitó a realizar algunas tareas de la Hermandad de Penitentes ya que la Semana Santa estaba *ad portas*. Lorenzo entendía esta invitación como una especie de graduación o pase a la liga de mayores: por fin aprendería sobre los rituales secretos de los varones del valle.

Durante esta época el alcohol y las carnes (las que se comían y las que no) estaban prohibidas para los varones que eran miembros de la cofradía de los penitentes. Ezequiel era hermano penitente y como tal tenía muchos preparativos que atender: congregar a la selecta membresía de la hermandad, seleccionar posibles novicios, desempolvar los alabados, limpiar la Morada, trenzar los látigos de hierba amole, fabricar la cruz en la que uno de los hermanos sería levantado, planear el recorrido de la procesión del *via crucis*, y otros detalles que solo el Hermano Mayor le daría a conocer oportunamente.

Todos los preparativos deberían hacerse con la mayor discreción posible[6], ya que las actividades de los penitentes habían sido prescritas por el arzobispado de Santa Fe y el cura López Lavalle andaba siempre de fisgón. Se podría decir que, en San Juan, dos semanas santas paralelas se sucedían: una oficial en la ciudad, en la Iglesia del Santo Niño de Atocha, presidida por el cura López Lavalle, y a la que asistían la mayoría de las familias de San Juan; y la otra, que se desenvolvía en el Valle de los Montañeses, a las afueras de la ciudad, con los rituales sangrientos de los penitentes que involucraba solo a los varones del valle.

Lorenzo perdió rápidamente su entusiasmo inicial y se sintió decepcionado cuando se enteró que su tarea consistiría en limpiar los alrededores de la Morada de los Penitentes, sacando malas hierbas y recogiendo basura, sin poder ingresar al recinto sagrado. Por más que intentó fisgar por las dos únicas ventanas de la rústica casucha de adobe ubicada en la cima de una colina solitaria, no pudo observar nada que satisficiera su curiosidad. Las ventanas eran muy altas para su tamaño. Al término de su tarea, se sentó en una roca plana a esperar que Ezequiel terminara sus misteriosas actividades dentro de la Morada. Desde su sitio en la parte alta de la colina podía observar todo el Valle de los Montañeses con sus formaciones rocosas tipo hongo, sus casas dispersas serpenteadas

---

[6] En 1889 el arzobispo Salpointe ordenó desbandar la Hermandad de los Penitentes. Hasta ese año los ritos de los penitentes habían sido públicos. Su origen se remonta al siglo XVI, bajo los preceptos de la orden de Terciarios de San Francisco quienes advocaban la flagelación como medio para lograr la salvación.

por el río y un manto azul intenso que daba la impresión de aprisionar el valle dentro de una burbuja brillante. Nubes dispersas y muy bajas parecían haberse inflado de blancura para dibujar formas que la imaginación de Lorenzo iba descifrando con bastante parsimonia. Suspiró de aburrimiento masticando una pajita y por un momento se dejó absorber por la tranquilidad del escenario y hasta creyó ver unas debiluchas trenzas al lado izquierdo de la bóveda celeste, que le recordaron a su vecinita en San Juan.

De regreso a la casa, sentados muy juntos en un carruaje jalado por dos aletargadas mulas, Lorenzo interrogó a Ezequiel:

—Ezequiel: ¿Por qué es usted penitente?

—¿Por qué? Porque mi padre, mi abuelo, mi bisabuelo y mi tatarabuelo fueron penitentes... y porque los hombres pecamos mucho... ya te enterarás cuando seas mayor...Porque para ganarse el Cielo, siendo tan mierda como somos los hombres, hay que tener un par de huevos bien puestos, ¡tamaño catedral! —dijo alzando la voz y continuó casi para sus adentros—: Tenemos que purificarnos como lo hizo nuestro Señor Jesucristo, con dolor, con sangre. Ya lo entenderás... —No pudo terminar su peroración porque dos hombres encapuchados se plantaron frente a las mulas y le hicieron señas a Ezequiel para que se desmontara. Ezequiel no se inmutó porque a pesar de las capuchas parecían conocerse. Cuchichearon por breves momentos y le entregaron el látigo de hierba amole que medía aproximadamente tres metros de largo y veinte centímetros de ancho, con metales y vidrio en las puntas de las líneas que conformaban el trenzado; también le entregaron un cofre de madera conteniendo unas navajas de diversos tamaños. Se despidieron con un: «Alabado sea el Santísimo». Lorenzo no quiso preguntar más por temor a que Ezequiel le fuese a repetir la cantaleta: «Ya entenderás cuando seas mayor». El resto del camino lo hicieron en silencio, pero en la mente de Lorenzo todavía reverberaba la idea de que para ser católico penitente había que tener unos huevos bien puestos y bien grandes.

Tres

Jueves Santo. En la Iglesia del Santo Niño de Atocha en San Juan, los feligreses asistían a la consagración de la Eucaristía, el lavado de los pies y la remembranza de la Última Cena. Doña Guillermina se sentía satisfecha de que el cura López Lavalle hubiese escogido ese año a verdaderos indigentes para la ceremonia del lavado de los pies. Un gran ejemplo de humildad que el año anterior no se pudo lograr porque al curita se le ocurrió lavarle los pies a los jóvenes soldados que se iban a la guerra en Europa. En el Valle de los Montañeses, desde muy temprano, los penitentes se habían congregado en la Morada para recitar alabados y después ir juntos a visitar los dos cementerios del valle.

Viernes Santo. Los católicos de San Juan se despedían en el atrio de la iglesia con rostros pesarosos, pero con un mensaje de esperanza: después de la muerte (el Viernes Santo) vendría la Resurrección y el Maestro les había dejado en la Última Cena su cuerpo hecho pan y su sangre hecha vino para recordar su sacrificio de amor por la humanidad. En el Valle de los Montañeses, los penitentes volvían a la Morada para emprender el *via crucis* y la crucifixión de uno de los hermanos. El que iba a ser subido en la cruz debería jalar una carreta con pesadas rocas y una estatua de la muerte. Iba a ser flagelado, escupido y humillado a lo largo de todo el camino y la cruz que jalaría estaría llena de cactus puntiagudos. Los montañeses seguirían esta muestra pública de tortura y humillación, formando dos apretadas hileras de gentío lloroso y vociferante. Los esbirros a la usanza romana, como hinchas aguerridos de una barra brava en un partido de fútbol, azuzarían a la multitud. Los celadores se encargaban de que los ánimos no se caldearan demasiado, portando ostentosamente sus Wínchesteres.

A medianoche empezaba el Rito de las Tinieblas. Las matracas y una lánguida flauta acompañarían los aullidos que anunciaban la desesperación por la muerte del Salvador. Lorenzo, que se había escapado de la casa de doña Jesusita, para estar más cerca de la acción de aquella noche de ritos sacros, se apostó cerca de la Morada, sin poder ver mucho. Una luz mortecina se escapaba de una de las ventanas y los gritos de dolor se esparcían como un eco amorfo por todo el valle. En la Morada, Ezequiel, el Sangrador, hacía el mejor de los cortes en las espaldas de los novicios que imploraban por más sufrimiento; entre ellos, Randolfo Jaramillo, que aullaba como un lobo enjaulado. Ezequiel sabía que cuanto más dolor causara, más cercano estaría él del Cielo. El coadjutor de la Hermandad apenas se daba abasto para secar las heridas y brindarles a los penitentes una reconfortante infusión de hojas de romero. Lorenzo, al escuchar los alaridos mezclados con los reverberantes alabados, sin poder ver nada, dejó que el miedo se apoderara de su imaginación, dudó de su fe y decidió regresar a cobijarse en la casa de su abuela.

Sábado de Gloria. Se suponía que San Juan y el Valle de los Montañeses despertarían de entre las tinieblas para gozar de la buena noticia de la Resurrección y la posible llegada de la primavera. Se esperaba que las familias se reuniesen a departir y comer cordero con chile verde o rojo en un ambiente lleno de esperanza por un nuevo porvenir, casi sin pecados, algo así como una Navidad adelantada. Pero en lugar del idílico ambiente de paz y tranquilidad, la noticia del hallazgo de un cadáver en el Valle de los Montañeses enterró la algarabía de la Pascua de Resurrección y prolongó el aliento lúgubre de Viernes Santo.

Encontraron el cuerpo de un hombre despatarrado a un costado de uno de los caminos improvisados que llegaban a la Morada de los Penitentes; estaba envuelto en la típica bata blanca de los penitentes y la cercanía a la Morada indicaba que podría ser un miembro de aquella cofradía. La sangre había teñido completamente de morado la túnica y formado una especie de capa pegajosa sobre el occiso que las más avezadas moscas ya empezaban a degustar.

Pero ¿quién podría ser? Su identidad fue develada inmediatamente después del arribo del capitán Agüero, jefe de la policía de San Juan: Randolfo Jaramillo, hermano penitente, residente del valle, escultor de bultos[7], primo lejano de doña Jesusita y bien conocido por todos con el apelativo Pene Loco. En la mente de los sanjuaninos y montañeses, no cabía especular mucho. Randolfo era conocido no solo por sus habilidades como

---

[7] Pequeñas y rústicas representaciones de santos hechas en madera de álamo. A los escultores de bultos también se les conoce como "santeros". Es una artesanía que proviene de los tiempos de la colonización española.

tallador de bultos, sino que también por sus correrías amorosas. Soltero empedernido y con una lengua de oro (al decir de algunas damas), sabía conquistar a cuanta damisela pudiera caer bajo sus hechizos palabreros. Por lo tanto, enemigos no le faltaban entre padres, hermanos, esposos, e inclusive mujeres que habían sido víctimas de su desmedida afición por el amor clandestino, apasionado y efímero. Por fin alguien había tomado la justicia en sus propias manos y castigado con la muerte al famoso Pene Loco de San Juan, se especulaba.

Entre los rumoreados enemigos saltó el nombre de Ezequiel. El ahora esposo de doña Jesusita contaba en su haber dos poderosos motivos y una excelente oportunidad. Ezequiel tenía una joven hermana con un hijo mongoloide atribuido al difunto; venganza o justicia por parte de Ezequiel lo ponían en la mira de los posibles sospechosos para las investigaciones; aún más, se decía que alguna vez Randolfo había cohabitado con doña Jesusita. Motivos plausibles: venganza de hermano y/o celos de viejo. Claro que otros ciudadanos afectados por el Juan Charrasqueado de San Juan (*"Era valiente y arriesgado en el amor. A las mujeres más bonitas se llevaba. En esos campos no quedaba ni una flor"*, como dice la canción), tenían también de sobra motivos para matarlo. Aunque en el caso de Ezequiel, también existía la oportunidad. Ezequiel era el sangrador de la Hermandad de los Penitentes y, por lo tanto, un experto con el cuchillo. Se conjeturaba entonces, que éste había podido infligirle cortes mortales para afectar órganos esenciales o partes importantes del cuerpo durante la ceremonia de iniciación de los penitentes, y no cortes benignos como se acostumbraba. Con motivo y oportunidad, Ezequiel pasaba a encabezar la lista de "personas de interés" del capitán Agüero.

El juicio popular en boca de los ciudadanos de San Juan y del Valle de los Montañeses avanzaba mucho más rápido que las investigaciones del capitán Agüero y muchas disquisiciones se entrecruzaban en los almuerzos del Domingo de Resurrección apuntando a la culpabilidad de Ezequiel. Entre las más comunes y compartidas se manejaba la versión de que Ezequiel, una especie de ángel exterminador popular, ya estaba viejo, no tenía nada que perder y habría buscado ejercer la justicia divina puesta en sus manos como sangrador. A veces el dolor físico no era suficiente para limpiar los pecados y había que mandar directamente al pecador al Infierno *via express*, y no mediante el tradicional *via crucis*. Si eres pecador, solo la muerte te redime ante los ojos de los humanos. El sentimiento popular acerca de la muerte de Randolfo se plasmó claramente en el titular de *La Nueva Estrella*: *"Muere Penitente: ¿Justicia divina o justicia humana?"*.

La investigación de esta muerte poco usual en San Juan estaba a cargo del capitán Agüero como todos lo esperaban. Sin embargo, estando cerca las elecciones para decidir sobre su permanencia en el cargo, al capitán no se le ocurrió una idea mejor que aprovechar este misterioso incidente para promocionarse y pasar por un moderno policía, creando la Unidad de Investigación Criminal de San Juan. Todas las ciudades importantes tenían desde hacía mucho tiempo este tipo de oficina y San Juan debería ponerse a la altura de metrópolis importantes como Chicago, Nueva York, Los Ángeles, así lo había anunciado pomposamente en el diario *La Nueva Estrella*. Como jefe de la unidad especializada, y único miembro de la misma, designó a su hija Benancia, quien a los treinta y tantos años, parecía poco probable que consiguiera un buen marido y un mejor trabajo. La robusta mujer ya laboraba como secretaria de la estación policial y, sin mucho que hacer, pasaba el tiempo escuchando programas radiales de detectives como *Sherlock Holmes, Poirot, Charly Chan, Inspector Thorne, Philip Marlowe, Dragnet, Misterios de verdaderos detectives, Secretos de Scotland Yard* y *Dick Tracy,* entre otros programas muy de moda en esa época. Los programas radiales operarían en ella una obsesión parecida a la del Quijote por los libros de caballería. Según su padre, su interés por la criminalística y su educación radial, la convertían en la persona más adecuada para ocupar este puesto tan importante.

El lunes, después de la Semana Santa, Benancia Agüero se presentó en la casa de doña Jesusita, cuando ya estaba por oscurecer, con la súplica paterna de que no la cagase porque de ello dependía su permanencia como jefe de la policía. Llegó vistiendo sus mejores ropas para la ocasión: botas vaqueras, fedora y un saco de cuero negro bastante largo que le permitía esconder no solo su sobrepeso, sino la Colt .45 y su libreta de notas.

—Buenos días te dé Dios, Benancita.

—Detective Benancia, a sus órdenes doña Jesusita.

—Pásale, nomás…. ¿quieres un cafecito?

—No gracias, estoy de servicio.

—¿Mmm?

Benancia no se sentó a acompañar a doña Jesusita y se puso a dar vueltas alrededor de ella mirando de reojo el desarreglo de la salita donde sobresalía un descolorido cuadro del Corazón de Jesús. En su mente buscaba indicios de un crimen. Por supuesto que no encontró nada pertinente, pero sintió que estaba haciendo muy profesionalmente el papel detectivesco que había aprendido en la radio.

—¿Dónde estaba usted el día de la muerte de Randolfo? — soltó su pregunta a boca de jarro, deteniéndose frente a la cara de doña Jesusita.

—¿A qué hora se murió, sabes?

Benancia no tenía esa información. Por los partes policiales sabía la hora exacta en que fue encontrado el cadáver, pero no el momento cuando este cuerpo mugroso y ensangrentado había dejado el mundo de los vivos, no lo sabía. Aplicando la deducción detectivesca que tanto admiraba de los programas radiales, concluyó que el occiso había devenido en cadáver entre la noche del Viernes Santo y el Sábado de Gloria. *Elemental, Benancia*, se dijo y volvió a plantear la pregunta:

—¿Dónde estaba usted entre el Viernes Santo en la noche y el Sábado de Gloria en la mañana?

—Ah, pues, el sábado en la mañana lo pasé aquí, con Lorencito, cocinando para la Pascua de Resurrección, decorando huevos de pascua; el viernes, fuimos a lo de la crucifixión, en la tarde. Ahí vimos a Randolfo extenuado, lloroso, como nuestro señor Jesucristo… pero muerto no estaba.

—¿Y qué más?

—Me dio pena verlo en ese estado y me traje a Lorencito a la casa. Era mucho drama para un chico de su edad. Creo que Lorencito se escapó en la noche intentando ver algo más sobre lo que hacen los penitentes. Tú sabes cómo son los chicos de su edad, los mata la curiosidad…

—¿Matar de curiosidad? Eso suena a motivo.

—Benancita, te conozco desde que te cagabas en los pañales, no me hagas pensar que no solo creciste, sino que también ahora eres tonta... Lorencito es un niño curioso, nada más.

Benancia no se inmutó, se acomodó el sombrero para ocultar parte de su cara y prosiguió con su interrogatorio.

—Tengo entendido que el occiso era su primo y que...

—¡Chismes de pueblo chico...! Randolfo fue un buen tipo, mujeriego, pero buen primo.

—¿Y desde cuándo no lo veía?

—Vino para Navidad a comer tamales.

—¿Cree que su actual esposo, Ezequiel, tenía algo en contra de él?

—Pregúntale a él. Yo no sé nada... Y si me disculpas, tengo que cocinar unas enchiladas para llevar al funeral.

—*Okay*, doña Jesusita, yo solo cumplía mi deber.

Se sintió satisfecha con su interrogatorio. Realizó a cabalidad su deber de investigadora, tal como lo había aprendido: los gestos, la voz, hizo preguntas, utilizó la deducción y ya estaba lista para entrevistar a su sospechoso más importante.

Benancia encontró a Ezequiel removiendo fardos de alfalfa en la casucha aledaña a la casa principal, en el lado norte, que ya no recibía la luz del sol a esa hora. Lo penumbroso del lugar y el silencio le dibujaron una escenografía misteriosa propicia para ejercer su labor de detective, se ajustó la cartuchera en la que portaba la Colt .45 de su papá y entró al recinto con pasos decididos.

—Buenas tardes... ¿Está usted aquí, Ezequiel?

—Buenas te dé Dios, Benancita. ¿Qué se te ofrece?

—Buenas tardes le dé Dios, don Ezequiel, ahora soy detective de mi pa... de San Juan y quería hacerle algunas preguntas sobre el cadáver que hemos encontrado.

—Tú dirás...

Benancia cambió el tono respetuoso para dirigirse a las personas mayores, tal como lo había aprendido desde que era una mocosa, y se dispuso a interpretar su mejor *performance* de detective dura, como lo haría Boston Blackie (personaje radial, ladrón de joyas convertido en detective privado). Se paró enfrente de Ezequiel, descansando sus manos en la hebilla del pantalón y abrió las piernas exageradamente. Así se imaginaba los movimientos del detective de la radio. Quedó mirando a Ezequiel y hasta le pareció escuchar la música del órgano de la radio antecediendo a sus preguntas y un breve comercial del jabón Rinso *"que lava todo lo que está sucio en su casa"*. Ezequiel no dejaba de mover los fardos de alfalfa tratando de terminar su tarea antes de que anocheciera.

—Ezequiel... Ezequiel, qué bello es el amor, lo felicito por su reciente boda.

—Gracias —dijo Ezequiel con desgano.

—El amor para un hombre de su edad es muy importante... y la competencia puede hacernos hacer locuras... los celos, usted sabe...Usted tiene un cargo muy importante en la Hermandad de los Penitentes, ¿no es cierto?

—Soy un humilde servidor del Señor, como tantos otros varones del valle.

—Pero no todos son un instrumento muy filudo de Dios, don Ezequiel. —Benancia estaba usando otra táctica de interrogación aprendida de la radio: acusar sin acusar.

—Al que Dios se lo da, San Pedro se lo bendiga. ¿Por qué no me preguntas directamente, así yo te respondo de la misma forma? —Ezequiel comenzó a perder la paciencia frente a esta conversación que no llevaba a nada.

—Bueno si así me lo pone: ¿Acuchilló usted a Randolfo durante los rituales prohibidos de los penitentes?

—Yo solo le marqué tres cruces en la espalda, como a cualquier otro penitente que quiere lavar sus pecados con sangre y dolor. Los latigazos se los dio él mismo y en la crucifixión la comunidad hizo lo suyo.

—¿Le tajó algún órgano vital?

—Yo solo corto la piel, y además ¿qué órgano vital hay en la parte superior de la espalda? Yo no terminé la escuela como tú, pero de anatomía sé un poquito.

—Tendría que leer el informe de la autopsia que se lleva a cabo en Santa Fe.

—Cuando lo leas me avisas, ahora déjame terminar mi trabajo antes de que anochezca.

Buscando en su cabeza algo más que decir para poder terminar la sesión como un verdadero detective, Benancia miró su reloj y se le vino a la mente Dick Tracy, lo cual la hizo desear que alguien la escuchara del otro lado de su reloj común y corriente.

—Sí, ya es tarde. Ya hablaremos después. —Volteó pausadamente su cuerpo, como si llevara una larga cola de plumas en el trasero, y se encaminó a su camioneta.

Cuatro

Con todo el desbarajuste ocasionado por lo de la muerte de Randolfo y las sospechas que caían sobre Ezequiel, las abuelas decidieron que Lorenzo debería regresar a San Juan. Doña Guillermina lo fue a recoger del rancho y al encontrarse con doña Jesusita la quedó mirando, como buscando algo diferente en ella. La notó un poco más delgada, pero con el mismo ánimo alegre de siempre. Se acercó a saludarla como era su costumbre, se abrazaron por unos breves segundos y el cafecito fue ofrecido puntualmente. Doña Guillermina dudó por un momento, pero no quiso desairarla, porque significaría que algo había cambiado entre ellas.

—Sí, gracias comadre, pero tengo que regresar pronto a San Juan.

—Ya está listo comadre, pase nomás... —dijo percibiendo esos microsegundos de vacilación de su consuegra.

—La acompaño en su dolor, comadre, Randolfo era... pues, Randolfo.

—Gracias comadre, ¿desea unos bizcochitos?

—No gracias, así nomás, un cafecito rapidito.

—¿Cómo van las cosas con su nuevo marido?

—¿Qué dirá usted, a mi edad, pensando en el amor...? El doctor me aconsejó que me cuidara el corazón, y eso es lo que estoy haciendo. Por eso me casé. Las cosas iban mejor de lo que me esperaba, pero los acontecimientos de la Semana Santa han arruinado la luna de miel que a nuestra edad hay que tomarla a plazos.

—Sí, comadre, ¿cómo va su corazón?

—Contento, alegre como un picaflor, pero...

—Entiendo, funerales y casorios no deberían ir juntos.

Las doñas pasaron a revisar la larga lista de allegados y conocidos que se habían muerto ese año de 1944, y los quehaceres de los que aún quedaban vivos, hasta que saltó el nombre de Benancia Agüero.

—Ay, Benancita se cree detective... eso le pasa porque no tiene marido —exclamó doña Jesusita.

—Es una cuestión política, comadre, pura publicidad de su papá. Ya se le pasará y volverá a sus programas de radio y a su búsqueda del amor con los hombres equivocados.

—Pero mientras tanto jode y jode, poniendo a mi Ezequiel como sospechoso número uno y a mí como cómplice, ¡imagínese!

—Cuando fue mi alumna en la escuela, gordita y peleona, nunca me dio problemas, cumplía las tareas escolares.

—¿Será todo esto un castigo de Dios o al menos una advertencia? El cura nos dijo que no deberíamos pensar en el amor porque ya tenemos fecha de vencimiento, usted sabe.

—Comadre, ya quisiera ser como usted, el cura es un poco anticuado. ¿Cómo le ha caído a Lorenzo todo este embrollo?

—No sabría decirle.

—Bueno, me lo llevo a Lorenzo a San Juan para que usted tenga la tranquilidad de arreglar sus asuntos.

Las abuelas se despidieron sabiendo que las dos querían lo mejor para Lorenzo, pero que en ese momento una tenía más tiempo que la otra para encargarse del nieto, que no siempre coincidían en la forma de criarlo y que, probablemente, muchas preguntas diluviaban en la cabecita de Lorenzo acerca de lo acontecido y había que responderlas en su debido tiempo.

Ya en su casa de San Juan, después de la cena y el rosario y en la intimidad de la habitación, mientras se cepillaba su cabellera, doña Guillermina le preguntó a Lorenzo:

—¿Qué piensas de lo que pasó en el Valle de los Montañeses?

—No sé, un penitente murió, la detective Agüero sospecha de Ezequiel. La gente habla, yo no sé nada, yo solo fui a limpiar la Morada.

—Pero la noche del jueves te escapaste para ir a la Morada, ¿verdad?

—Sí, abuela, pero no vi nada. Estuve solo un rato. Hacía frío, me asusté con los gritos y ruidos que hacían los penitentes y regresé a la casa de la abuela Jesusita. …No vi nada.

—¿No viste nada, de nada?

—No abuela, ya te lo dije. ¿Tú también sospechas de Ezequiel?

—Yo no soy policía o detective. No me interesa encontrar culpables. Me interesa saber si habías visto algo de lo que quisieras hablar.

—Abuela, los penitentes lloran, gritan, se lamentan, sufren… y yo no quisiera ser ese tipo de católico.

—Tú no tienes por qué seguir esa tradición. Pero sí quiero que sepas que si tienes algo que te estás guardando, me lo puedes decir en cualquier momento. ¿*Okay*?

—*Okay*, ¿me puedo ir a dormir?

—Anda con Dios.

Cinco

Benancia leyó dos veces el informe forense proveniente de Santa Fe. Entendía poco o casi nada. *"La junta médica conformada por el cuerpo forense de Santa Fe, después de analizar el cuerpo mortis del ciudadano Randolfo Jaramillo llega a la conclusión de que la causa de su deceso se encuentra en una alteración en los genes F8 o F9 que producen el factor VIII (FVIII) y el factor IX (FIX) del sistema de coagulación. Los trece factores que forman parte de la cascada de coagulación fueron interrumpidos, causando que las heridas previas no coagularan en el tiempo normal, produciendo hemorragias externas. Cabe señalar que esta condición es de carácter genético".*

Nunca había escuchado un programa radial de detectives en donde se manejara este lenguaje médico enrevesado, ni que se hiciera alusión a la causa de la muerte debido a una interrupción de la "cascada de coagulación", así que decidió pasar el bulto a su padre en un informe en el que daba cuenta de los interrogatorios efectuados, repetía lo que decía el informe de la autopsia y terminaba con la pregunta: *"¿Quién interrumpió la "cascada de coagulación" de Randolfo Jaramillo?"*. El capitán Agüero leyó el informe, quedó mirando a Benancia y le dijo con todo el amor paternal que podía sostener en su corazón:

—Buen trabajo Benancita, tienes que corregir los errores ortográficos. Caso cerrado.

—Pero... ¿y el culpable?

—Su madre. La hemofilia es una condición genética que se hereda a través de los genes maternos. Randolfo no sabía que era hemofílico, sino no se hubiera metido a martirizarse con los penitentes; ellos tampoco lo sabían, no tenían por qué saberlo. Murió desangrado, punto.

Benancia tuvo sentimientos encontrados. Por un lado, le agradó que su padre apreciara su trabajo como detective, pero éste había durado muy poco. Tendría que seguir siendo la secretaria de siempre hasta que apareciera otro presunto asesinato, pero también tendría más tiempo para su entrenamiento radial, se dijo, mientras ponía la Colt .45 sobre el escritorio del capitán Agüero.

La Nueva Estrella publicó en su primera página: *"Ni justicia divina, ni justicia humana: simplemente mala suerte"*. Al funeral de Randolfo asistieron sus amigos y familiares más cercanos, más algunos curiosos. Los asistentes vistiendo ropas oscuras ya le habían rezado el rosario durante la noche, y ahora cabizbajos engullían sus platos de funeral entre murmullos. Luego llevarían el cuerpo a ser sepultado. A la hora de colocar su cuerpo bajo tierra en uno de los dos cementerios del Valle de los Montañeses, se alzó el vozarrón de un hermano penitente que tenía su rostro cubierto con una capucha negra:

—¡Hermano Randolfo, descansa en paz! Tu sangre ha lavado tus pecados. Amén.

—¡Amén! —repitieron los presentes.

Doña Jesusita cogió un puñado de tierra y lo derramó sobre el ataúd mientras decía constriñendo sus lágrimas:

—¡Eres familia, pendejo! ¡Descansa en paz!

—Gracias por tu arte —agregó doña Guillermina.

Los enterradores procedieron a poner tierra sobre el ataúd. Algunos presentes miraban el hoyo tragando saliva; otros, soltando pesadas lágrimas y apretando las mandíbulas. Lorenzo, aturullado entre las dos abuelas, se tocaba los testículos.

Muerte en El Encanto
(San Juan 1920)

"Los héroes no existen,
solo las circunstancias".
-Arturo Pérez-Reverte

Uno

Se sentó al borde de la cama rascándose la cabeza con las yemas de sus dedos callosos todavía oliendo a sexo, bostezaba con suspiros defectuosos y sentía la boca seca, la saliva pesada y la lengua como una lija usada. *Hoy tengo que ir San Juan y no tengo ganas*, pensó. Una recatafila de folios gigantescos, corredores pulcros, gruesas y altas puertas marrones abriéndose y cerrándose aparecieron en su cerebro desordenado. Peor aún, un escalofrío le recorrió la espina dorsal ante la idea de tener que visitar San Juan, el centro de contagio de la gripe española que había devastado no solo a esa ciudad, sino a las comunidades aledañas, como El Encanto; y a él personalmente, dos años atrás.

Esta enfermedad, que de española no tenía nada, sino fuera porque España fue el primer lugar en que se le tomó en serio, había matado a más de cincuenta millones de personas en el mundo entero (algunos hablaban de hasta cien millones de difuntos). En Estados Unidos la cifra alcanzó más de seiscientos mil fallecidos y en New Mexico cinco mil, por lo menos. Si a ello le añadimos los muertos generados por la guerra en Europa desde 1917, San Juan, como otras partes de New Mexico y los Estados Unidos, pasaba por una larga noche fúnebre de tres años, de la cual no tenían cuándo recuperarse.

New Mexico por esa época no contaba con un sistema estatal de salud, así que muchas de las iniciativas de lucha contra la pandemia y sus consecuencias, recayeron en las propias comunidades y sus gobernantes. Vicente Villanueva, a la cabeza de la alcaldía de El Encanto, había organizado una producción comunitaria de ataúdes. Madera tenían de sobra, y las habilidades de carpintería, sin mucha sofisticación, eran casi innatas a los pobladores del municipio. También organizó una especie de guardia sanitaria, armada de Wínchesteres, para evitar el contacto con foráneos e impedir del todo las escurridizas visitas a San Juan de sus propios habitantes. Vicente estuvo a cargo del consejo de salud municipal, integrado por el único médico del lugar, doctor John Peters, y su personal de enfermeras. Ellos llevaban las estadísticas de contagiados y fallecidos, aislaban a los enfermos y proponían medidas sanitarias estrictas y específicas. Entre éstas, plantearon que los nativos de la reserva indígena San Gerónimo, adyacente a El Encanto, desistieran de aplicar medicinas folclóricas a los contagiados y que no deberían quemar los cuerpos y pertenencias de los difuntos, porque esas cenizas voladoras llevaban elementos contagiantes. Dada la cercanía territorial entre ambas comunidades, el humo se transformaba en una pesada nube negra de anunciadas muertes.

Algo muy característico de la gripe española, que la convertía en psicológicamente devastadora, y que todavía estaba anclada en la memoria de Vicente, era la manera horripilante de arrancar la vida a los infectados. Los contagiaba rápido, los aniquilaba con violencia. Esas imágenes perturbadoras se le colgaron otra vez a Vicente al asociar su visita a San Juan con la pandemia. Toda muerte por enfermedad es dolorosa para los sobrevivientes cuando se enfrentan a los momentos de agonía del enfermo; algo corroe por dentro al paciente, algo que no se ve; pero en el caso del virus que los atacaba en 1918, el cuadro era horrendo y nunca visto antes: la víctima, joven o viejo, empezaba a mostrar manchas marrones oscuras en sus mejías, luego el rostro adquiría un color azulado debido a la falta de oxígeno en la sangre y, a las pocas horas, el contagiado se empezaba a desangrar por las orejas y la nariz, para finalmente sofocarse y ahogarse en su propia sangre y mucosidad. Así había muerto su esposa Renata. Todo estaba todavía muy fresco en su memoria como para aceptar con simplicidad una cita del Tribunal de Tierras en San Juan.

Volteó su rostro soñoliento buscando la presencia de Pepita entre las cubiertas de la cama. Ni bien había terminado de confirmar su ausencia, una taza de café humeante se detuvo en frente de su rostro mañanero.

—Gracias corazón, hoy tengo que ir a San Juan —dijo sin dejar de bostezar y tensando las piernas desnudas, fuertes y velludas.

La menuda figura de Pepita continuó en silencio ceremonioso hacia la cocina. El desayuno con atole, panecillos de trigo con mantequilla (una nueva ambrosía cada mañana) y todo el café retinto que quisiera, estaba listo. La aprensión alargaba los puentes colgantes en que se habían convertido sus ojeras. Deseó no entrar en los deberes que tenía que cumplir como alcalde de El Encanto. No era para menos: ese día no trabajaría en sus campos de alfalfa y frijoles, dejaría a Pepita sola con esas tareas; y, al final, todo trámite frente al Tribunal de Tierras en San Juan de seguro se complicaría con eternos papeleos, interminables discusiones y adicionales idas y venidas a San Juan, el cual todavía evocaba ese hálito de muerte que rodeó a la ciudad en los últimos dos años.

—Pídele a tus hermanos que vengan a ayudarte mientras estoy en San Juan.

—Voy a llevarles unas ristras de chile y a ver si pueden...

—Calienta el motor del camión. Me visto y me voy.

Pepita dejó de mover los trastes en la cocina, se puso sus botas forradas de piel de antílope y, sin cambiarse la túnica marrón-claro con la que había dormido y que la hacía parecer una novicia de la edad media, hizo un moño alto con su cabellera endrina y se dirigió al patio donde se encontraba el camión de la alcaldía cubierto con una pesada lona. Pepita era la única mujer en El Encanto que sabía manejar este bólido. Esto la llenaba de orgullo, sin olvidar la manera dramática en que aprendió a conducirlo. Cada vez que se enfrentaba al ronquido metálico del vehículo, su rostro redondo se le descomponía y le obligaba fruncir el ceño como sospechando.

El camión comprado por el doctor Peters a la compañía Cass Motor Truck Company (localizada en Michigan), a gasolina, con cama de carga de madera, treinta caballos de fuerza, cuatro cilindros y una disposición de carga de una tonelada, era toda una novedad tecnológica en El Encanto, en donde los habitantes todavía se transportaban con caballos y carruajes[8]. Hasta antes de la pandemia, le iba muy bien al doctor Peters con los sanatorios para tuberculosos que regentaba. La adquisición del vehículo se justificaba, no solo por razones logísticas, pero también para poder mejorar la imagen del buen servicio de lujo de sus sanatorios, esparcidos por San Juan, Santa Fe y El Encanto. Las medicinas recetadas en contra de la tisis eran las mismas que en cualquier parte de los Estados Unidos, pero el clima seco y el trato de reyes a los acaudalados pacientes, provenientes de la costa este principalmente, hacían la diferencia. Con la pandemia, de cargar maletas, enseres y engreimientos culinarios, el camión pasó a ser usado como ambulancia, movilidad de cadáveres o, simplemente, transporte de enfermeras. De una novedad tecnológica, se convirtió en el carruaje de la muerte. El doctor Peters, antes de volver a Montana a finales de 1919, hizo bien en desprenderse del vehículo y donarlo a la alcaldía de El Encanto, ya que le traía recuerdos traumáticos.

Venían de visitar al padre de Pepita en la reserva San Gerónimo. El pantagruélico almuerzo con tamales, ensalada de papas con mares de mayonesa, enchilada de chile rojo picante, enormes triángulos de sandía y té de *osha*, se había matizado con la cháchara acerca de los trabajos en la acequia y lo favorable o desfavorable del clima para los sembríos de frijoles, alfalfa, chile y maíz. Poco se habló de la guerra en Europa y las secuelas de la pandemia, pero sí se incluyó en la conversación, como era ya costumbre, la información pertinente a los miembros de sus respectivas familias: su situación, su paradero, sus logros e infortunios.

Esta tertulia familiar entre los nativos y colonos hispanos y, en este caso entre Dineh, gobernador de la reserva nativa San

---

[8] El primer camión que se fabricó en los Estados Unidos fue en el año 1899. Dieciocho años más tarde, la producción se vio acelerada por la I Guerra Mundial.

Gerónimo y Vicente Villanueva, alcalde de El Encanto, no siempre fue así. Como es fácil imaginar, durante los primeros años de la colonia la desconfianza había sido mutua; después de todo, la tierra de los nativos fue tomada casi por asalto. Con el tiempo, las familias de los nativos y colonos hispanos empezaron a compartir eventos sociales y religiosos; como el día de San Gerónimo, Navidad, las bodas, bautizos y funerales. Apoyarse mutuamente para enfrentar el devastador invierno del norte de New Mexico vendría mucho después, así como el trabajo en conjunto en algunas de las tareas agrícolas, incluyendo la reparación del sistema de acequias y la limpieza de los bosques para evitar los incendios forestales. Los colonos de El Encanto y los nativos de San Gerónimo se trataban como dos familias con diferente apellido, con sus grandes y pequeñas diferencias, con respeto mutuo, con retos comunes que encaraban con la panza llena, si era posible, cada vez que se presentaba la ocasión. Sin embargo, nunca se descartó, como en toda familia, el conflicto causado por miembros disfuncionales. Esa vez, el gobernador de San Gerónimo le recordó a Vicente: «Ten cuidado, algunos de los de tu raza no te quieren bien», le dijo aspirando la pipa de madera hueca.

Acabado el almuerzo, Vicente y Pepita descendieron hacia el valle de El Encanto, se podría decir que iban felices y enamorados. Vicente, al volante del camión, imitaba el acento en castellano de los hermanos de Pepita con sardónicas frases que la hacían reír, a la vez que le pedía respeto para su familia que había acogido a Vicente con los brazos abiertos. El lento desplazamiento del camión, bajando por el curvilíneo camino de las montañas hacia El Encanto, les permitía regocijarse con la visión titilante y juguetona de los álamos y los adustos piñones a los dos lados del camino. El vehículo se desplazaba como transcurriendo dentro de un gran túnel verde y alegre, donde la intensa luz solar del atardecer iluminaba los rostros de los paseantes en forma caprichosa cuando los árboles filtraban los rayos solares al ritmo de una ventisca suave de otoño.

Vicente de rato en rato le pedía a Pepita que cogiera el volante, jugando con su nerviosismo. Ella sostenía el timón con su mano izquierda, mirando el camino con sus ojazos más abiertos aún. «¡No, no, no puedo!», se reía. «¡Uy, Pepita está manejando, qué miedo!», se burlaba Vicente. «!Uyuyuy! Viene una curva...». De pronto, un bulto que tenía forma humana saltó desde un recoveco del camino. Se hizo más abultado en frente del camión y desde su centro alargó un tubo obscuro. Un sonido seco retumbó expandiéndose hasta convertirse en eco. El parabrisas del camión se hizo añicos. Vicente, que en ese preciso momento se encontraba con los brazos en la nuca jugando con Pepita, recibió un impacto de bala en el centro del pecho que le hizo perder el conocimiento, cayendo como si le cortaran los hilos a un títere. La forma humana, así como había aparecido, se esfumó entre la maleza del camino.

Pepita trataba de mantener el camión dentro del camino evitando grandes zigzagueos, mientras sostenía el cuerpo de Vicente contra el asiento. Cuando arribaron a El Encanto, el motor del vehículo parecía un volcán humeante por haber hecho toda la bajada hacia el pueblo en una sola velocidad y frenando cada diez metros. Pepita había logrado la hazaña de conducir con una sola mano y un solo pie. El médico que atendió de urgencia a Vicente no podía creer que un ser humano tuviese tanta suerte. El tremendo impacto de bala en el pecho le produjo un desvanecimiento, pero no pudo penetrar su cuerpo porque un medallón de oro y plata lo impidió. Una mente religiosa hubiera catalogado lo sucedido como un milagro de la Virgen de Guadalupe representada en el medallón. Las someras investigaciones del *sheriff* del condado dieron como sospechosos a los nativos renegados, pero eran otros los rumores que circulaban en San Juan, El Encanto y San Gerónimo.

Dos

La reunión ante el Tribunal de Tierras a la cual había sido llamado Vicente con carácter de urgencia se inició a la hora exacta. A Vicente le hubiera gustado tomarse un cafecito antes de empezar, pero los jueces ya estaban presentes minutos antes de las nueve de la mañana, luciendo una sonrisa entre cortés y distante, a pesar de que todos se conocían: el juez Rogelio Muñoz era también comerciante de ganado, siendo su principal cliente el Ejército norteamericano; el juez Patricio Miera, que había representado a los terratenientes anglos cuando era abogado privado, ahora fungía como delegado de la gobernación; Juan Rodríguez Cépeda era el topógrafo oficial del Gobierno que solía trabajar para los terratenientes y ganaderos. Si algo hubiese que reconocerles a estos jueces del Tribunal de Tierras, eran las formas protocolares muy finas y adustas al funcionar como administradores de justicia, todos serios y de buenas maneras. Estando a punto de comenzar la audiencia, se apersonó Erl Hunter, abogado de la alcaldía de El Encanto, quien se sentó junto a Vicente. Éste, impulsado por su intuición, buscó olerlo. Hunter no estaba borracho, pero mantenía un tufillo agrio que decía mucho de sus desandares la noche anterior.

El tema agendado para esa mañana de verano era la medición que Vicente realizó para determinar los límites precisos entre la reserva San Gerónimo y la propiedad adquirida por Juan Aguilar, comerciante de tierras. Desde hacía un buen tiempo atrás, éste y otros hispanos de San Juan estuvieron tratando de apoderarse de las tierras no cultivadas de la reserva San Gerónimo, utilizando la ordenanza federal de incentivo a la productividad agrícola dado el conflicto bélico en Europa y los efectos colaterales de la pandemia. Era cierto que la reserva tenía tierras no cultivadas ya que su población se había reducido con el tiempo, debido a la gripe española, al reclutamiento de sus miembros varones para la guerra en Europa, a la migración a California que ofrecía buenos salarios para trabajar en la construcción del ferrocarril y los viñedos, y por la adhesión a otras tribus por la vía del matrimonio. Ahora solo quedaban cien familias de las trescientas que antes fueron, viviendo y trabajando en una hermosa y rica tierra circundada por el río Vermejo, con grandes rebaños de antílopes y siervos, pastos naturales y bosques secos que les proporcionaban leña y madera a los lugareños. Para ellos, aquel territorio concedido por la Corona Española (a pesar de que era su tierra desde mucho antes), significaba su supervivencia y el arraigo a la madre tierra que cobijaba a sus dioses y antepasados, la hermana fuente de vida; para los nuevos codiciosos colonos, un bien vendible, una mercancía más.

La estrategia de Juan Aguilar para obtener aquellas tierras era muy simple: usar la legalidad que él podía moldear a la medida de sus intereses dadas sus conexiones con las autoridades anglosajonas, organizar voluntades, especialmente la de algunos excombatientes de la guerra en Europa que buscaban trabajo y que podían fungir de reclamantes sin tierra, convencer a algunos nativos que podían vender parte de sus tierras comunales y, sobre todo, esperar el momento oportuno para dar el zarpazo final, adquiriendo por casi por nada esa tierra prístina y productiva para ponerla en el mercado. Comenzó a implementar su estrategia unos diez años atrás, haciéndose vecino de El Encanto. Compró una pequeña propiedad perteneciente a Ricardo Rincón, antiguo poblador de la zona que, por la edad y los achaques, decidió mudarse cerca del hospital en San Juan. Como nuevo propietario, Aguilar se las arregló para aparecer como un residente de importancia en El Encanto; a pesar de que vivía en San Juan, sus dispendiosas donaciones a la parroquia de El Encanto le aseguraban el apoyo moral del párroco y de algunos devotos; apadrinaba bautizos, financiaba la fiesta patronal, las mejoras en el edificio de la iglesia, y hasta las nuevas bancas y el desayuno navideño.

Aguilar no estaba presente en la audiencia, pero sí su abogado Henry Crosby, también conocido por los miembros del tribunal, ya que estuvo encargado de la Oficina de Asuntos Indígenas cuando trabajó para el Ejército. Como tal, hablaba inglés, castellano y tewa, y era una fuente de información de primera mano en cuanto a la compra y venta de tierras y sus intríngulis legales. Ahora, como abogado de Aguilar, se movía con facilidad entre las tres culturas que vivían en una especie de armonía conflictiva desde la conquista española, el breve dominio mexicano y la posterior adquisición anglosajona. Su manejo de las lenguas y sus contactos personales le permitían ser muy funcional a su cliente, siendo su mayor habilidad poder sumergirse tanto en los archivos españoles, las regulaciones mexicanas, las nuevas leyes federales y hasta en los códigos no escritos de la población nativa. Vistiendo saco y corbata marrones, que apretaban toda su gordura, Crosby no cesaba de jalarse el cuello de la almidonada camisa con el dedo índice; la prenda parecía ahorcarlo con más decisión con cada movimiento que hacía y el dedito luchaba para liberarlo de una pronta e inesperada sofocación.

El representante de la gobernación, Patricio Miera, pidió silencio a la escasa concurrencia de abogados y algunos hispanos de rostros poco amigables y expectantes. Dio inicio a la sesión tomándole el juramento de ley a Vicente:

—Señor Vicente Villanueva: ¿Jura decir la verdad, toda la verdad y nada más que la verdad?

—Sí, juro —dijo Vicente con la mano derecha en alto y sin dejar de bostezar.

—Señor alcalde, ¿quién autorizó la medición hecha entre la propiedad del ciudadano Juan Aguilar y la reserva San Gerónimo, el día 14 de mayo del presente año (1920), a las dos de la tarde y en presencia de los interesados, según consta en las actas respectivas?

—Como alcalde de El Encanto, una de mis funciones y atribuciones es realizar mediciones oficiales cada vez que un ciudadano o varios ciudadanos lo requieran. En este caso específico, fue el señor gobernador de San Gerónimo quien pidió la medición.

—¿Por qué la pidió?

—El gobernador Dineh se quejaba de Aguilar por haber extendido su propiedad dentro de las tierras de la reserva.

—¿Qué tipo de medida usó?

—La tradicional, la de siempre, la vara —respondió Vicente sintiéndose ya un tanto impaciente por la pregunta tan sosa, según él.

—La parte interesada alega en su demanda que usted no usó una medida técnica y moderna.

El abogado Hunter se levantó de su asiento y pidió la palabra salivando con exageración:

—Si me permite señor juez… El alcalde usó la vara aprobada en 1801 para realizar mediciones. El gobierno federal la ha aceptado como la "vara texana" que equivale a 33 1/3 pulgadas. Mi cliente usó además el cordel, y no la vara de madera, porque es más eficiente para realizar mediciones en terrenos accidentados.

—Tuve que mojar el cordel para estirarlo y tensarlo. La gente de Aguilar hizo lo mismo hasta romperlo. Lo reparé en frente de todos y conté en voz alta para que todos estuvieran satisfechos con la medición —añadió Vicente sin que le dieran la palabra.

—Señor juez —intervino Crosby balanceando su gordura desde su asiento— otro problema grave en la medición realizada se refiere al punto desde donde se empieza la medición. Ésta debió hacerse, según la tradición, desde el cementerio aledaño a la iglesia de San Gerónimo.

—Mire señor juez, ésta no es la única medición que he hecho como alcalde. Siempre se aceptaron mis mediciones con la vara. Las mediciones son públicas y las venimos haciendo así desde la época de mis abuelos, sino antes. Con el tiempo hemos aprendido a resolver nuestras disputas entre nosotros sin necesidad de recurrir al tribunal en San Juan donde las cosas se complican —dijo Vicente visiblemente molesto. Hunter trataba de calmarlo palmoteándole el brazo izquierdo.

—¿Por qué cambió el punto de partida de la medición?

—Como usted comprenderá, señor juez, la tradición no es ley, es costumbre; y las costumbres cambian por fines prácticos. El cementerio de San Gerónimo se ha movido de lugar con el tiempo. Lo importante en estas mediciones es que se preserve la legua de separación entre propiedades, tal como lo estableció la Corona Española hace muchísimo tiempo —acotó el abogado Hunter.

—Existe otro problema… El alcalde está emparentado con el gobernador de San Gerónimo. Sospechamos de un sesgo en las mediciones debido a sus lazos familiares —dijo Crosby sacando de la manga su más poderosa arma argumentativa.

—¿A qué se refiere, abogado Crosby?

—El alcalde convive con la hija del gobernador de San Gerónimo, no están casados y... —dijo apuntando con su dedo índice en la dirección de Vicente.

Vicente saltó del asiento como impulsado por un resorte malévolo.

—¡Tú no me conoces gordo de mierda! ¡Tú no conoces a mi Pepita! ¡Si la mencionas otra vez, te rompo tu alma obesa y desgraciada!

—¡Orden en la sala! —pidió el representante de la gobernación.

Los jueces hablaron entre ellos y llegaron a la conclusión de que lo mejor sería suspender la audiencia para tiempos menos duros.

—No son las mediciones, es el alcalde el problema —alcanzó a decir el abogado Crosby antes de abandonar la sala. Le siguieron un grupo de hispanos con apariencia decente y otros varones que parecían refugiados del Infierno. Todos se dirigieron al bar La Colmena.

Crosby cogió el brazo derecho de Vicente y casi empujándolo lo sacó de la sala de audiencias antes de que las palabras y los gestos llevaran a poner la situación color hormiga. En las escalinatas del edificio lo estaba esperando el capitán Juan Serna, *sheriff* de San Juan.

—¡Hola Vicente! ¿Todo bien?

—Sí, claro, todo bien sino fuera por estos roba-tierras del carajo.

—Te invito a almorzar, vamos al restaurante de la plaza.

—No gracias, tengo que volver a El Encanto. Pepita está sola, hay mucho trabajo.

—Bueno, te pierdes el mejor guiso de puerco con chile verde de todo New Mexico. Quería también alertarte de los rumores que circulan aquí en San Juan. Hay gente importante que no te quiere. Te ofrezco un escolta por esta vez.

—¿Desde cuándo un alcalde necesita escolta? Ya intentaron matarme una vez.

—No abuses de tu suerte o de los milagros.

—Si quieren fuego, fuego tendrán —contestó Vicente levantando un puño apretado.

—Después no digas que no me preocupo por ti.

—Visítanos pronto —dijo Vicente abrazando con efusión a su amigo de la infancia.

El capitán Serna lo vio dirigirse a la cafetería de don Gaspar con pasos largos y apurados, pensando que quizá si le hubiera insistido más acerca de la escolta, Vicente hubiera aceptado su oferta y ahora él se sentiría más tranquilo.

Ya en el camión, Vicente bebía su café en un pocillo que siempre llevaba consigo, casi quemándose los labios, ante la necesidad de sentir en su organismo algo familiar y reconfortante después de haber lidiado con la plebe de Aguilar (así los llamaba) que tuvo el atrevimiento de cuestionar su autoridad, su honradez y la reputación de Pepita. *Que se metan conmigo... pero ¿con Pepita? ¡Nooo, eso no lo voy a permitir, roba-tierras de mierda!*

Su desasosiego no hizo sino traerle con vehemencia la presencia de Pepita a su mente agitada. La mujer que le salvó la vida, la que lo enamoró con su silencio y paciencia después de quedar viudo. Ella lo acompañó a guardar luto por dos años sin decir mucho o pedir nada. Pero, al fin y al cabo, su presencia se hizo necesaria. Se acordaba claramente. Era abril de primavera temprana, cuando la naturaleza se expande en nuevas sensaciones de colores, que las compuertas del deseo se le abrieron de sopetón y su corazón comenzó a latir en exclusiva para ella. Ese día la vio desnuda, bañándose en una lagunita artificial en el río Vermejo, los círculos de agua alrededor de su cuerpo parecían haberla aprisionado para él gozarla en todo su esplendor de mujer natural. Esa mujer que le había devuelto la vida dos veces (por lo de la emboscada y por lo del amor recuperado) merecía respeto y no estar en la lengua espuria de los roba-tierras.

Con estos pensamientos, entre amorosos y rabiosos, dirigió su mano derecha debajo del asiento y extrajo su revólver Peacemaker, depositándolo en el asiento del copiloto. «Hijos de puta», murmuró. Vicente nunca había odiado a nadie, hasta ese preciso momento. Enrumbó hacia el camino que unía a San Juan y El Encanto... *Y en unos cincuenta minutos estaré otra vez explorando el placer de Pepita*, pensó.

Faltando unos quince minutos para arribar a su alquería, en la parte del camino que se angosta como una serpiente arrinconada, Vicente pateó el freno y el camión se paró en seco inclinando su nariz hacia la derecha del camino.

—¡Ahora te mueres, alcaldecito de mierda! —exclamó una voz delirante.

Vicente apenas tuvo tiempo de agacharse cuando una descarga de bolitas de acero reventó el parabrisas, avanzando con furia hasta incrustarse en el espaldar del asiento. Le siguieron unos disparos espaciados. Se quedó quieto, jadeando y empuñando su revólver contra su pecho como queriendo detener las palpitaciones aceleradas de su corazón; una marea de sudor frío se desprendió de su frente siguiendo las ranuras de su rostro. Miedo, angustia, desesperación lo hicieron sentir como un animal acorralado. Una segunda descarga hizo añicos el resto del parabrisas lloviendo los retazos de vidrio sobre su cuerpo. Vicente deslizó su brazo derecho entre los escombros y disparó dos tiros sin saber dónde irían a parar. Fue una reacción instintiva que indicaba que no iba a ser fácil matarlo: él les respondía con fuego, a pesar de que podía oler en su propia transpiración lo acre de su miedo.

Dos sujetos con pañoletas cubriéndoles los rostros se agacharon para protegerse de los errantes disparos a la vez que se separaban el uno del otro. La emboscada se estaba dando muy cerca de su alquería, evaluó Vicente, quizá los hermanos de Pepita podrían venir en su ayuda al escuchar los tiros... *aunque es posible que no sea así*, se dijo, y en ese instante toda esperanza de auxilio se le desvaneció con la misma rapidez que apareció en su mente. Estaba solo, enfrentando dos pistoleros, uno disparando una escopeta de retrocarga, el otro, lo más probable, usando un rifle Winchester. Vicente, parapetado al interior del camión, resistía con su Peacemaker con un cargador de seis balas ("El juez Colt y sus seis jurados", como se le conocía desde su invención en 1873) y un par de cajas de municiones que se encontraban en la cajuela delantera. Tenía mejor posición de tiro por estar situado en la parte alta del camino, pero no podía levantar la cabeza para apuntar mejor. El problema era obvio: dos contra uno. Los pistoleros, con una rodilla en el suelo, seguían destrozando la armadura de madera del camión, teniendo el tiempo en su contra, cuanto más durase la balacera, menos tiempo de escapar sin ser vistos por algún lugareño. Disparaban tomando turnos, daban algunos pasos hacia adelante, volvían a disparar con la rodilla doblada, se erguían, avanzaban hacia el camión; el objetivo era atacar a Vicente por los costados opuestos del vehículo. Ellos sabían que Vicente no levantaría cabeza para apuntar. Dentro del camión Vicente jadeaba, apretaba los ojos, se hacía lo más pequeño que podía y disparaba a ciegas, dos disparos a la vez, uno hacia la derecha, otro hacia la izquierda, guiado por las voces injuriosas. Vicente sintió el hombro izquierdo adormecido y por ratos un dolor palpitante que le llegaba hasta la muñeca. *Carajo, me dieron...*

Desde la posición en que estaba podía escuchar los improperios cada vez más cerca: «¡Te jodiste por dártela de justiciero!». «¡Muere, traidor a tu raza...!». Su brazo adormecido trataba de llegar hasta el freno de mano. Por fin lo cogió con mucho dolor, a la vez que les mandaba otros dos disparos que pasaron cerca de las orejas de sus atacantes. Estos se agacharon y Vicente soltó el freno del camión, el cual se deslizó hacia los pistoleros, quienes saltaron a los costados. El vehículo pasó delante de ellos. Después de soltar el freno de mano, Vicente se tiró del camión y rodó hacia a un costado del camino. Ahora los pistoleros seguían disparando al camión que rodaba cuesta abajo. Vicente buscó su Peacemaker y se angustió casi hasta las lágrimas cuando se percató de que no la tenía. Ahora sí, sin el camión como parapeto y sin su arma, concluyó que todo iba a acabar ahí.

Nunca quiso ser un héroe, un justiciero o un valiente. La vida lo empujó hasta este preciso momento y no entendía el porqué. Nunca pensó que el tratar de ser un alcalde justo y honesto venía con certificado de defunción y título de héroe. Los pálpitos acelerados de su corazón destilaban rabia y amargura. Él había sido un alcalde tal y como lo fueron su abuelo y su padre, no sabía ser diferente; no merecía morir como un perro, tirado en medio del camino, solo, perforándole los oídos el eco de los escarnios de unos miserables mercenarios. Echado boca abajo, con los puños apretando la tierra, bufando como un toro herido, le provocaba escarbar la tierra con sus propias uñas y desaparecer; barruntaba que la soledad en la que iba a morir no se la merecía, sin nadie que lo acompañe al final y tan cerca de su lar. Comenzó a imaginar su asesinato: cuando se dieran cuenta de que no estaba en el camión, regresarían a buscarlo, él trataría de escapar, le dispararían en la espalda. ¿Cuál sería su último pensamiento?

Se escuchaban los gritos de júbilo bizarro de los atacantes cuando el camión se detuvo. Habían dejado de disparar y estarían verificando el daño hecho; ya quedaba muy poco tiempo para pensamientos ordenados. Vicente escondió su cara en la tierra y su rabia se convirtió en pesadas lágrimas de derrota. Ira e impotencia desde su lado, exultación nefasta invocando a la muerte desde el otro lado. No le preocupaba la muerte, sino el fracaso. Quizá la muerte era lo de menos, no sentiría nada después del último suspiro, pero morir huérfano de compañía por tratar de ser justo, eso sí le jodía. Su derrota era la victoria del mal, su singladura por esta vida había sido un desperdicio a pesar de todos sus esfuerzos para defender a su gente contra la pandemia y contra los roba-tierras… Sí, él no sentiría nada, pero Pepita sufriría y lo lloraría… ¿Por cuánto tiempo? ¿Cómo lo recordaría? ¿Con la última frase antes de despedirse? ¿La última caricia? ¿Como el héroe que nunca quiso ser? Siguió un silencio expectante.

Tres

No sentía el brazo izquierdo y el cuerpo le dolía como si lo hubiera pisado uno de esos nuevos tractores que vendía la compañía Ford. Había perdido tres cuartas partes de su sangre y una modorra lo invitaba al sueño a pesar de sus esfuerzos por mantenerse despierto. El capitán Serna lo miraba preocupado. Pepita le sostenía la mano derecha apretándola con tierna suavidad.

—Me emboscaron los roba-tierras, me emboscaron… —balbuceó como si alguien necesitara una explicación sobre su calamitoso estado físico.

—No sé a qué te refieres —dijo el capitán Serna.

—Tuviste un accidente con el camión —añadió Pepita mirándolo a los ojos que Vicente se esforzaba por abrir.

—Un terrible accidente, casi pierdes un brazo —el capitán Serna insistió con un movimiento de cabeza aseverativo.

Lo último que Vicente recordaba eran sus preguntas antes de lo que pensó sería su final: morir acribillado. El resto era confuso, todavía demasiado nebuloso.

—Te encontramos tirado y desangrándote a un costado del camino… Muy cerca del rancho hallamos dos hombres encapuchados, uno con el cerebro abierto y el otro con la garganta destrozada. Alguien aplicó la justicia de la piedra y el cuchillo, tal como se arreglaban las cosas desde el tiempo de nuestros ancestros, cuando lo malo es malo. A veces, dadas las circunstancias, es mejor arreglar las cosas entre nosotros —acotó Pepita con la dulzura de siempre.

Trotsky en Taos
(Taos 1917)

*"The essential American soul is hard, isolated,
stoic, and a killer. It has never yet melted."*
-D.H. Lawrence

Uno

Para Lev Dadovich Bronstein (más conocido como León
Trotsky) New York en enero de 1917 era una mini Europa —pero
sin las secuelas desastrosas de la Primera Guerra Mundial en
curso— y lo recibía con los brazos abiertos. Con dos millones de
habitantes (de los cuales un cuarenta por ciento estaba conformado
por migrantes europeos, entre rusos, italianos, polacos, alemanes e
irlandeses) la bulliciosamente capitalista ciudad de New York
pasaba por un período de bonanza económica y cultural. El
modernismo cultural se expandía y la economía reflejaba un
crecimiento extraordinario gracias a la venta de pertrechos de
guerra a las partes beligerantes.

New York, *The Melting Pot*, lo recibía con un aura de libertad
quedando a sus espaldas el constante fisgoneo y censura a sus
actividades periodísticas y políticas en Europa. Aquí era
bienvenido como un ángel de la paz y por lo menos cuatro
periódicos cubrieron la noticia de su arribo. El *New York Tribune*,
publicó en primera página: *"Con bayonetas, cuatro países
expulsaron al pacifista León Trotsky"*. El *New York Times*
mencionaba su dura pelea por "predicar la paz en Europa". El *New*

Yorker Volkszeitung urgía a sus catorce mil lectores ir a recibir *"a nuestro siempre perseguido camarada"*. El *New York Call* anunciaba la llegada de León Trotsky *"(quien) había sido perseguido por las autoridades del orden capitalista europeo con especial severidad y venganza"*. Por último, el periódico izquierdista *Novy Mir* (Nuevo Mundo) resaltaba que con la llegada de Trotsky, *"América ganaba un decidido luchador por la revolución internacional"*. Se podría decir que Trotsky fue recibido como una celebridad en New York dentro de un contexto bastante particular en el que los planteamientos socialistas convivían con un capitalismo en alocada expansión. Todos los males del capitalismo estaban presentes, pero aquí se respiraba libertad y la palabra socialismo todavía no se había convertido en demoníaca, como pasaría más tarde al ingresar Estados Unidos a la Primera Guerra Mundial. Más aún, socialistas, anarquistas y contestatarios tenían una presencia política y cultural importante en la ciudad de New York y hasta un socialista fue elegido miembro del Congreso de la República. Cualquier noche, después de las extensas jornadas de trabajo, no era raro para la población neoyorquina ir al *Cooper Union* en Manhattan o al *Beethoven Hall* en la calle Diez Este, para escuchar los discursos de la anarquista Emma Goldman, del socialista Eugene Debs, de Margaret Sanger, la activista por los derechos reproductivos, y hasta al mismo Trotsky en febrero de 1917.

కళ

A dos semanas de su arribo, y todavía sintiendo unos mareos intermitentes producto de su larga travesía marítima desde Barcelona a New York, Trotsky se hallaba sentado mirando por la ventana del tren que lo llevaba de New York a Chicago. Le había costado admitir que la decisión de visitar secretamente Taos, en New Mexico, le parecía temeraria y extraña. No era su costumbre realizar viajes inesperados y poco planificados, a pesar de que muchos de éstos le fueron impuestos a él y a su familia por los gobiernos de Rusia, Austria, Alemania, Francia y, últimamente, España. Prueba de ello es que cuando se enteró que iba a ser deportado a los Estados Unidos, en vez de a Cuba, se puso a estudiar inglés. Siempre tenía que minimizar las consecuencias negativas de su azarosa vida revolucionaria, adelantándose a las situaciones, la predictibilidad era un instinto de supervivencia aprendido desde que estuvo preso en Siberia siendo muy joven. Sin embargo, este viaje a Taos le resultaba inesperado, sin una meta clara, únicamente aceptado por la necesidad intuitiva de conocer el llamado "Atlantis Rojo" en la misma panza del capitalismo norteamericano.

Se enteró de este lugar lejano y casi mítico llamado Taos durante una de las tertulias que disfrutaba habitualmente en el Café Monopole, ubicado en la Segunda Avenida y la calle Diez Este. Aquí asistían con regularidad intelectuales, artistas y políticos radicales, especialmente de la comunidad judía. Trotsky se sentía muy cómodo saboreando un delicioso May Wine (vino blanco alemán del Rin y jugo de frutas) mientras jugaba ajedrez y departía con ellos. En una de esas frías noches neoyorquinas donde hay que patear la nieve para poder desplazarse, se le acercó a su mesa el joven pintor Joseph Uffer, quien estudió en la Académie Julian de París y, sin ser socialista, quedó impresionado con las ideas de Trotsky sobre el arte, durante su estadía en esa ciudad. Recordaba perfectamente sus palabras y las aceptaba con fruición: «Las galerías de pinturas, esos campos de concentración de colores y belleza, sirven como un apéndice monstruoso de nuestra realidad cotidiana incolora».

Venía acompañado por el periodista John Reed (que escribiría una crónica de la revolución bolchevique titulada *Diez días que conmovieron al mundo*) y la rica heredera Mabel Dodge, amiga íntima del periodista. Fue Reed quien hizo las presentaciones del caso. Joseph Uffer, bastante más joven que sus amigos, se sentía un tanto nervioso porque no sabía cuál podría ser la reacción del revolucionario ruso cuando le mostrase sus pinturas. Joseph no quería su aprobación artística, sino que deseaba hablarle del contenido de su pintura: los nativos Taos en New Mexico.

El pequeño grupo invirtió varios minutos hablando de arte en general, las nuevas tendencias artísticas en París rebotando en New York y los planes de Trotsky para escribir un libro que llamaría años más tarde *Arte y Revolución*. La voz nasal de Trotsky no se dejaba escuchar claramente por lo atiborrado del recinto, pero éste no cesaba en su intento de agradar a sus acompañantes con frases que incluían a los artistas como "los compañeros de viaje" en el camino hacia la revolución socialista. Pasó un buen rato de dicharachera conversación hasta que por fin Trotsky le prestó atención a la pintura de Joseph Uffer. Acomodándose el marco de sus pesados anteojos redondos pudo observar la composición que presentaba a un indígena en cuclillas, envuelto en una manta de tibios colores, y que con mirada benigna preparaba el fuego en una *kiva*[9].

—Obviamente, la pintura denota un buen manejo de la técnica, pero lo novedoso es su contenido… La sensibilidad del artista tiene la libertad de alertarnos sobre una realidad que pocos conocen o no es la ordinaria, en este caso, el mundo de los nativos americanos —dijo Trotsky.

—De eso queríamos hablarle, camarada Trotsky, de una realidad poco conocida y que a nuestro parecer contradice todo lo que el industrialismo ha creado. Queremos mostrarle esta nueva realidad —dijo Mabel Dodge clavando en Trotsky una mirada firme que anclaba la conversación justo donde ella quería.

Se reunieron dos o tres veces más en el mismo café, casi a la misma hora, y Trotsky pudo apreciar más pinturas de otros artistas que habían pasado una temporada en Taos. Comenzó a prestar atención a la pasión con la que los pintores hablaban de este lugar y si bien trató de entenderlos, su mente ideologizada lo llevó a pensar que le estaban hablando de un "comunismo primitivo", tal como lo hubiera caracterizado Carlos Marx. Cuando pedía explicaciones más concretas de las costumbres, códigos de vida y relaciones de clases de los nativos de Taos, solo recibía generalidades entusiastas que siempre terminaban con un: «Tiene usted que verlos, sentirlos, dejarse acoger por su naturaleza». Obviamente, las respuestas a sus interrogantes eran resueltas por artistas, por pintores, y no se les podía pedir más, según Trotsky.

Se dejó seducir por la idea de visitar el lugar cuando en una de sus conversaciones Joseph se ofreció como guía y Mabel Dodge se comprometió a pagar todos los gastos del viaje, ofreciéndole

---

[9] Estructura circular de piedra usada para ceremonias religiosas por los nativos Pueblo en New Mexico. Con el tiempo devino en el nombre de las pequeñas chimeneas cóncavas usadas en el hogar de los nativos y los nuevomexicanos.

también sus contactos en Santa Fe y Taos para resolver las necesidades de alojamiento, comidas y relaciones con las autoridades indígenas y los pintores radicados allí.

—Queremos crear una colonia de artistas con una visión del mundo distinta de la que tenemos ahora, tan llena de consumismo y explotación, con otra ética, con otro arte. No solo pintores y escultores, pero también escritores del talento de D.H. Lawrence se suscriben a esta visión; y, si me permite citarlo, él resume categóricamente nuestro afán diciendo: «Queremos juntar unas veinte almas y salir de este mundo de guerra y miseria y fundar una pequeña colonia donde no sea el dinero el que resuelva nuestras necesidades sino una especie de comunismo basado en una decencia real, un lugar donde se pueda vivir de una manera simple». Eso dijo el escritor y nosotros nos adherimos a esta cruzada.

Trotsky esbozó una amanerada sonrisa entendiendo esta afirmación a su manera: Los artistas anticapitalistas quieren formar una cédula revolucionaria con los nativos de Taos.

Recién llegado a New York, todavía esperando que se hiciera realidad su contratación como columnista de algunos periódicos radicales como el *Novy Mir* (*Nuevo Mundo*) y *Forward* (*Adelante*) y con Natalya buscando un lugar más modesto para vivir que el Hotel Astor House en Times Square, donde los habían alojado los prominentes líderes de la intelectualidad judía, evaluó que estaba en una transición que le abría la oportunidad para conocer algo novedoso y potencialmente revolucionario, sin alterar sus planes propagandísticos en el corto plazo.

—Estos días de transición hacia tareas prosocialistas más concretas, me dan tiempo para visitar Taos. ¡Vamos a Taos! —les dijo mientras estampaba unos entusiastas besos rusos en las mejillas rozagantes de Mabel Dodge.

Dos

El panorama de New York a Chicago, visto a través de la ventana del tren, todavía no le mostraba lo que se le había prometido. Era más de lo mismo, recorriendo largas distancias que en Europa le hubieran permitido cruzar varios países y que revelaban el desborde de un capitalismo abrumador: las chimeneas de las fábricas no dejaban de escupir al cielo su humo negro del progreso, el vapor de las máquinas industriales se pegaba a la piel de las masas grises y desesperanzadas. Las estructuras de hierro y cemento se multiplicaban semejando esqueletos monstruosos dispuestos a engullir el aire y el espacio de las atiborradas hordas de trabajadores quejumbrosos desfilando hacia las factorías y minas las veinticuatro horas del día. ¿Dónde estaba ese lugar tan maravilloso llamado Taos?

El paisaje, que desfilaba delante de la mirada atenta de Trotsky desde la ventana del tren, con la rapidez de una revista turística, cambió sustancialmente una vez que pasaron la estación del tren en Topeka, Kansas; las ciudades y los edificios se empequeñecían, las distancias entre ellas se hacían monótonas y a Trotsky le parecía que conforme avanzaba a su destino final, entraba a un túnel del tiempo por la parte trasera, viajando al pasado. Miró a Joseph Uffer dormido incómodamente en su asiento del tren y se dispuso a escribir sus primeras impresiones de este viaje en su libreta de notas. Buscando una página en blanco, encontró una frase de Natalya, la madre de sus dos hijos y compañera de otros exilios que decía: *"Este ha sido el único viaje de lujo en toda nuestra vida"*, refiriéndose a su travesía desde Barcelona hasta New York. Sonrió cariñosamente, recordando todas las dificultades de estar constantemente en movimiento, cambiando de país, de casa y hasta de idioma, con dos hijos y una conviviente, y añadió su propio comentario después del de Natalya: *"Así son los españoles... tanta era la urgencia para deshacerse de mí, que hasta nos pagaron el pasaje de primera clase en el barco Monserrat"*. Luego de leer esta nota, escribió: *"¿Será Taos una nueva realidad, como la pintan los artistas, o un producto de su narrativa de desarraigo? Veremos..."*.

Llegaron por fin a la estación de Lamy en New Mexico, cansados, entumecidos y respirando un aire frío y seco. Joseph le comunicó que permanecerían allí por dos horas, una escala técnica, le habían dicho. Eran más o menos las cinco y treinta de la tarde, la inmensa bola rojiza en el horizonte empezaba a esconderse detrás de las montañas y las ventiscas frías les golpeaban los rostros. Trotsky se arropó con una manta Hopi que le ofreció Joseph. Juntos caminaron al restaurante de la estación donde, entre otros pasajeros, encontraron a algunos lugareños degustando cabizbajos tamales y frijoles. Las caras rudas y marrones, y uno que otro vaquero de tez pálida irritada por el sol, no se inmutaron por su presencia. El menú era ciertamente limitado y optaron por un plato de frijoles con arroz y huevos fritos que les pareció el mejor manjar del mundo. Mientras comían casi en la penumbra por la poca luz que emanaba de las lámparas a kerosene, Joseph le comentó que estaban a dos horas de Santa Fe, si seguían embarcados en el tren, más las dos horas de escala técnica, llegarían a esa ciudad en cuatro horas. Si hacían el recorrido alquilando un automóvil, llegarían en hora y media, con suficiente tiempo para alojarse cómodamente en la casa de sus amigos artistas que los estaban esperando. Tiempo era lo que más contaba en las preocupaciones de Trotsky al emprender este viaje repentino, así que aceptó la idea y acabada la cena salieron rumbo a Santa Fe en un maltratado Dodge, al cual le fallaban los amortiguadores. En el automóvil manejado por un flacuchento joven de apariencia anglosajona que conducía como si fuera el piloto de uno de los recién inventados tanques de guerra, se dirigieron hacia las montañas que tenían que cruzar para luego bajar al valle de Santa Fe.

Sin detenerse en Madrid, un pueblito minero a la entrada de Santa Fe, pero todavía entre las montañas, al cual Trotsky pretendía conocer por sus características proletarias y potencialmente revolucionarias, llegaron a "La Ciudad Diferente". Con el cuerpo molido, y sin haber gozado de la tranquilidad de una noche invernal embardunada por la luz amarillenta de la luna llena, se dirigieron hasta el centro de la ciudad, donde encontraron una plaza de estilo español ya sin gente, dada la hora y el frío. Casi por intuición encontraron la calle Canyon Road, área de asentamiento de muchos artistas, muy cerca de la plaza, en donde se hallaba la casa de los Curtis y en donde pasarían la noche.

Trotsky sabía perfectamente que no estaba tratando con los usuales conspiradores, sino con artistas, así que después de las presentaciones protocolares evitó hablar de política y buscó calentarse junto a la pequeña chimenea ubicada en una esquina de lo que sería la sala de una casa de diseño desordenado. Lo modesto de la vivienda de adobe con muy pocos muebles, pero llena de artefactos indígenas, mantas, cerámicas, lienzos y pinturas de todos los colores, le pareció acogedor. Le explicaron que los nativos usaban estas pequeñas chimeneas en cada una de sus habitaciones y que resultaban muy eficientes para calentar los ambientes dada su forma cóncava, una especie de huevo duro cortado por la mitad, cuyas paredes irradiaban el calor de una manera suave y constante. El aroma a madera quemada era algo pegajoso y lo invitaba a relajarse entre desconocidos. Le dijeron que ese olor provenía de la leña del árbol de piñón que se consumía en la *kiva*. Le ofrecieron un té de *osha* que fue el preámbulo para retirarse a dormir. Para sus anfitriones, Trotsky era un amigo de un amigo y eso bastaba para ofrecer su casa a un itinerante más, a un europeo recién llegado que venía a deleitarse con la luminosidad del paisaje y lo exótico de las culturas nativas y españolas en el *southwest*.

En la mañana, después de un desayuno con café, panecillos y un plato de atole (maíz hervido con leche y piloncillo) aparecieron más nítidos los rostros de sus anfitriones. Los Curtis llevaban un buen tiempo en Santa Fe, y se les veía muy adaptados al ambiente, después de haber vivido siete años en Florencia. Helen y Bob Curtis vestían botas vaqueras, pantalones de montar, gruesas camisas de franela y unos pañuelos de seda sujetados en el cuello. Obviamente, no eran vaqueros o rancheros. Helen, como musicóloga, se dedicaba a estudiar las danzas y cantos de los nativos y Bob, como pintor, andaba siempre en busca de modelos cuyo único requisito era que fueran nativos, sin importar género o edad, y cuanto más curtidos los rostros, mejor. Los Curtis se percataron de la indumentaria citadina de Trotsky, su mirada vivaz, grandes espejuelos montados sobre una nariz prolongada y su pelo revuelto de niño malcriado, etiquetándolo como un periodista o intelectual proveniente del Viejo Mundo. Antes de despedirse, Bob Curtis le aconsejó a Trotsky que tomara con calma sus desplazamientos por la ciudad: «Estamos en una zona alta y le puede faltar el aliento», le dijo.

Joseph y Trotsky se dirigieron al Callejón del Burro, cruzando la plaza, que tenía un corte europeo, pero sin la elegancia correspondiente. Rodeada de pasto seco, al centro exhibía un obelisco de cemento que le pareció horrible; él hubiera preferido una hermosa fuente con diseños rococó; a los costados ubicó dos tiendas de productos alimenticios secos, otra de antigüedades y artesanía indígenas, una farmacia, un par de pequeños cafés y, franqueando el lado izquierdo de la plaza, un largo edificio de estuco blanco, de una sola planta y con muchas largas ventanas, llamado Casa del Gobernador. Apenas los rayos solares inundaban porciones de la plaza, se asomaban algunos lugareños siguiendo el paso del sol y evitando las calles todavía opacas. Pequeños carruajes con caballos y jinetes empezaban a aparecer y Trotsky prestó atención al lento despertar de la ciudad donde anglosajones e hispanos, parecían conocerse. En una de las esquinas soleadas, notó la presencia de dos nativos parados uno frente al otro, envueltos en sus mantas y charlando casi petrificados. Era su primer contacto visual con los nativos de esa área. El Callejón del Burro era el lugar donde los hispanos traían la leña que abastecía las chimeneas de las casas de Santa Fe. Aquí deberían encontrar al señor Murphy, un comerciante escocés que tenía negocios en Taos y que los iba a transportar hasta allá en su Ford-T.

Tres

El viaje de doce horas a Taos, por un camino barroso, curvilíneo, de subidas y bajadas, no estuvo libre de eventualidades: varias veces tuvieron que detenerse, ya sea para empujar el Ford-T, haciéndolo avanzar sobre el lodo, o para enfriar el radiador durante las empinadas cuestas. Recién cuando pararon en Embudo, la estación del tren procedente de Denver y que unía esta ciudad con Santa Fe y Taos, Trotsky pudo deleitarse con el calmoso transcurrir del río Grande, el perfume de las hojas de salvia y el saludo benevolente de los cedros, ya sin hojas, inclinándose hacia la tierra. Se dio cuenta que esa combinación de desierto rocoso con valles angostos y colinas lengüeteadas de nieve le hacían recordar a su lejana Rusia, pero que además estaba entrando a otro tipo de espacio, uno en donde todo era más brillante y lento. Tuvo, sin embargo, que alejarse del bullicio de la pequeña estación, para sentir el canto silencioso del paisaje que le envolvía. Joseph se acercó para indicarle que ya estaban listos para continuar la marcha hacia Taos. Le molestó que le interrumpiera su ensimismamiento, justo cuando comenzaba a sentir esa sincronización entre él y las montañas púrpuras, el perfume seco y punzante de las hojas de salvia y el remontar de las aguas del río casi inmóviles. La naturaleza que lo rodeaba le calmaba su característico temperamento hipertenso y en estado permanente de alerta.

Una vez que el camino se alejó del curso del río Grande, se encontraron en la parte alta desde donde se podía divisar, a lo lejos, la silueta de la ciudad de Taos recostada sobre las montañas Sangre de Cristo. Destacaba la que los nativos llamaban *Mó-ha-loh or Má-ha-lu*, la montaña de Taos. Joseph, que se había mantenido callado durante la travesía, ocupándose de la logística del viaje y tratando de no molestar al famoso revolucionario, se anticipó a los pensamientos de Trotsky y le dijo: «Estas montañas te aceptan o te rechazan; según los nativos, son una mole viviente». Trotsky se limitó a mover sus labios sin pronunciar palabra alguna aceptando el comentario, pero continuó absorto observando la vastedad territorial que le provocaba respirar profundamente y absorber el aire frío y hasta cierto punto liberador.

Llegaron a Taos cerca de las diez de la noche. La villa estaba en completa oscuridad y en silencio si no fuera por el ronquido del motor del Ford-T y el rodar de las llantas aplastando la nieve. Murphy conocía muy bien dónde quedaba la casa del doctor Martin, donde Trotsky y Joseph serían alojados. Siendo Murphy escocés, siempre andaba en batallas verbales con el británico doctor Martin respecto a la soberanía de Escocia. Aún en la lejanía de Taos se sentían los pasos de la historia mordida de Europa. Sin embargo, sus peleas habían amainado últimamente, dada la situación de guerra en el continente europeo que los convertía en aliados; pero aun así, Murphy no se cansaba de refregarle en la cara que la organización militar del Reino Unido era un desastre: «En la Batalla de Somme, ustedes organizaron la carnicería y nosotros les dimos nuestros héroes. ¡Tienen rey por las huevas!».

A pesar de la hora y el frío envolvente, el doctor Martin los esperaba despierto y de buen ánimo. Les dio la bienvenida en la puerta de su gran casa de dos pisos, sosteniendo un enorme vaso de *whiskey*.

—Bienvenido a Taos, señor Trotsky. Pase a calentarse, debe estar medio muerto de frío.

—Gracias…

—¡Espero que tu trago sea un escocés, porque de otra forma estarías envenenándote! —le lanzó casi gritando desde el carro el señor Murphy.

—¡Agggh! —se limitó a expresar el doctor Martin mientras caminaba junto a Trotsky, guiándolo con una mano en su espalda y la otra señalando la dirección a seguir, tratando de no derramar su trago.

El doctor Martin ya tenía varios años viviendo en Taos y era dueño de varias propiedades en el centro de la ciudad. Aparentaba unos cincuenta años, con cachetes prominentes y mirada distraída. Su presencia nunca podía ignorarse a donde fuera y donde estuviera, dada su talla alta y contextura herculina. Su nariz atomatada y sus ojos azules vidriosos daban cuenta de un consumo cotidiano de alcohol a cualquier hora del día; su pelo rubio desordenado y su vestimenta desarreglada lo presentaban como un bohemio más, y no como el galeno prominente que algún día había sido en la ciudad de Ilford, muy cercana al centro de Londres. El por qué decidió ejercer la medicina en Taos, siempre fue un misterio. Él y su esposa eran reconocidos benefactores de los artistas que iban colonizando Taos, y hasta se jactaban de haber formado, sobre la mesa de su comedor, la Sociedad de Artistas de Taos. Tanto por su desempeño como el único médico en el pueblo, como por su vocación de chismoso, el doctor Martin conocía a todo el mundo con sus bondades y maldades. Sabía, por ejemplo, que los negocios del señor Murphy no solo eran de telas y herramientas, sino que también se dedicaba a producir *moonshine* (*whiskey* ilegalmente destilado), que algunos artistas que colonizaban Taos eran consumidores de heroína y que la mitad de la población de Taos sufría de sífilis, afectando tanto a anglos como a hispanos e indígenas.

Trotsky se deshizo de la manta Hopi que llevaba puesta sobre los hombros, aceptó el trago que le ofrecía el doctor Martin y, como si ya conociera la rutina de bienvenida, se dirigió a la *kiva* para calentarse. La casa distaba mucho de ser suntuosa, pero, comparada con la casa de los Curtis en Santa Fe, era ciertamente más espaciosa y proyectaba una atmósfera de misterio con sus dos pisos, anchas paredes de adobe, largos corredores, dos patios con fuentes de agua y ventanales vastos y enrejados. Desde donde estaba pudo observar los muebles de madera tallada que se hallaban dispersos en la amplia sala y cuyos labrados ornamentales le pareció que ya conocía.

—Tenemos un conterráneo suyo en la comunidad artística de Taos. Él fue el que talló estos muebles de madera y cuero. Qué pena que esté en Chicago atendiendo a una exhibición de sus pinturas, su nombre es Nicolai Fechin —dijo el doctor Martin al notar la mirada acuciosa de Trotsky.

—Si está aquí es porque el zar o los bolcheviques lo detestan —dijo Trotsky.

—Puede ser... miré esta pintura, es mi preferida Se la cambié por servicios médicos ilimitados. Se titula "La modelo".

Trotsky dirigió su mirada cansada al desnudo presentado en la enorme pintura. Mostraba el cuerpo de una mujer tendida boca abajo, con el pelo negro circundando la espalda, grandes y toscos pies iniciaban el camino visual hacia la redondez de sus protuberantes nalgas. Saboreó su trago y en ese preciso momento deseó estar calentándose junto al cuerpo de Natalya.

Al día siguiente irían a conocer a los miembros de la Sociedad de Artistas de Taos, a media mañana, dijo Joseph, así que habría que irse a dormir. Camino a su habitación, Trotsky se detuvo en frente de un ventanal extenso que daba hacia el jardín. Altos pastos ornamentales todavía se resistían a decaer por la fuerza del invierno y sus penachos se mecían lentamente. Le pareció ver entre ellos una figura humana abrigada por una manta blanca, casi mimetizada entre la nieve. Trotsky se quitó los anteojos, los limpió con su pañuelo, agudizó su mirada lechucera para discernir si era una sombra o una persona, y no pudo distinguir nada. Siguió a su habitación pensando que la altitud y el cansancio le estaban alterando los sentidos.

A media mañana, Joseph y Trotsky decidieron caminar hasta la casa ubicada en la calle Kit Carson donde los esperaban los miembros de la Sociedad de Artistas de Taos. Era su primer día en un Taos que lucía como tapizado de diamantes amarillos resplandecientes por los efectos del sol sobre la nieve; la respiración de los hombres exhalaba un vaho caliente y de tanto en tanto, unos largos suspiros aletargaban sus pasos recordándoles que estaban a unos seis mil pies sobre el nivel del mar, sus cuerpos ateridos se desplazaban cuidadosos sobre la nieve.

La casa del pintor Couse era oficialmente el centro de operaciones de la Sociedad de Artistas de Taos. De unos treinta años, con cara pequeña de donde sobresalían dos notorias orejas, también había estudiado en el Académie Julian en París con Joseph Uffer y era considerado como un "romántico realista", es decir, sus pinturas presentaban a los nativos de Taos en momentos de sublime paz y armonía: cuidando el fuego recién encendido, contemplando el vasto paisaje, dibujando animales, tocando el tambor.

Vistiendo saco, corbata y sombrerito vaquero, Couse recibió al "emisario de la paz" en el jardín de su casa con remilgado protocolo. En el estudio contiguo a la residencia, en una antigua capilla de adobe que perteneció a los penitentes, se exponían gran cantidad de pinturas de diversos tamaños y estilos, las cuales tenían como monotema las imágenes de los nativos de Taos y su paisaje. Si bien era una mezcla de estilos, se notaba una influencia modernista. «¡Ah! impresionismo, donde importa más cómo el artista ve el color de naturaleza, que su reproducción mecánica», fue la primera gran observación en voz alta de Trotsky.

La exposición de pinturas fue un proceso largo que Trotsky asimiló pacientemente. Tuvo que escuchar, observar y comentar la producción pictórica de cada uno de los integrantes de la Sociedad: Bert Geer, Joseph Sharp («Si yo no los pinto, nadie nunca lo hará…»), Oscar Burnighauds, Willian Donton («Aquí se respira el arte en el aire, los colores aquí no se inventan, están en el paisaje»), Ernest Blumenschein («Yo solo quiero reproducir la frescura y autenticidad de los nativos») y Joseph Uffer («Nuestra civilización no ha hecho sino tratar de eliminar el orgullo de los nativos, yo busco restaurarlo en mis pinturas…»).

Al final, algo le quedó claro a Trotsky: si estos pintores estuviesen viviendo en ciudades grandes, como New York o Chicago, no tendrían un tema tan exótico que pintar, ni podrían darse el lujo de vivir en amplios espacios; y que cualquiera que fuese su intención individual o colectiva, después de todo, lo más importante era que ponían en la escena nacional las vidas y costumbres de los indígenas de Taos. El problema que se le vino a la cabeza a Trotsky es que la mayoría de las pinturas eran adquiridas por coleccionistas y mecenas privados, según le contaron los mismos artistas. Entonces no era suficiente darle presencia a nivel nacional a los nativos, sino que había que buscar una forma que permitiera una relación más directa entre este arte y las masas de trabajadores Si no se hacía esto, se pasaba de la idea del "salvaje" a secas, a la del "buen salvaje", encerrado en las salas de los ricos y sus galerías.

Terminado el encuentro, Joseph sugirió ir a visitar al comisario de Taos. Era costumbre que los visitantes se apersonaran a presentar sus saludos al comisario. Se trataba de una visita protocolar que evitaría que él los buscara después. Durante el trayecto Trotsky le preguntaba a Joseph detalles personales sobre los artistas que acababa de conocer. Quería entender más claramente quiénes eran estos artistas, de dónde venían y si existía la posibilidad de convertirlos en buenos contactos para la causa socialista.

El comisario Juan Baca era un hispano de unos cuarenta y cinco años, con enorme barriga, rostro curtido por el sol y bigotitos bien perfilados. Debajo de su voluminoso abdomen descansaba la cartuchera con su Colt .45, la cual ostentaba con particular orgullo. Le llamó la atención a Trotsky que este guardián del orden y la ley fuese tuerto y manco. Según se enteró después, había perdido un ojo y la mano izquierda en una riña entre borrachos tejanos. Uno de ellos le metió una puñalada en la cara y otro le disparó a matar, pero le cayó el tiro en la mano. Al final de la reyerta, Juan Baca logró arrestar a cinco sujetos él solo, pero a un gran costo. Desde esa época, para evitar la presencia de malos elementos pasando por Taos, los visitantes tenían que presentarse ante él o se arriesgaban a que los buscara barajando la sospecha de que tenían malas intenciones.

Joseph presentó a Trotsky como un periodista europeo importante. Baca lo miró de pies a cabeza y se limitó a apuntar su nombre y dirección. «Bienvenido, señor...Trots...ky. ¿Así se pronuncia ¿verdad? Gracias por venir… No se vaya a meter en problemas», le dijo mientras se fajaba el cinturón que sostenía su cartuchera. Trotsky le hizo una venia con la cabeza de cabellos alborotados y se retiraron camino a la casa del doctor Martin. Al salir de la oficina, camuflado entre chamisas y piñones situados al lado izquierdo del edificio, creyó ver la misma figura estática de la otra noche. *¿Coincidencia?*, se preguntó y siguió su camino a la casa del doctor Martin, buscando en su mente una explicación racional a estas apariciones.

En la casa del doctor Martin, quien ya llevaba puestos varios tragos tempraneros, Trotsky se dio con la agradable sorpresa del arribo de Mabel Dodge. El alboroto era general, no solo porque la dama traía noticias frescas de New York, sino que también una variedad de productos alimenticios muy extrañados por los artistas: salchichas, quesos, fruta seca, naranjas y sobre todo unas excelentes botellas de vino francés, todo ello muy difícil sino imposible de conseguir en este remoto lugar donde se hallaban. Para asombro y beneplácito de todos, Mabel había contratado, y traído con ella a un cocinero griego. Ahora sí las tertulias serían verdaderos festines renacentistas, aceptaron todos los presentes.

Mabel también se quedaría en el hogar del doctor Martin hasta que pudiera alquilar o construir su propia casa, ya que pensaba por fin radicarse definitivamente en Taos. Trotsky se acercó a darle la bienvenida con sendos besos rusos. La quedó mirando con la cordialidad de un viejo amigo y le sonrió mientras sostenía sus manos en frente de él.

—Bienvenida a su paraíso, Mabel.

—Gracias camarada. Espero que haya ya tenido la oportunidad de palpar esta nueva realidad.

—En eso estamos —le dijo apretando las manos frías de Mabel. Ella le devolvió el apretón, mirándolo directamente a los ojos, buscando un cambio dentro de él desde su último encuentro en New York. La energía que ambos transmitían en este simple intercambio era obvia: una mujer fuerte, joven, desafiante, de ideas fijas y un hombre confiado en su intelectualidad, su trayectoria revolucionaria y de una caballerosidad que no guardaba reparos en mostrar admiración por los encantos femeninos de su interlocutora.

Después de la cena, a la que asistieron los miembros de la Sociedad de Artistas de Taos, todos aplaudieron a rabiar la *performance* del cocinero griego. Mabel aprovechó la oportunidad para mostrarles a los presentes el mapa del mundo que les trajo. La idea era que se colgara en la pared de la sala del doctor Martin y quien tuviera información sobre las batallas, avances y retrocesos de la Gran Guerra, se acomidiera a marcarlo en el mapa, así todos podrían estar al tanto de lo que pasaba. Los miembros de la Sociedad celebraron la idea como genial y se comprometieron a compartir regularmente la información que poseían. Por primera vez desde su llegada a Taos Trotsky encontró un espacio que le permitía hablar de política.

—¡Excelente idea camarada Mabel! —dijo alzando la voz para asegurarse de que todos los presentes lo escucharan y continuó—. La guerra en Europa tarde o temprano va a jalar de los pelos a los Estados Unidos y las cosas van a cambiar para peor para el movimiento obrero norteamericano y los intelectuales antisistema. Algunos socialistas serán absorbidos por la propaganda nacionalista y se perderá de vista que esta es una guerra entre imperios. No debiera criticar a la nación que me está brindando hospitalidad, pero, y eso es un gran pero, no me parece posible que el presidente Wilson esté trabajando muy fuerte por la paz y no la intervención en Europa.

Su pequeño e improvisado auditorio lo miró aturdido, sintiendo que les estaba malogrando la fiesta. Se oyeron unos «¡No a la guerra!» y unos tímidos aplausos. Trotsky alzó el puño izquierdo, los quedó mirando como esperando algo más de sus reacciones, y al notar la confusión de los presentes, decidió no continuar hablando y buscó salir airoso de ese momento de duda entre los artistas que se sentían aparte del "otro mundo" del que se habían escapado refugiándose en Taos.

—*Ypa !* (¡salud!) —exclamó levantando su vaso de vino tinto.

Todos bebieron y volvieron a la algarabía inicial, buscando engarzarse en las últimas noticias traídas por Mabel Dodge; algunos prefirieron volver a temas del arte y otros a preguntarle sobre sus planes de permanencia en Taos. Finalmente, Mabel buscó un aparte con Trotsky y cariñosamente le pasó la mano por su espalda, para murmurarle en el oído: «Muchos de los artistas están aquí porque es barato, porque tienen buen clima en contra de la TBC y porque quieren pintar; todavía no todos se dan cuenta que estamos en una realidad anticapitalista. Mañana iremos a encontrarnos con el jefe de la guerra de los Taos». Trotsky le apretó el brazo con suavidad, como diciendo "nos entendemos…", al momento que la señora Harriet Monroe se le acercaba presentándose como editora de la *Revista de Poesía de Taos*. Vestía pantalones kakis, suéter rojo de cuello alto y de su cuello arropado colgaba un pesado collar de plata con diseños Zuni con grandes pedazos de turquesas; de cabello corto, medio rojizo y ondulado, pequeños ojos celestes saltarines y un universo de pecas en la cara, daba la impresión de ser una mujer mitad bohemia, mitad ama de casa.

—Señor Trotsky no vaya a creer que todos aquí estamos apartados de lo que pasa en el mundo. Mis poetisas y yo hemos tejido decenas de suéteres y bufandas que hemos enviado a la Cruz Roja.

—Ah, ¡la madre universal! —señaló Trotsky refiriéndose a la organización de ayuda humanitaria; y, regándole una sonrisa condescendiente, le pidió que leyera uno de sus poemas.

Cuatro

Al día siguiente, después de un opíparo desayuno preparado por el cocinero griego, en el que se incluyó salchichas alemanas, pan recién orneado, queso feta con huevos y aceitunas, Mabel y Trotsky cabalgaron hacia Taos Pueblo. Joseph le había conseguido un par de botas de uno de sus colegas, pero todavía vestía su terno con chaleco, sin corbata. La luz solar era intensa, enceguecedora, pero aún así una ventisca helada penetraba sus cachetes cubiertos con pañoletas vaqueras. Trotar detrás de Mabel lo transportó por un momento a las cabalgatas juveniles en Ucrania, cuando perseguía a sus primas en la hacienda de su padre. Un hálito de vitalidad lo envolvía. Trotsky se sentía entusiasmado y hasta satisfecho ya que por fin develaría esa "nueva realidad" de la que Mabel Dodge y los pintores le hablaban con tanta pasión. La trayectoria, a través de un sendero de tierra bordeado de esqueléticos *cottonwoods*, campos de alfalfa y mustias matas de maíz, no fue muy larga. Casi no hablaron durante el camino, pero se podía notar la excitación anticipada de ambos.

Entraron a la reservación de Taos, en donde un conglomerado de casas de barro de hasta tres pisos se apiñaban al lado izquierdo de un inmenso descampado. La mayoría de las viviendas no tenía entrada frontal, el ingreso se hacía por los techos, mediante escaleras hechas de ramas de los árboles; pequeños huecos cuadrados fungían de ventanas sin marcos. Docenas de chimeneas humeaban tranquilamente esparciendo ese ya familiar olor a piñón quemado. En el lado opuesto a estas construcciones, se hallaba la iglesia dedicada a San Gerónimo. La campana del templo flotaba mecida por el viento y de vez en cuando dejaba escapar libremente su metálico sonido. A lo lejos, entre los edificios de barro y la iglesia, emergía la montaña de Taos. Trotsky la quedó mirando con especial atención mientras se bajaba del caballo que no cesaba de dar círculos concéntricos dificultando su aterrizaje a tierra firme. *¿Me estará hablando la montaña?,* se preguntó, al observar las diferentes texturas y tonalidades que se proyectaban desde sus laderas.

Nadie salió a recibirlos. Con paso firme y una sonrisa mordisqueada Mabel lo condujo a una de las casas de barro que sí tenía puerta de entrada y que estaba abierta. Al fondo, sentado en el suelo sobre una manta con diseños geométricos y fumando una pipa artesanal, se encontraba el jefe de la guerra. Ni bien cruzaron el umbral de la puerta, Trotsky sintió el peso de una mirada sobre su nuca y volteó su rostro rápidamente. La misma figura humana envuelta de pies a cabeza en una manta blanca que había creído ver en dos ocasiones, cruzaba el descampado sin dejar de mirar a Trotsky. Otra vez le entró la duda. ¿Sería la misma sombra que lo venía persiguiendo desde su llegada?

Mabel le extendió la mano al jefe, quien la sostuvo muy suavemente, sin apretarla. Lo mismo hizo Trotsky, a quien le pareció estar sosteniendo una mano sin huesos. El jefe les indicó dónde deberían sentarse: junto a la *kiva* que expelía el olor de artemisa quemada. Su suave perfume, proveniente del humo, hinchó los pulmones de Trotsky que comenzó a toser. El jefe esperó que terminara de toser y le ofreció una vasija con agua. Lo quedó mirando sin mayor expresión e inclinó la cabeza como dándole una segunda bienvenida: aquella que venía después de haberse Trotsky purificado con el perfume y humo de la artemisa. Mabel se le acercó y depositó delante del jefe una canasta de naranjas que había sobrevivido su viaje desde New York y la glotonería de sus amigos pintores. El jefe miró las frutas y dibujó en su cara una mueca de sonrisa como agradecimiento.

Mabel procedió a presentar a Trotsky, mencionando entre otros méritos, ser un emisario de la paz y enemigo de una civilización en decadencia. El jefe se limitaba a escuchar sin denotar ninguna emoción mientras acariciaba su pipa. Trotsky, no acostumbrado a tantas pausas y silencios entre humanos, se esforzó en mantener la compostura dentro de lo que parecía más una ceremonia religiosa que un encuentro entre dos líderes. Finalmente, se atrevió a preguntar:

—Si me permite… ¿Cuál es su función como jefe de la guerra?

—Orar por la paz —dijo buscando con la mirada la montaña de Taos en el marco de la puerta.

—En la actualidad, hay una guerra mundial en curso… millones de personas están muriendo.

—Yo invocaré a los espíritus del Lago Azul para que esa guerra acabe pronto. Las guerras no son actos naturales de la humanidad; vivir en paz, lo es. Vivir en comunidad, más grande o más pequeña, lo es. Cuando hay guerra se rompe el balance de las cosas y hay que restaurarlo pronto. Las guerras no son una necesidad de los hombres, es la negación de su humanidad.

—Pero ustedes han tenido guerras también… contra las tribus nómades de las llanuras, contra los españoles, contra el Gobierno de los Estados Unidos…

—Cuando los malos espíritus poseen a algunos humanos y quieren quitarnos lo nuestro, separarnos de nuestra tierra, están mermando nuestra humanidad. Hay un orden en el universo: la unidad entre el hombre y la naturaleza y la unidad entre los hombres. Este orden es conflictivo en el día a día, pero se mantiene. Cuando se produce un desbalance más permanente, entonces hay guerra. Hay que rezar por el balance y, si eso no sucede, hay que sacrificar un poco de nuestra humanidad para restaurar ese equilibrio que nos permite vivir humanamente.

—Entiendo… —dijo Trotsky. —El fin puede justificar los medios, siempre y cuando se pueda justificar el fin.

La conversación siguió casi telegráficamente sobre otros temas. No era la misión de Trotsky argumentar sus puntos de vista, sino entender cuál era esa nueva realidad que se le pintaba hasta ese momento bastante abstracta, bucólica y más en la cabeza de los artistas emigrados que en la de los Taos. Éstos siempre habían profesado esa unidad hombre-naturaleza, nunca hubo dicotomía; la civilización moderna había quebrado esa unidad desde sus inicios y ahora los hombres andaban sueltos, errantes, individualizados, sin comunidad, sin referente, le había dicho el jefe con la pedagogía de un profesor de primaria.

—Si tienen tierras comunitarias, asumo que el excedente es también de la comunidad de Taos.

—Cuando la madre tierra nos da excedentes, es de todos. Cuando no nos los da, eso también es de todos.

Mabel se hallaba sentada un poco más atrás de Trotsky y seguía el diálogo en silencio y con lentos movimientos de cabeza asentía cada vez que el jefe decía algo que ella ya conocía.

—Tenemos que retirarnos… ¿Alguna pregunta final camarada Trotsky? —interrumpió Mabel cuando notó el cansancio del jefe.

—¿Cómo se llama el jefe?

—Oso Gris, es mi nombre de Taos, pero puede llamarme Joe.

—Yo también tengo nombre de animal… Trotsky es el nombre de mi carcelero en Siberia. Ambos sonrieron con complicidad y se dio por terminado el encuentro.

De regreso a la villa, trotaron en paralelo conversando acerca de la entrevista recién realizada. Mabel trataba de explicarle a Trotsky esta nueva realidad, según como ella la percibía. Se le notaba más calmada, contemplativa, cabalgando y conversando con la serenidad de un paseo dominical.

—Hemos llegado al límite de lo que nuestra civilización puede ofrecer a la humanidad. Lo que nos ha dado hasta aquí es la individualización de la experiencia humana, nos ha separado hasta convertirnos en una sumatoria de soledades. Quizá el camino a seguir es reestructurar nuestro sentido de comunidad y de sincronía con la naturaleza, como lo hacen desde siempre los Taos. Me pregunto si esa nueva realidad podrá ser lograda por los bolcheviques.

—Yo me pregunto si todos los que están aquí viven el mismo sueño.

—No, aquí hay de todo...Mucha gente blanca ha venido a hacerse rica, soñando volver a New York, Alemania, Filadelfia o Texas. Los hispanos se asentaron aquí hace más de trescientos años, se mezclaron con los indígenas, y, después de la invasión anglosajona, se retrajeron a sus quehaceres cotidianos con una actitud de dejar que las cosas pasen. Por temor o necesidad los anglosajones se han agrupado, sin mezclarse, e ignorando la presencia cultural y económica tanto de los nativos como de los hispanos. Los anglosajones merodean esta nueva realidad, pero se sienten atrapados aquí, sin verla a cabalidad. Puede ser porque la vastedad del paisaje los aísla, viven dentro de un territorio como puntos suspensivos sin conexión, sin crear la harmonía de una comunidad. Por ejemplo, ellos llaman mejicanos a los hispanos de Taos cuando en realidad son nuevomexicanos y ciudadanos de Norteamérica. Éste solo hecho crea una separación: ¿Quiénes son realmente los extranjeros?

—Entonces, ¿Taos es un mito?

—No para mí. No hay que confundir la Villa de Taos con todos sus forasteros y Taos Pueblo. En el segundo nace esta nueva realidad que todavía no sabemos cómo emular porque ignoramos de qué elementos está hecha; yo la siento, la puedo absorber con toda mi piel, solo tengo que estar cerca de ella físicamente y con la mente abierta. Es una nueva realidad que hay que asimilar viviéndola, hay que intuirla, de poco sirve el racionalismo occidental. Con los Taos Pueblo yo siento toda esa falta de malicia que nos corroe en la villa, esa indulgencia, tolerancia y aceptación del otro; en la villa convivimos a pesar del otro... ¿No se siente diferente después de la conversación con el jefe?

—Bueno, sí porque yo pensaba que íbamos a conversar sobre tácticas, estrategias y organización... Ahora resulta que debo orar por la paz cuando yo nunca he rezado un *amidah* completo.

—No me refiero a esa parte, sino al hecho de estar en el recinto, oler la madera quemada, sentir honestidad, de hablar como conversando y no debatiendo... otra realidad.

—Creo que la montaña de Taos me está observando y todavía no me acepta —dijo Trotsky ante la insistencia de los comentarios que le parecían esotéricos.

—Todo ha sido real, lleno de sabiduría y vívida experiencia —terminó diciendo Mabel a la vez que arropaba sus emociones dentro de la manta que la cubría. Se irguió un tanto sobre la montura del caballo, aspiró con delicadeza el tenue aire frío y dejó que su inconsciente le confesara a su cerebro: *El jefe tiene hermosas pestañas y me encanta su rostro de bronce con líneas definidas.* Una muy suave vibración subía desde su entrepierna hasta sus mejillas, provocándole esbozar un gesto complaciente en el rostro. Trotsky percibió su sonrisa escondida y pensó que había dicho algo gracioso e inteligente.

Cinco

Las reuniones con otros líderes de Taos (el asistente del jefe de la guerra, el coordinador de las tareas agrícolas, miembros del consejo de ancianos, el asistente del gobernador) se realizaron en los dos siguientes días, algunas veces en la casa del doctor Martin; otras, en los campos de la reserva. Había especial interés de los Taos por las reuniones al aire libre, las que se convertían en verdaderas caravanas de peregrinación. El medio de transporte para esta época del año tendría siempre que ser a caballo o a pie. No se permitían carros jalados por caballos o automóviles, ni siquiera zapatos con clavos porque la tierra estaba descansando tranquilamente y no se la podía molestar con las vibraciones metálicas. Recuérdese que para los Taos Pueblo la tierra es un ser viviente que pasa por ciclos, tal y cual lo pasan los humanos. En este período de quietud antes de la germinación, nada podía alterar la paz del embarazo de la Madre Tierra, mucho menos las vibraciones metálicas de los carros y vagones. Los encuentros se daban por terminados cuando el cielo comenzaba a tornarse rosado y amarillento, anunciando la puesta de sol. En ese momento, los Taos bajaban la voz casi al unísono, reverenciando la venida del anochecer y el sueño de la tierra. Trotsky absorbía este silencioso ritual como parte del descubrimiento de la "nueva realidad", aunque poco obtuviera sobre la organización de la vida social y política de los Taos. Silencios necesarios, sinergia con la naturaleza, la tierra estaba viva, los Taos funcionaban como una célula viviente perfecta.

Cuando las reuniones se realizaban en la casa del doctor Martin la cosa era más anárquica. No había hora de entrada o salida, las reuniones podrían prolongarse hasta muy tarde en la noche. Los invitados entraban y salían, cantaban, comían delicias griegas, discutían sobre arte, bebían, hasta que las voces guturales de un coro de cinco o seis varones de Taos imponían un silencio de camposanto. Todos los presentes rodeaban a los cantantes, y el tum-tum de sus tambores los transportaba al interior de sus penas y alegrías, sin entender la lírica de los cantos. Era como si sintieran un llamado a reconocer al unísono el palpitar de sus corazones al ritmo de los tambores. Una vez acabado el improvisado recital, los Taos se retiraban con la satisfacción de haber realizado una buena acción para contrarrestar el caos que rodeaba al hombre blanco. Luego, la algarabía de la bohemia retornaba a su acostumbrado cauce.

Algunos artistas se acercaban a Trotsky con preguntas de grueso calibre, como cuál sería el futuro del arte en este momento de destrucción, si los bolcheviques creían en el amor, si las mujeres socialistas eran más promiscuas que sus pares burguesas… Trotsky, vaso en mano, elaboraba, improvisaba, sentía su angustia y contestaba: «Uno solo no podrá salvarse, o todos o ninguno, únanse a la lucha por la humanidad, en el camino iremos dando respuestas a esas preguntas… La moral burguesa es hipócrita y machista... En cuanto a la mujer: deben tener los mismos derechos y obligaciones que los varones, pero su igualdad dependerá de su liberación económica… Y como opinión más personal les digo que las mujeres son los únicos seres que no solo entienden, sino que viven la dialéctica… Debo añadir que estoy de acuerdo con lo que dice el camarada Lenin: lo mejor de la burguesía son sus mujeres». Seguían carcajadas cómplices.

Desde la llegada de Trotsky a Taos y el posterior arribo de Mabel, la casa del doctor Martin se convirtió en un lugar de permanente tambarria casi todas las noches y esto llamó malamente la atención del señor Smith, su vecino. Este era un sesentón con cara de pocos amigos, preocupado de su jardín de dalias y que no veía con buenos ojos a los artistas recién llegados, ni que estos, siendo anglos, se relacionaran con los nativos de Taos. Para él, los hispanos servían para hacerle trabajos de carpintería y construcción, los nativos para proporcionarle carne de ciervo, y los anglos, bueno, ellos eran superiores y no tenían por qué vestir collares, hablar en castellano ni admirar una cultura de salvajes; las mujeres de cualquier raza deberían bajar siempre su mirada cuando él pasase delante de ellas. Nadie, absolutamente nadie que no haya sido su trabajador conocía por dentro su casa; sus únicos contactos personales en la villa eran el comisario Baca, su abogado y el jefe de correos. A través de ellos se enteraba de lo que pasaba a su alrededor. Dinero no le faltaba y tenía en su haber varios litigios judiciales relacionados a la compra y venta de tierras y minas de oro. Se decía que alguna vez estuvo casado con una hermosa hispana que se fugó con el barbero de Taos y que desde ese entonces se encerró en su casa a cuidar su jardín de dalias mientras maldecía el mundo exterior. Quizá su manera de castigar a la población (al mundo) era acopiar la mayor cantidad de propiedades en Taos e imponer sus estándares morales.

Todos los martes salía de su casa a media mañana, se detenía en la oficina del correo para enviar o recoger correspondencia, chismeaba con el jefe de correos y luego proseguía su recorrido hacia la oficina de su abogado para saber la situación de sus querellas legales y, por último, terminaba almorzando con el comisario Baca. Todo este recorrido desde su casa lo realizaba a pie, apoyado en un bastón con empuñadura de oro, encorvado y arrastrando los pies sobre la nieve, a la vez que dejaba escapar algunas palabras en voz alta evidenciando pedazos de pensamientos enredados que le circulaban en el cerebro: «putas, putas... malas semillas... falta agua... mierda de gente... guerra… cadáveres… civilización… orden… animales… sexo sucio... pelo corto, pinga larga... ladrones...».

Fue en uno de estos almuerzos con el comisario Baca que el señor Smith descargó su malévola artillería chismosa:

—Algo raro está pasando en la casa de doc Martin, comisario. Gente entrando y saliendo, vivas a la paz, cantos indígenas, arengas, muchos aplausos… ¿Ha notado que muchos de los

pintores vienen de Europa? Algunos son judíos... Hay un ruso-
judío moviendo el gallinero... Las mujeres usan pantalones... Hay
mucho ruido y movimiento, yo diría que algo se está tramando ahí.
Los salvajes visitan la casa en indumentaria de guerra y con
tambores. He visto a Joe, el jefe de la guerra, entrando y saliendo
en la noche como si fuera su casa. Le recuerdo que hay una guerra
en Europa que nos está tocando la puerta... No hay que perder de
vista una posible avanzada de espías —dijo el señor Smith como
concluyendo un raciocinio de carácter docto.

—Me haré cargo de esto, amigo Smith, no se preocupe y
manténgame informado, usted es un verdadero patriota —dijo el
comisario sobándose el bigotito con el muñón de la mano
izquierda.

Ese mismo martes en la noche Baca se presentó en la casa del
doctor Martin, sin estar invitado, pero nadie se sorprendió por su
espontánea aparición, todos siguieron en lo suyo después de mirar
al comisario entrando a la amplia sala. Con la única mano
disponible en el cinto, se detuvo al centro de la sala y comenzó a
desarmar mentalmente el recinto. Todo parecía normal: un grupo
de tres o cuatro personas conversando alrededor de una pintura de
Couse; Mabel hablando en frente de la enorme pintura de Fechin,
que por los gestos parecía que no se ponía de acuerdo con su
interlocutor; la poetisa Harriet Monroe leía en voz alta de unos
papeles arrugados, masticando las palabras; el doctor Martin bebía
pequeños sorbos de *whiskey* escuchándola en silencio
contemplativo; muchas colillas de cigarrillos en los ceniceros; del
pesado fonógrafo Brunswick se desprendía la canción "Hasta que
los muchachos vuelvan al hogar" del compositor inglés Ivor
Novello (1914) —y al no entender el comisario la lírica le quedó
la duda si era una marcha pacifista o un himno de guerra. En una
esquina de la amplia sala reconoció a Trotsky, como arengando a
un pequeño grupo de pintores de la Sociedad. Pudo escuchar
entrecortadamente que Trotsky decía enfáticamente: «La
insurrección es un arte, y como cualquier arte, tiene sus propias
reglas...».

Allí estaba el maléfico y misterioso ruso junto al mapa de
Europa que tenía alfileres con cabecitas de colores desperdigados
por todo el continente. ¿Estaba Trotsky arengando? ¿explicando?

¿dando órdenes? Eso sí era intrigante y sospechoso. ¿Qué pasaría si toda esta coreografía de una tertulia de artistas era en realidad un operativo bien montado por los espías extranjeros que encabezaba Trotsky? La mente del sabueso corría a toda velocidad armando un rompecabezas confabulatorio. *¿Por qué no? Los hispanos de Taos se consideran todavía mexicanos, estamos cerca de México, querrán recuperar lo que se les quitó; los Taos quieren soberanía sobre sus tierras; estos artistas tienen contactos en Europa y tienen una moral cuestionable; las mujeres parecen bolcheviques...estamos apartados, no hay mucho control del Gobierno, todo podría indicar que aquí se estarían moviendo fichas alrededor de la guerra en Europa. No es casual que haya llegado ese Trotsky aquí, precisamente aquí... Tengo que informar de todo esto a las autoridades federales en Santa Fe.*

Dio una última mirada inquisidora tratando de grabar en su memoria lo que había visto y escuchado porque esto iba ser parte de su informe sobre posibles enemigos de la Unión Americana confabulando en Taos. Sus ojos se achinaban cada vez que encontraba algo que le parecía guardaba relación con el supuesto complot. Ya estaba por retirarse cuando el doctor Martin lo abordó con su esposa, que portaba una bandeja de tamales y unos tragos.

—Señor comisario, bienvenido, sírvase algo y únase a la tertulia. Estos tamales son de chile rojo y cerdo, están de chuparse los dedos... ¿Un trago?

—Buenas noches. No gracias, solo estoy de pasada, viendo que todo esté bien.

—¿Y todo está bien?

—Bueno sí, solamente que el señor Smith se ha quejado del ruido y yo...

—No se preocupe, el ruido que escucha el señor Smith solo está en su cabeza, ¿o es que no sabe que es sordo? —dijo el doctor Martin sacudiendo su gigantesca contextura al lanzar una carcajada sonora hacia el techo.

La esposa del doctor Martin, una escultora de pechos prominentes y cintura de avispa, le volvió a ofrecer la bandeja, y el comisario se sintió compelido a aceptar. Al agradecerle sintió los efectos de una mirada que venían de unos ojos pardos, coquetos y amables, que lo sacó por breves segundos de su estado de cazador, y lo hizo atorarse con el tamal.

—¿Un vaso de agua comisario? —le dijo la señora.

—No, no, gracias, me tengo que ir, buenas noches... —Dio media vuelta y evitó volver a encontrarse con esa mirada perturbadora. La esposa del doctor Martin lo vio alejarse (o escaparse), levantó las cejas pobladas, sonrió para sus adentros y se repitió: «ese muñón, ese muñón...».

Seis

—Дерьмо ! (¡Mierda!) —exclamó Trotsky al enterarse que el comisario Baca había telegrafiado a Santa Fe pidiendo la presencia de un comisionado de Asuntos Internos para oficialmente abrir una investigación sobre presuntas actividades de espionaje encabezadas por un tal Trotsky. Joseph Uffer se encargó de traerle las malas nuevas y poner en movimiento el operativo de escape de Trotsky. Primer problema: no había automóvil disponible, la salida tendría que hacerse en carruaje o caballo. Optaron por un carruaje. Solo había lugar para dos personas y el cochero. Por razones obvias, los pasajeros serían solamente Trotsky y Joseph. La escapatoria debería hacerse al día siguiente, muy temprano en la mañana, ya que no era conveniente viajar por la noche en pleno invierno. Nadie debería enterarse, excepto el doctor Martin y Mabel. Ya se les explicaría la situación a los miembros de la Sociedad de Artistas y a los Taos, sin asustarlos.

—Y ¿armas? —preguntó Joseph.

—Mi salida de Taos es porque no quiero que se vean los artistas y los Taos envueltos en algo estúpido, y porque no quiero demoras para regresar a New York y seguir mis tareas de propaganda. Una demora con interrogatorios supinos lo más que haría sería retrasar estas tareas urgentes para los revolucionarios rusos y desencadenaría una sucesión de detenciones arbitrarias, tanto de los artistas como de los nativos de Taos. En el peor de los casos, me deportarían otra vez, pero si nos descubren con armas la cosa es más seria. Solo se portan armas si estamos dispuestos a usarlas y no creo que esa sea la mejor forma de enfrentar la situación ahora. Armas, no.

—*Okay*. Todavía tenemos que ubicar a un cochero de confianza que conozca el terreno y que no llame la atención.

—Camarada Joseph, confío en su criterio —dijo Trotsky un tanto pensativo.

5 a.m. Las montañas todavía retenían la luz del amanecer. El doctor Martin desde el portal de su casa miraba la escena de despedida, mordiéndose los labios en silencio y sosteniendo su ya clásico vaso con *whiskey*. Mabel sostenía con sus dos manos la de Trotsky como no queriendo dejarlo ir.

—Lo siento muchísimo, necesitábamos más tiempo…

—Tengo que admitir que esta "nueva realidad" seguirá siendo una incógnita para mí y para muchos… Gracias por todo camarada.

—Requiere toda una vida para conocerla y vivirla, por eso yo me quedo. Fuera de ella no hay nada para mí —dijo Mabel.

Trotsky asintió con una ligera venia y procedió a arroparse con la misma manta Hopi que le había dado Joseph en Lamy. Se sintió protegido otra vez.

Dos caballos pintos jalaban el vagón y su aliento animal creaba una pequeña nube de aire caliente en frente del carruaje. Joseph procedió a fijar los correajes y revisar los ejes de la carreta, mirando de un lado a otro. Se percató que una rendija de luz salía entre las cortinas de una de las ventanas de la casa del señor Smith. «Viejo de mierda», murmuró. Fue hasta al final de las ancas de los caballos, las palmoteó como midiendo su fortaleza, se agachó y con sus guantes de lana recogió un poco de estiércol húmedo, formó una bola. «¡Vámonos!», le dijo al cochero. Trepó en el coche sin sentarse. Los pintos empezaron a moverse armónica y lentamente. El ojo dilatado del señor Smith, que trataba de captar lo más posible en medio de la penumbra, se cerró abruptamente al sentir el impacto del excremento en su ventana.

El carruaje emprendió su recorrido de doce horas hasta San Fe con parsimonia, como no queriendo evidenciar una fuga. Una vez que abandonaron la Villa de Taos, Trotsky volteó su rostro arropado para despedirse de la montaña de Taos que ya se desvestía de la oscuridad.

—Creo que la montaña de Taos me ha desairado —murmuró.

—No lo rechazó, lo ha protegido todo este tiempo —dijo el cochero con voz solemne. Trotsky solo podía observar una ancha espalda cubierta con una manta blanca y creyó reconocer la presencia de la sombra humana que lo había estado acechando constantemente en Taos.

—Abríguese camarada, yo me encargo de que llegue a Santa Fe sano y salvo y a tiempo para que tome su tren a New York.

—¿Cómo se llama?

—Zorro Cazador en Taos, pero me puede llamar Tony.

Made in the USA
Middletown, DE
17 July 2021

44115620R00120